Schulraumschiff

Proconsul

Band 2

Willi Süß

Schulraumschiff Proconsul

Band 2

Der Sohn des Ax-La-Can

Bibliografische Information der Deutschen Nationalbibliothek:
Die Deutsche Nationalbibliothek verzeichnet diese Publikation in
der Deutschen Nationalbibliografie; detaillierte bibliografische
Daten sind im Internet über http://dnb.dnb.de abrufbar.

© 2018 **Willi Süß**

Lektorat: **Susanne Jäkel**

Herstellung und Verlag: BoD – Books on Demand, Norderstedt

ISBN: 978-3-7386-5812-5

Inhaltsverzeichnis:

1. KAPITEL

DER NEUE LEHRER

Die Weihnachtsferien waren wie im Fluge vergangen. Dummer Weise war es genau am Heiligen Abend viel wärmer geworden und der gefallene Schnee wie Butter dahin geschmolzen. Doch es wurde auch ohne die weiße Pracht ein schönes Fest. Die Schulleitung hatte im Gemeinschaftsraum einen Weihnachtsbaum aufstellen lassen und jedes Kind, das die Ferien in der Schule verbrachte und nicht nach Hause gefahren war, bekam ein Päckchen unter den Baum gelegt.

Die Jungs hatten eine Haarbürste und ein Duschgel in ihrem Päckchen. Die Mädchen Rouge und Make-up. Klerila war noch in *Okiama,* einer Kleinstadt am Südufer des großen Sees, ungefähr dreitausend Kilometer von *Terranico* entfernt. Sie teilte dort mit ihren fünf Schwestern aus derselben Klonserie (genauer gesagt waren sie genetisch vollkommen identische Sechslinge) eine große Wohnung im Hauptgebäude der Firma *Technoklon.* Hier befand sich das Labor in dem sie vor fast fünfzehn Jahren „produziert" wurden. Jedes der Mädchen wurde im Rahmen einer Testreihe, zur Erforschung der Entwicklung von Klonen, eine etwas andere Erziehung und Ausbildung zuteil.

Es war Montag. Das Schulgebäude war in den Ferien auf Hochglanz gebracht worden. Frischer Duft von Reinigungsmitteln lag in der Luft. Die Tische und Stühle in den Klassenzimmern waren fein säuberlich aufgestellt.

Es war erst halb acht und Gerry war bereits da. Er konnte es nicht erwarten, Klerila wieder zu treffen. Dr. Kaufmann saß beim Lehrerpult und blätterte in einem Heft.

„Guten Morgen, Kadett Mayer, Sie können es wohl nicht mehr erwarten, dass der Unterricht beginnt?“

„Na klar, was haben Sie denn geglaubt?“, scherzte Gerry.

Dr. Kaufmann schmunzelt und blätterte weiter in seinem Heft.

Nach etwa zehn Minuten kam Fiep als nächster und dann tauchten alle nach und nach auf.

Ständig schaute Gerry zur Eingangstür, doch Klerila kam nicht. Er hatte ein ungutes Gefühl und machte sich ein wenig Sorgen. Dass noch ein Schüler nicht erschienen war, fiel ihm nicht auf: Adrian Springfield.

„Weiß jemand wo die beiden Kadetten Springfield und Betuma geblieben sind?“, fragte Dr. Kaufmann, nachdem ein Trompetensignal den Unterricht angekündigt hatte. Keiner meldete sich. Doch dann hob Iwo die Hand und sagte schmunzelnd:

„Was das Mädchen betrifft, da hat vielleicht Kadett Mayer eine Ahnung wo sie sein könnte. Er scheint sich nämlich in letzter Zeit vermehrt um sie zu kümmern.

Ein Kichern ging durch die Schüler. Gerry errötete und warf Iwo einen finsteren Blick zu.

„Ruhe bitte!“, forderte Dr. Kaufmann und blickte fragend zu Gerry.

„Also, Kadett Mayer?“

„Nein, Herr Major, ich weiß auch nicht wo sie ist.“

„Okay, warten wir's ab, die beiden werden schon noch auftauchen", beendete Dr. Kaufmann das Thema und setzte mit dem Unterricht fort. Es war nichts außergewöhnliches dass jemand einmal nicht rechtzeitig erschien, man kann ja auch mal krank werden. Seltsam war nur, dass sich beide noch nicht gemeldet hatten.

Etwa zehn Minuten vor Ende der zweiten Stunde klopfte es kurz an der Tür und Klerila kam herein. Sie wirkte aufgeregt und ein wenig erschöpft. Das Haar ihres ansonsten perfekt gestylten Pagenkopfes war leicht zerzaust.

„Guten Morgen Herr Major, bitte entschuldigen Sie mein Zuspätkommen, aber es ist etwas passiert", rechtfertigte Klerila mit aufgeregter Stimme ihre Verspätung.

„Ist schon in Ordnung. Beruhigen Sie sich erst mal. Was ist denn passiert?"

„Als ich heute Früh vom Landeplatz zur Schule ging brach Kadett Springfield plötzlich vor mir zusammen. Er war käsebleich und schwitzte. Er war zwar ansprechbar, doch rang er nach Luft und konnte nicht sprechen. Immer wieder ging ein Zucken durch seinen Körper. Er starrte mich mit erweiterten Pupillen an. Ich leistete ihm sofort erste Hilfe."

„Großer Gott! Konnten Sie ihm helfen?", fragte Dr. Kaufmann sichtlich erschrocken.

„Ja, es gelang mir seinen Kreislauf zu stabilisieren. Dann rief ich den Notarzt. Der war bereits nach wenigen Minuten hier und diagnostizierte eine akute Vergiftung", erklärte Klerila.

Im Klassenzimmer war es mucksmäuschenstill geworden.

„Eine Vergiftung? Wann und wie soll sich Kadett Springfield denn vergiftet haben? Er wollte sich doch hoffentlich nicht sein Leben nehmen?"

„Nein, das glaube ich nicht. Ich jedenfalls würde mich danach irgendwohin zurückziehen und mich nicht auf den Weg zur Schule machen", meinte Klerila kopfschüttelnd.

„Stimmt auch wieder, dafür muss es einen anderen Grund geben."

Dr. Kaufmann stand auf und ging zur Tür.

„Ich werde mich um die Sache kümmern. Die Unterrichtsstunde ist ohnehin gleich zu Ende. In der nächsten Stunde haben Sie Religion. Ein neuer Lehrer wird Sie begrüßen. Es soll ein junger Mann sein, ich kenne ihn selber auch noch nicht. Ich möchte, dass Sie bei ihm mitarbeiten und ihm den Anfang nicht unnötig schwer machen".

Klerila setzte sich an ihren Platz und Dr. Kaufmann verließ den Raum. Sogleich brach geschwätziges Lärmen los.

Alles Interesse galt Klerila. Sie musste ihren Mitschülern genau erklären wie sie Springfields Kreislauf durch eine Herz-Lungen-Wiederbelebung wieder in Schwung brachte und ihn dann in stabiler Seitenlage positionierte. Keiner fragte wo sie denn das gelernt habe, denn alle kannten sie schon die Antwort:

„Ach, das hab' ich mal wo gesehen oder gelesen."

Als Klon wurde ihr nämlich die Eigenschaft eines fotografischen Gedächtnisses beigegeben.

„Und ich dachte schon du hättest etwas mit Springfield", sagte Iwo mit einem gespielten Seufzer der Erleichterung.

„Was soll denn das jetzt wieder heißen?“, fauchte Klerila Iwo an.

„Ich mein ja nur. Gerry ist mein bester Freund und da machte ich mir halt Sorgen, wenn du ... na ja, du und Springfield ...“

Klerila bedachte Iwo mit einem Blick, der eine ganze Armee hätte töten können.

Darauf verstummte er augenblicklich. Auch die anderen fanden diese Meldung in Anbetracht der Ereignisse nicht besonders witzig.

In der Pause versuchten Gerry und Klerila, etwas über Adrian Springfields Befinden in Erfahrung zu bringen, doch weder in der Krankenstation noch in der Direktion wollte ihnen jemand Auskunft geben. Überall hieß es:

„Kein Kommentar zum gegebenen Zeitpunkt!“

Die nächste Stunde war noch nicht eingeläutet, als sich die Tür zum Klassenzimmer öffnete. Ein großer, junger Mann mit schwarzem Haar und dunklem Teint war eingetreten. Er trug keine Uniform sondern war wie ein Priester gekleidet: Schwarzes Hemd, graue Hose, schwarze Schuhe. Eine schwere, goldene Halskette mit einem großen, ebenfalls goldenen Kreuz, hing um seinen Hals.

„Guten Morgen, bitte setzt euch auf eure Plätze“, waren seine ersten Worte.

Keiner wusste eigentlich so recht warum, aber alle stürzten sie förmlich zu ihren Stühlen. Innerhalb von wenigen Sekunden saßen die siebzehn Schüler an ihren Plätzen und es war totenstill. Die Aufforderung von Dr. Kaufmann dem neuen Lehrer zu gehorchen und bei ihm mitzuarbeiten, erwies sich deshalb als umsonst. In seinen

Worten schwang etwas mit, das keinen Widerspruch duldete.

„Wunderbar“, meinte er mit ungewöhnlich tiefer Stimme. „Ihr scheint ja ganz gut erzogen zu sein. Mein Name ist Silvano Esperanza. Ich komme vom Planeten *Merak IV* und bin euer neuer Religionslehrer. Ich hoffe für den guten Rei-Male, Gott habe ihn selig, ein würdiger Ersatz zu sein.“

Er legte seinen Laptop auf den Lehrertisch und klappte ihn auf. Auf dem Bildschirm erschienen die Fotos der achtzehn Schüler mit dazugehörigen Namen. Esperanza blickte auf den leeren Platz von Springfield, dann wieder auf seinen Laptop.

„Wo ist Adrian Springfield?“, fragte er kurz darauf.

„Er ist auf der Krankenstation“, antwortete ihm Klerila. „Er wird dort wegen einer akuten Vergiftung behandelt.“

„Wegen einer Vergiftung? Bist du sicher?“

„Ja, Herr Esperanza, zumindest glaubte das der Notarzt bei seiner Erstversorgung festgestellt zu haben.“

„Hoffentlich ist es nichts Schlimmes. Übrigens könnt ihr Silvano zu mir sagen und mich duzen“, meinte Esperanza und schaute wieder auf seinen Laptop.

„Gerald!“, rief er plötzlich. Keiner reagierte darauf.

„Gerald Mayer!“, wiederholte er etwas lauter.

„Das bin ich“, meldete sich Gerry hastig. „Entschuldigung, aber ich bin es nicht gewohnt mit Gerald angesprochen zu werden. Alle nennen mich nur Gerry.“

„Ach so, das habe ich nicht gewusst. Hier steht Gerald Mayer“, sagte Esperanza und deutete auf den Bildschirm. „Also Gerry, bist du derselbe Mayer der auf Alpha CMi III entführt wurde?“

„Ja der bin ich, Herr Espera ... äh ... Silvano. Warum?“, fragte Gerry und wunderte sich, weshalb den Religionslehrer das als Erstes interessierte. Die Blicke der beiden trafen sich. Gerry glaubte diese Augen schon einmal irgendwo gesehen zu haben. Aber er hatte keinen Schimmer wann und wo das gewesen sein könnte.

„Nur reine Neugierde.“

Esperanza fragte jeden der Schüler zu seiner Herkunft, Interessen und Ziele in seinem Leben. Mit Klerila unterhielt er sich besonders lange. Sie schien ihm zu gefallen, was Gerry wiederum weniger gefiel.

In der Pause war Springfield schon kein Thema mehr. Es wurde nur noch von Silvano gesprochen. Die Schüler fanden Esperanza ganz in Ordnung. Besonders Elli und Klerila schwärmten von ihm. War er doch ein gut aussehender junger Mann, der nicht zuletzt mit seinem autoritären Auftreten beeindruckte.

„Hast du gesehen wie sie ihn angehimmelt hatte, während er mit ihr sprach?“, bemerkte Gerry zu Iwo.

„Ist da einer vielleicht eifersüchtig?“, fragte Iwo.

„Quatsch, ich bin nicht eifersüchtig, aber auch nicht blind.“

„Gerry, bitte, der Mann ist Priester. Den interessiert Klerila nicht die Bohne.“

„Ja genau, Priester! Gerade die haben es oft faustdick hinter den Ohren“, meinte Gerry aufgebracht.

„Ich glaube du steigerst dich da in Etwas hinein. Mir ist dieser Mann völlig schnuppe, ehrlich“, beteuerte Klerila und drückte freundschaftlich seine Hand.

Auf seinem Gesicht erschien ein säuerliches Lächeln.

Die Genesung von Adrian Springfield schritt zügig voran. Dank seiner sofortigen Einlieferung in die Klinik von *Terranico* konnte ihm rasch ein Gegengift injiziert werden. Es wurde festgestellt, dass das Gift nicht oral in den

Körper gelangt ist, sondern entweder gespritzt oder über die Haut aufgenommen wurde. Da sich Adrian beim besten Willen nicht erinnern konnte irgendwann etwas injiziert bekommen zu haben und auch nirgends eine Einstichstelle gefunden wurde, kam eigentlich nur die Sache mit der Haut in Frage. Obwohl sich keiner erklären konnte wer Adrian Springfield etwas antun wollte, wurde schließlich doch ein krimineller Hintergrund vermutet.

Direktor Gudmundsson war verzweifelt. Erst vor wenigen Wochen kam seine Schule wegen der Entführung von Kindern in die Schlagzeilen und jetzt das. Sofort nachdem Kadett Springfield das Krankenhaus verlassen konnte, bat ihn der Direktor in sein Büro. Auch ein Kriminalbeamter war anwesend. Als Adrian den Raum betrat stellte sich der Beamte sogleich als Kommissar Kolping vor und begann mit seiner Befragung:

„Haben Sie irgendeinen Verdacht, wer Ihnen nach den Leben trachten könnte oder sich vielleicht wegen etwas rächen möchte?"

„Nein, keine Ahnung", antwortete Adrian.

„Wir kommen nämlich in der Sache nicht weiter", meinte der Kommissar und fuhr sich mit den Fingern über die Lippen. „Hat Ihnen jemand unerwartet ein Geschenk gemacht; ein Deodorant, eine Seife oder ein Haarshampoo?"

„Nein, niemand!", versicherte Adrian. „Wer soll denn mir plötzlich etwas schenken? Das einzige, was ich in letzter Zeit bekommen habe, war das Weihnachtspäckchen von der Schule."

„Was war denn in diesem Päckchen?", fragte Kolping weiter.

„Eine Bürste und ein Duschgel", antwortete Gudmundsson für Adrian. „Aber bitte glauben Sie mir, keiner der HokoTiR-Angestellten würde einen der Schüler vergiften wollen."

„Das glaube ich Ihnen ja gerne, Herr Direktor, aber wir müssen jeder Spur nachgehen. Es wäre auch möglich, dass das Gift schon beigemengt wurde, bevor die Sachen in die Schule kamen", sagte Kolping.

„Sie denken also an einen Anschlag und es sollte keine bestimmte Person getroffen werden", bemerkte der Direktor. „Aber dann hätte sich doch schon jemand gemeldet und sich zu dem Anschlag bekannt."

„Das stimmt allerdings auch wieder", gab der Kommissar dem Direktor Recht.

„Herr Springfield, haben Sie das Duschgel schon einmal benützt?"

„Nein, hab' ich nicht, ... aber die Bürste", überlegte Adrian.

„Wann haben Sie denn die Bürste benützt?"

Adrian grübelte mit heruntergezogenen Augenbrauen weiter nach.

„Am Morgen des ersten Schultages", antwortete Adrian langsam.

„Interessant! Also an jenem Morgen, als Sie ins Krankenhaus eingeliefert wurden. Bitte bringen Sie die Bürste doch heute noch in das Kommissariat, wir würden sie gerne in unserem Labor untersuchen", bat Kolping Adrian.

„Ich habe sie leider zu Hause in *Okiama* gelassen. Aber wenn Sie in Ihrem Kommissariat einen Transporter haben, könnten Sie die Bürste direkt zu sich beamen. Mein Vater wird Ihnen gerne die Koordinaten durchgeben", schlug Adrian vor.

„Sicher haben wir so ein Ding. Ich werde die Sache mit Ihrem Vater abklären. Danke für die freundliche Mitarbeit. Wenn Sie der Herr Direktor nicht mehr braucht; von mir aus können Sie gehen."

Kolpings Blick wanderte zu Gudmundsson der mit geschürzten Lippen nickte.

„Herr Kommissar", sagte Adrian während er zur Türklinke griff.

„Ja bitte ?!"

„Würden Sie mich bitte informieren, wenn Sie die Ergebnisse haben."

„Selbstverständlich Herr Springfield, Sie werden es als erster erfahren", versprach Kolping.

Adrian ging direkt in sein Klassenzimmer. Der Unterricht hatte bereits begonnen und die Schüler warfen ihm neugierige Blicke zu. Frau Professor Shuara-Sad, die Lehrerin für Außerirdische Sprachen, grüßte ihn nur kurz und deutete mit einer Geste sich zu setzen. Frau Shuara-Sad kam vom Planeten *Shiroff III* (benannt nach dem Astronomen und Geologen Prof. Artur Arturowitsch Shiroff; 2201-2289) dem dritten Planeten der Sonne HDE-334001. Sie war von sehr kleiner Statur und für einen Erdmenschen war es unmöglich zu erkennen, dass sie weiblichen Geschlechts war. Ihre Haut war fast schwarz und wirkte dick und ledern. Ihr kahler, ohrmuschelloser Kopf, erinnerte mit seinen großen Augen und der hohen Stirn eher an den einer Kröte, als eines Menschen. Kurzum: Sie war das Hässlichste, was die HokoTiR an einem Lehrer zu bieten hatte. Doch mit ihrer sanften, hellen Stimme erweckte sie unweigerlich den Eindruck, dass man eine verzauberte Prinzessin vor sich hatte.

Gerade wollte Professor Shuara-Sad mit dem Unterricht fortfahren, als sich eine Lautsprecherdurchsage ankündigte:

„Achtung! Achtung! Eine wichtige Durchsage der Direktion. Die Schulleitung warnt eindringlichst vor dem Gebrauch der Haarbürsten, die sich in den Weihnachtspäckchen der HokoTiR befunden haben. Sie könnten eventuell mit einem noch unbekannten Gift präpariert worden sein. Es wird ersucht die Bürsten bis spätestens morgen früh bei Direktor Gudmundsson abzugeben!"

„Sie haben gehört, was die Direktion bekannt gegeben hat", sagte Professor Shuara-Sad. „Hat schon jemand die Bürste benützt?"

Ein Großteil der Kinder hob zögernd die Hand, als hätten sie etwas Verbotenes gemacht.

„Okay, Sie scheinen ja alle noch gesund zu sein. Bitte befolgen Sie trotzdem die Anordnung der Schulleitung und geben Sie die Bürsten bis morgen im Büro des Direktors ab."

In der Pause wollten alle von Adrian wissen, was das mit der Bürste zu bedeuten hätte. Er erzählte ihnen von dem Gespräch mit Kolping und dass dieser vermutet, seine Vergiftung könnte damit etwas zu tun haben.

„Meine Bürste wird morgen im Polizeilabor untersucht. Wenn sich tatsächlich herausstellen sollte, dass nur diese eine präpariert wurde, dann kann es nur ein Anschlag auf mich persönlich gewesen sein. Nur habe ich null Ahnung wer und weshalb", stellte Adrian kopfschüttelnd fest.

„Das muss es nicht zwingend bedeuten", grübelte Klerila, „es kann auch sein, dass es dem Giftmischer egal war, wen er damit umbringt. Oder die Päckchen verwechselt wurden und jemand anderer gemeint war."

„Und wer bitte nach Ihrer Meinung, Frau Oberkommissar, könnte dann gemeint gewesen sein?", spöttelte Iwo. „Der Einzige, der hier in der Schule Feinde hat, ist McCaffrey, aber der ist bekanntlich nicht mehr hier."

„Was ist, wenn es umgekehrt ist? Wenn sich McCaffrey zum Beispiel an Fiep rächen wollte, du neunmal Kluger“, konterte Klerila.

„Oder was ist, Klerila, wenn einer dieser Menschenrechtsaktivisten, die immer gegen Klonversuche demonstrieren, *dich* aus den Weg räumen wollte“, sagte Max und spielte den Entsetzten.

Iwo, Fiep und Elli grinsten breit. Nur Gerry schaute irritiert zu Max.

„Lieber Max“, zischte Klerila, „wenn du ein bisschen mehr Ahnung hättest von dem was du da zusammenfaselst, wüsstest du, dass diese Leute nur gegen Klonversuche sind, nicht aber gegen geklonte Menschen. Und jetzt könnt ihr mich alle mal.“ Schmollend machte sie kehrt und verließ die Klasse.

„Klerila, ich glaube auch …“ rief Gerry ihr noch nach, doch sie hatte schon mit lautem Knall die Tür zugeworfen.

„Was hat sie denn?“, fragte Max achselzuckend.

„So giftig hättest du sie auch wieder nicht anreden müssen“, verteidigte Gerry seine Freundin. „Es hätte auch gut sein können, dass dich die Mafia beseitigen wollte, da du aus Sizilien kommst.“

„Okay, is’ ja schon gut, ich habe es nicht so gemeint“, bedauerte Max mit beschwichtigender Handbewegung.

„Ach kommt, lasst die Streitereien, es ist ja noch nicht einmal sicher ob meine Vergiftung an der Bürste lag. Kommissar Kolping wird die Sache schon aufklären“, meinte Adrian. Genau als die nächste Stunde von einem trompetenartigen Signal angekündigt wurde, betrat Klerila wieder das Klassenzimmer und setzte sich an ihren Platz. Mit finsteren Blick schaute sie zu Max hinüber, der ihren Blick mit einer Art >Was-soll-ich-machen< Geste erwiderte.

John Springfield öffnete mit fahrigen Bewegungen die Schubläden des Kleiderschrankes seines Sohnes. Der Anruf dieses Kripobeamten aus *Terranico* hatte ihn nervös gemacht. Eine Schublade nach der anderen zog er heraus, durchstöberte sie kurz und schloss sie wieder. Irgendwo musste diese verdammte Bürste doch sein, nachdem er sie im Badezimmer nirgends finden konnte. Da fiel ihm die Ablage oberhalb des Schuhschrankes im Vorzimmer ein. Wenn es Adrian eilig hat, legt er da immer alle möglichen Sachen ab. Und tatsächlich lag sie hier, nicht sofort sichtbar, unter einer Schirmmütze.

„Na endlich!", seufzte Herr Springfield, nahm die Bürste und drückte seinen *IdeTel-Chip*. Wie vereinbart teilte er die Koordinaten zum Beamen, die er mittels eines Positionsbestimmers genau ermitteln konnte, dem Kommissar mit. Wenige Augenblicke später war die Bürste verschwunden.

Als er die niederschmetternde Nachricht erfuhr, saß Direktor Gudmundsson in seinem Büro und speicherte Lehrprogramme auf die Laptops einiger seiner Lehrer.

„Guten Morgen, Herr Direktor!", meldete sich Kommissar Kolping. „Ich habe gerade den Laborbericht mit den Ergebnissen der Untersuchung der Bürste vor mir liegen. Sie war tatsächlich mit dem Nervengift Tetrodotoxin versetzt worden. Das Gift gelangte dermal über die Kopfhaut in den Körper. Es soll ein extrem starkes Gift sein. Der Schüler hatte großes Glück, dass er nur eine minimale Dosis abbekommen hatte."

„Ja, Gott sei Dank! Aber dass die Bürste wirklich vergiftet war, ist schrecklich genug", antwortete Gudmundsson. „Bitte bewahren Sie Stillschweigen in der Sache und vor allem halten Sie die Presse raus. Ich möchte nicht, dass die Schule schon wieder in die Schlagzeilen gerät."

„Natürlich, ich werde in dem Fall so diskret wie möglich vorgehen", versprach Kolping, „kann Ihnen aber nicht versichern, dass die Paparazzi nicht doch etwas mitbekommen."

„Danke, Herr Kommissar, ich weiß, dass Sie Ihr Bestes geben werden", beendete der Direktor das Gespräch.

Der Schulleiter legte den Laptop, an dem er gerade arbeitete, zur Seite und grübelte nach. Wer um alles auf der Welt könnte es auf Springfield abgesehen haben? Ax-La-Can saß im Gefängnis und ansonsten konnte er sich niemand so richtig vorstellen, der in Frage käme. Außerdem gab es kein Bekennerschreiben oder so etwas.

Der Kommissar ging jeder noch so klitzekleinen Spur nach. Sogar sämtliche Mitschüler und einige Lehrer ließ er vernehmen. Doch bei keinem ergaben sich etwaige Verdachtsmomente, geschweige denn ein Motiv. Besonders Silvano Esperanza war über seine Vorladung ins Kommissariat entrüstet.

„Also, einen Geistlichen des Mordanschlages an einem Schüler zu verdächtigen, finde ich schon ein starkes Stück", wetterte Esperanza, noch bevor er an Kolpings Schreibtisch Platz genommen hatte.

„Ich bitte Sie, Hochwürden, es geht hier nicht um irgendwelche Verdächtigungen, geschweige denn um Anschuldigungen, sondern nur um eine rein routinemäßige Befragung. Es wäre ja möglich, dass Sie etwas beobachtet haben, dem Sie bisher keine Bedeutung zukommen ließen, oder Ihnen etwas Außergewöhnliches aufgefallen ist. Ich habe sogar Direktor Gudmundsson hier bei mir gehabt", beruhigte der Kommissar in sachlichem Tonfall.

Kolping hatte seine liebe Not bei der Vernehmung Esperanzas. Der Religionslehrer ließ sich alles aus der Nase ziehen und beantwortete die Fragen nur widerwillig und in schnippischem Tonfall. Immer wieder bemerkte er dazwischen, dass er sehr wenig Zeit habe und unterstrich dieses mit ständigen Blicken auf seine Armbanduhr.

Der Kommissar gab einen Seufzer der Erleichterung von sich, als die Tür hinter Esperanza ins Schloss fiel. Er hatte jetzt alle Personen befragt von denen er glaubte, dass sie zur Lösung des Falles beitragen könnten und war doch keinen Schritt weiter gekommen. Resigniert warf er seinen Kugelschreiber auf das Papierblatt, auf dem er sich Notizen gekritzelt hatte.

Am Nachmittag hatte die 1b Waffenkunde. Ihr Lehrer war Waffenmeister Major Harnisch. Professor Harnisch war ein groß gewachsener, sehr sportlich wirkender Mann um die Mitte dreißig. Bevor er sich an der Hoko-TiR als Lehrer bewarb, arbeitete er als Physiker für Strahlungstechnik am Raumwaffenstützpunkt *Merak IV*.

Somit konnte man sich wohl keinen besseren Mann für den Waffenkundeunterricht vorstellen. Er hatte sowohl umfangreiche theoretische Kenntnisse als auch ein hohes Maß an praktischer Erfahrung mit Laserwaffen.

„Die HLP-9000 wird von einem Hochleistungsakku mit Energie versorgt", begann Professor Harnisch räuspernd, weil sich in der letzten Reihe noch zwei Schüler flüstern unterhielten. Die beiden verstummten und setzten eine Unschuldsmiene auf.

„Auf Grund ihrer enormen Reichweite kann sie nicht nur im Nahkampf, sondern auch im Fernkampf bis 9000 Kilometer eingesetzt werden. Innerhalb einer planetarischen Atmosphäre, also etwa auf der Erde oder auch hier auf *Alpha CMi IV*, kann es durch Nebel, Wolken oder Regen zu einem deutlichen Energieverlust des Laserstrahls kommen.“

Während Professor Harnisch sprach löste er den Akku aus dem Waffengehäuse, in Form und Größe ähnlich wie das Magazin einer herkömmlichen Schusswaffe.

„Bitte nehmen Sie die Waffe und entfernen Sie den Akku“, forderte er die Schüler auf. Als er sah, dass es einigen Schwierigkeiten bereitete, das Teil zu lösen, schob er seinen Akku wieder in die Pistole und wiederholte den Vorgang langsam, für alle gut sichtbar, nochmals.

„Jeder Akku trägt links unten eine sechsstellige Nummer“, erklärte Professor Harnisch weiter und zeigte mit dem Finger darauf.

„Es ist dieselbe, die auch im Griff der Waffe eingeprägt ist. Das ist wichtig, weil jede HLP-9000 nur von ihrem, sozusagen >persönlichen Akku< geladen werden kann. Der Akku selbst kann auch nur persönlich geladen werden...und zwar von mir.“ Professor Harnisch deutete mit der Hand auf seine Brust und grinste.

Ein kräftig gebauter, sehr großer Junge hob die Hand und fragte, nachdem ihn der Lehrer mit einem „Bitte, Kadett Callanger“ dazu aufgefordert hatte:

„Wie lange dauert es denn bis der voll aufgeladene Akku wieder leer ist?“

„Dazu wollte ich gerade kommen“, meinte Major Harnisch. „Das kommt natürlich auf die Höhe der eingestellten Leistungsstufe sowie auf Dauer und Häufigkeit des Einsatzes der HLP-9000 an. Das kann deshalb sehr verschieden sein. Ein Dauerfeuer auf Stufe 10 würde den Akku nach etwa zehn Minuten bereits entladen haben, eines auf Stufe 1 erst nach sechzehn bis siebzehn Stunden. Aber auch im Ruhezustand entlädt sich der Akku allmählich, nur dauert es dann, vorausgesetzt die Waffe würde niemals verwendet, mehrere Jahre. Bei unserem Übungsschießen werden wir nur mit höchstens Stufe 5 feuern, das heißt Sie müssten mit Ihrem Akku mindestens ein Schuljahr lange auskommen. Vor jeder Schießübung, oder auch auf Befehl der Schulleitung, wird von mir die Waffe auf die erforderliche Stufe eingestellt. Die restliche Zeit hat sie gesichert zu sein und darf nicht benützt werden. Bis auf eine Ausnahme, zu der ich später noch zurückkommen werde. Auch gesichert darf sie nur in dem dafür vorgesehenen Brusthalfter und nicht irgendwo eingesteckt mitgeführt werden. Nur im tatsächlichen Ernstfall, zum Beispiel bei einer feindlichen Bedrohung, ist die Waffe auf die absolut tödliche Stufe 10 gestellt. In diesem Fall kann die Waffe auch feuerbereit in der Hand gehalten werden und muss nicht im Halfter stecken. Jeder unerlaubte Gebrauch kann nachverfolgt werden und wird strengstens bestraft."

Major Harnisch machte eine Pause und blickte mit ernster Miene durch das Klassenzimmer, um sich zu vergewissern, dass seine zuletzt ausgesprochene Warnung auch bei den Schülern angekommen ist.

„Kann mir jemand sagen, warum der Treffer eines Laserstrahles verletzen beziehungsweise töten kann?", fuhr der Waffenmeister mit einer Frage fort.

Klerila hob ihre Hand.

„Ich nehme an, dass es die dabei entstehende Hitze ist, Herr Professor."

„Ja, hauptsächlich durch thermische Wirkung tötet der
Laser, aber nicht nur...“, sagte Harnisch, „...auch Strahl-
durchmesser und natürlich die Energiemenge spielen bei
den unteren Leistungsstufen, also im nicht tödlichen Bereich, eine wichtige Rolle. Bis Stufe 3 ist der Strahl-
durchmesser mit etwa 2,5 Zentimeter zwar am größten,
jedoch die Energiemenge von nur wenigen Watt relativ
gering. Der Laser kann deshalb den Gegner nicht durch-
bohren. Wegen des größeren Strahldurchmessers ist auch
die Einschlagfläche größer. Dies bewirkt eine Schock-
welle in den Blutbahnen und der Kreislauf bricht kurzfristig zusammen. Mehr oder weniger lange Bewusstlosigkeit ist die Folge. Ab Stufe 5 wird der Strahl sein Ziel
mit Sicherheit durchschlagen und, obwohl nur noch einige Millimeter dick aber mit Energien bis zu 100 Kilowatt
bei Stufe 10, einen mehreren Zentimeter breiten Schuss-
kanal aus dem Körper herausbrennen. Dass die dabei ent-
stehenden Verletzungen zum Tod führen versteht sich
wohl von selbst. Es kann schon mal vorkommen, dass
durch den Rückstoß der explosionsartig verdampfenden
Körperteile eines getroffenen Feindes, ihm nahe befindli-
che Kameraden ebenfalls schwerst verletzt oder sogar getötet werden können.“
Mit wachsendem Respekt blickten die Kinder ehr-
furchtsvoll auf ihre HLP-9000. Der große Junge mit dem
Namen Callanger hob wieder die Hand und fragte, ohne
das Okay von Waffenmeister Harnisch abzuwarten:
„Sie sprachen vorhin von einer Ausnahme, bei der die
Waffe auch mit entsprechender Sicherung benutzt werden kann?“
„So ist es, ich wollte es soeben ansprechen. Sollten Sie
einmal in eine Situation kommen, in der Sie auf sich alleine gestellt sind und Ihr *IdeTel-Chip** nicht funktio-

niert, sei es wegen atmosphärischer Strahlung, einer Kopfverletzung oder welchen Gründen auch immer, so können Sie trotz gesicherter Waffe einen Laserstrahl abgeben um sich bemerkbar zu machen. Quasi als Ersatz für eine Leuchtrakete."

Harnisch ging um das Lehrerpult herum, nahm seine HLP-9000 und hob sie mit ausgestreckten Armen in die Höhe. Dabei zeigte er mit dem Finger auf eine Stelle nahe dem Abzug.

„Schalten Sie den Sicherungshebel auf die Stellung >SOS<." Der Waffenmeister machte es den Schülern vor. Und schon haben Sie einen breiten und besonders leuchtstarken Laserstrahl. Damit können Sie sich, wenn Sie in die Luft schießen, kilometerweit bemerkbar machen. Verletzen oder gar töten kann man in der Stellung >SOS< nicht. Der Strahl ist nicht sehr heiß, sondern nur besonders hell."

Im ganzen Klassenzimmer hörte man metallische Klickgeräusche, als die Schüler die Sicherungshebel ihrer Waffen einrasten ließen.

„Sie können die SOS-Funktion gleich einmal ausprobieren. Bitte richten Sie die Waffe an die Decke und zielen Sie keinesfalls auf einen Mitschüler. Ein Treffer kann die Augen blenden und im schlimmsten Fall sogar zur Blindheit führen", forderte Harnisch die Schüler auf.

Darauf wurde es im Raum augenblicklich gleißend hell. Zahlreiche Laserstrahlen schossen kreuz und quer nach oben.

„Feuer wieder einstellen!", befahl Professor Harnisch, nachdem sich die Aufregung über den SOS-Laser zu einem Gekreische gesteigert hatte und nur noch wild an die Decke geschossen wurde.

„Auf Grund der Blendwirkung kann der SOS-Strahl auch zur Verteidigung eingesetzt werden. Ich denke da zum Beispiel eher an die Abwehr von wilden Tieren, nicht so sehr an den Einsatz gegen Feinde.“

„Was passiert, wenn jemand die Waffe verliert oder sie ihm gestohlen wird?“, fragte Fiep und dachte dabei an Joe McCaffrey, der ja mit einer gefundenen HLP-9000 seine Hauskugel Pauli angeschossen hatte.

„Das ist nicht gut“, bemerkte Harnisch, „dann hat derjenige ein Problem. Er kann noch von Glück sprechen wenn die Waffe entsichert war, denn dann sendet sie ein ganz spezifisches Signal aus, das mit einem speziellen Ortungsgerät empfangen werden kann. Und zwar über viele tausende Kilometer. Wenn die Waffe gesichert war wird es schon wesentlich schwieriger, denn dabei wird kein Signal ausgesandt. Sollte die Waffe nicht innerhalb von vierundzwanzig Stunden auftauchen, so erfolgt eine Meldung an die Schulbehörde und der Betroffene muss, je nach Umständen des Verlustes, mit einer mehr oder weniger harten Strafe rechnen.“

Nächste Stunde war Astronomie bei Frau Dr. To-Pan angesagt. Sie löschte das Licht, öffnete ihren Overhead-Laptop und zauberte einen wunderschönen, dreidimensionalen Sternenhimmel in den Raum. Es war ein Nachthimmel, der auf den ersten Blick dem auf der Erde täuschend ähnlich sah und doch ein ganz anderer war:

Der Sternenhimmel von *Alpha CMi IV*.

Es entstand der realistische Eindruck als säße man irgendwo in der freien Natur und blickte hoch zum Firmament. Mit ein paar technischen Tricks verwandelte der Laptop das Klassenzimmer optisch in ein kleines, aber feines Planetarium.

„Hier seht ihr den Nachthimmel dieses Planeten. Wir befinden uns in den mittleren Breiten der nördlichen Hemisphäre und es ist zwölf Uhr nachts. Jahreszeitmäßig ist es Spätherbst“, begann Frau To-Pan mit ihren Ausführungen.

„Zum Unterschied auf der Erde werdet ihr hier einen Mond immer vergeblich suchen, es gibt nämlich keinen“, fuhr sie fort. „Dafür aber einige sehr markante Sterne und Planeten. Natürlich sehen wir hier vollkommen andere Sternbilder.“

To-Pan war im Dunkel des Raumes kaum zu erkennen, dafür war ihre Stimme umso deutlicher zu hören.

„Aber auch ohne Mond ist es ziemlich hell auf unserem Firmament. Die Ringplaneten Alpha CMi VIII bis XI sind die leuchtstärksten Objekte am Himmel.“

Mit einem kleinen Stift projizierte sie ein gelbes, pfeilartiges Gebilde in den Raum und zeigte damit auf die Sterne. Wie ein leuchtendes Insekt zuckte der Lichtpfeil über den künstlichen Sternenhimmel.

„Das hier ist Alpha CMi VIII“, erklärte To-Pan und der Pfeil blieb neben einem besonders auffälligen Stern stehen. „Er ist mit einer *Magnitude** von -5,8 das hellste Objekt am Nachthimmel.“

Mit weit aufgerissenen Augen starrten die Schüler an die Decke. Der Pfeil wechselte wieder seine Position und hüpfte zu einem weiteren sehr hellen Stern.

„Und dieser Stern hier ist dafür verantwortlich, dass ihr hier sitzt und euch ihn mit mir ansehen könnt. Wer weiß um welchen es sich handelt?“

Die vielen Gesichter, die sich auf diese Frage ratlos anblickten, waren nur ganz schemenhaft zu erkennen. Ein Arm fuhr in die Höhe. Er gehörte Klerila.

„Das ist der Stern Sonne", sagte sie bestimmt. „Es ist der Hauptstern jenes Planetensystems, dem auch die Erde angehört, die wiederum Ursprung der Spezies Mensch ist."

„Richtig, das hast du sehr schön gesagt", lobte Frau To-Pan.

„Das ist der Stern Sonne. Wie redet denn die über unsere Sonne? Als wäre sie ein x-beliebiger Stern", dachte Iwo entrüstet. Doch er tat Klerila Unrecht, denn sie war auf Alpha CMi VI aufgewachsen und natürlich war für sie deshalb *Prokyon* der Heimatstern und die Sonne eben nur ein x-beliebiger.

Frau To-Pan zeigte ihnen noch die wichtigsten Sternbilder und nannte ihre Namen. Da gab es keinen Großen Wagen oder einen Wassermann, sondern sie hatten so seltsam anmutende Namen wie: Großes Triebwerk, nördlicher Anti-G oder das Towozon.

„Dieses Gebilde wird euch sicher bekannt vorkommen", sagte To-Pan und zeigte auf einen verwaschenen Fleck fast senkrecht über ihren Köpfen. „Es ist der Andromedanebel. Auf Grund seiner großen Entfernung von zirka 2,2 Millionen Lichtjahren sieht er natürlich komplett gleich aus wie von der Erde. Genauso groß und gleich lichtschwach. Auch unsere eigene Galaxis, die Milchstraße, bildet ein sehr ähnliches Band über den Nachthimmel; es liegt nur eine kaum erkennbare Spur tiefer."

Die nächsten Wochen regierten Schularbeiten und Tests. Gerry hatte wegen Klerila vor Weihnachten kaum einen Kopf zum Lernen gehabt. Das hat sich in einigen Tests in Form eines „Nicht genügend" ausgewirkt.

Jetzt hatte Lernen Vorrang. Da auch Klerila den Großteil ihrer Freizeit mit Pauken verbrachte (was Gerry ob ihres fotografischen Gedächtnisses als reine Zeitverschwendung bezeichnete), konnte er sich zur Genüge mit seinem Lehrstoff beschäftigen. Das Gute daran war, dass die Zeit bis zum Landausflug wie im Flug verging. Bei diesem Ausflug fuhren alle ersten Klassen mit einem großen Luftkissenboot, über Land um den großen See herum, nach *Hydronia*, einer Stadt am Ufer gegenüber der Hauptstadt. Zurück ging es dann über den See. Das Ganze sollte mit mehreren Aufenthalten an verschiedenen Orten eine Woche dauern.

Es war Dienstagabends als Gerry, Iwo und Max das Nötigste für den Ausflug in ihre Taschen packten. Am nächsten Morgen sollte es schon um 6 Uhr losgehen und deshalb wollten sie heute schon alles fertig haben.

„Nehmt ihr auch Handschuhe und Mütze mit?", fragte Gerry, während er ein Uniformhemd fein säuberlich in seine Tasche legte.

„Ja sicher, Dr. Kaufmann meinte, dass die Temperaturen vor allem in den Nächten unter null Grad sinken werden", antwortete ihm Iwo.

„Ich glaube nicht, dass wir uns irgendwann einmal während der Nacht im Freien rumtreiben werden", sagte Gerry und hielt seine Handschuhe in den Händen. Er überlegte kurz und packte sie schließlich doch zu den anderen Sachen.

„Welche Lehrer werden uns den begleiten?", wollte Max wissen. Dabei legte er eine dunkelblaue Wolldecke sorgfältig zusammen.

„Walter meinte, dass außer Dr. Kaufmann noch Silvano und Frau To-Pan dabei sind", sagte Iwo.

„Super, wenn Dr. Kaufmann nicht zu lästig wird, dann werden das ziemlich lockere Tage", scherzte Gerry.

Auch Iwo und Max waren mit der Auswahl der drei Lehrer zufrieden.

Als am nächsten Morgen ein schrilles Pfeifen die Stille im Zimmer jäh beendete und sich das Licht automatisch anschaltete, war Gerry sofort hellwach.

„Aufstehen Freunde!", rief er. „Bewegt eure müden Knochen aus den Federn, heute geht's auf große Fahrt."

Langsam kroch Iwo unter der Decke hervor und blickte verschlafen auf seine Armbanduhr.

„Was für ein Wahnsinniger hat denn die Weckanlage auf fünf Uhr gestellt? Das ist eine grobe Verletzung der Menschenrechte", beschwerte sich Iwo schlaftrunken.

„Na hör mal, um sechs Uhr ist Abfahrt und wir müssen auch noch frühstücken", wies ihn Gerry zurecht.

„Ja schon, aber früh ist es trotzdem", gab sich Iwo einsichtig.

Als Gerry, Iwo und Max in den Speisesaal kamen, saß Walter mit Klerila, Elli und Fiep bereits an einem Tisch.

„Hallo ihr drei!", rief ihnen Walter entgegen. „Ihr könnt euch drüben beim Buffet schon mal bedienen und euch dann zu uns setzen. Ich habe noch etwas zu besprechen."

Da die Küche erst um sieben öffnete, hatte man Wurst, Käse, Butter, Brötchen, Marmelade und vieles mehr an einem großen Tisch fein säuberlich zur freien Entnahme angerichtet. Die Freunde luden sich ordentlich davon auf ihre Teller und setzten sich danach zu Walter und den anderen an den Tisch.

„Seid ihr schon aufgeregt?", fragte Walter in die Runde nachdem sie alle Platz genommen hatten. Elli zog die Mundwinkel nach unten und antwortete ihm als Erste:

„Nein, glaube ich nicht, denn ich freue mich schon voll auf den Ausflug.“

Auch die anderen schienen nicht sehr aufgeregt zu sein.

„Gut, dann wäre noch folgendes zum Ablauf des Tages zu sagen: Nach dem Frühstück begeben wir uns sogleich zur U-Bahnstation, wo ihr von Major Harnisch die Atemmasken und eure auf Stufe 5 gestellten Waffen bekommt. Von dort fahren wir bis zum Hafen am anderen Ende der Stadt. Hier befindet sich die Anlegestelle für Luftkissenboote. Die HokoTiR hat für den Ausflug eines der Boote gechartert.“

„Warum brauchen wir eine auf Stufe 5 gestellte Waffe? Haben wir irgendwelche Gefahren zu befürchten?“, unterbrach Iwo Walter.

„Na ja, nicht direkt, aber es leben allerhand wilde Tiere auf dem Planeten. Bis auf den *Saurus Saccharosus* sind sie zwar relativ klein, nicht viel größer als eine Katze, aber ein Großteil von ihnen sind Raubtiere und können einem schon gefährliche Bisswunden zufügen.“

„Und was ist mit diesem *Saurus Saccharosus*?“, fragte Max neugierig.

„Tja, mit dem *Saurus Saccharosus* ist es etwas anderes. Das ist ein wahres Monster, fünfzehn Meter hoch und an die hundert Tonnen schwer. Der seltsame Name rührt daher, dass das Tier eigenartiger Weise nicht wie herkömmliche Organismen zum Großteil aus Wasser besteht, sondern aus Zucker. Es ist vom Aussterben bedroht und deshalb selten anzutreffen. Es ist eigentlich ein friedlicher Pflanzenfresser, doch wenn es sich angegriffen oder sonst wie gestört fühlt kann es sehr ungemütlich werden“, warnte Walter die Freunde.

„Können wir gegen diesen Giganten mit unserer HLP-9000 auf Stufe 5 überhaupt etwas ausrichten?“, fragte Iwo zweifelnd.

„Töten wirst du ihn sicher nicht können, aber wenn du ihn im Bereich des Kopfes triffst, ist er vorübergehend außer Gefecht. Aber wie gesagt, diese Tiere sind sehr selten und es ist unwahrscheinlich, dass wir auf sie stoßen werden.“

„Und wo wird übernachtet? In einem Hotel?“, fragte Klerila mit erwartungsvollem Blick.

„Schön wär’s“, zerstreute Walter Klerilas Hoffnungen, „wir sind nur einmal in der Stadt *Tepek* im gleichnamigen Hotel einquartiert. Ansonsten schlafen wir an Bord des Luftkissenbootes und einmal sogar in einem Zeltlager.“

„Müssen wir deshalb unsere Waffen tragen, um das Lager vor wilden Tieren verteidigen zu können?“, erkundigte sich Elli etwas ängstlich.

„Nein, deswegen nicht. Das Lager wird von einem Strahlenschutzschild abgesichert, aber wir werden einen Orientierungslauf durchführen und da ist jeder auf sich alleine gestellt.“

„Bekommen wir denn nicht unsere Anstecker für den Schutzschild, so wie er im Zoo an Bord der *Proconsul* verwendet wird.“

„Sicher, aber es soll kein unnötiges Risiko eingegangen werden“, antwortete Walter Elli.

Wer den Zoo der *Proconsul* besuchte, bekam einen kleinen Sender in Form einer Anstecknadel. Dieser legte einen Strahlenschutzschild um seinen Träger. Diesen Schutzschild konnte kein Fremdkörper, außer einer Person die ebenfalls einen solchen Sender trug, durchdringen.

„Das ist schon okay, Walter“, meinte Iwo abwinkend, „ich persönlich fühle mich mit einer schussbereiten Waffe jedenfalls sicherer.“

Auch die anderen waren dieser Ansicht und stimmten Iwo zu.

„Die Anstecknadel bekommt ihr von Frau To-Pan an der U-Bahnstation und eure Waffen gebt bitte gleich nach dem Frühstück in Major Harnischs Büro ab“, ersuchte Walter seine Schützlinge. „Habt ihr sonst irgendwelche Fragen?“

Als keiner antwortete sagte Walter:

„Gut, dann machen wir es so wie besprochen und treffen uns an der U-Bahnstation.“

Er wischte sich mit einer Serviette den Mund ab, stand auf und verließ den Speisesaal.

Die Schüler der ersten Klassen standen mit ihren Ausbildern am Bahnsteig in Gruppen zusammen. Frau To-Pan verteilte die Ansteckssender an die Gruppe von Walter.

„Bitte verwahrt die Sender an einem sicheren Ort, wo ihr sie nicht verlieren könnt. Wann sie anzustecken sind, wird rechtzeitig von uns bekannt gegeben“, bat sie die Kinder.

Die meisten gaben das Teil in ihre Geldbörsen. Kurz darauf bog ein kleiner Elektrowagen mit einem schrankförmigen Anhänger im Schlepp um die Ecke. Am Steuer saß Professor Harnisch.

„Vorsicht bitte!“, rief er.

Während das Gefährt zwischen den Schülergruppen anhielt, drückte der Professor zweimal kurz die Hupe.

„Sie bekommen jetzt Ihre HLP-9000 auf Stufe 5 gestellt und entsichert ausgehändigt. Bitte melden Sie sich, wenn ich Ihren Namen aufrufe und nennen Sie mir die Waffennummer", forderte Harnisch die Schüler auf.

Mit einem sportlich-lässigen Sprung schwang er sich von dem Elektrowagen und öffnete das Handrolltor des Anhängers. Fein säuberlich aufgereiht steckten unzählige HLP-9000 in ihren Halterungen. Der Waffenmeister rief einen Namen auf und eine Schülerin meldete sich. Sie nannte ihre Waffennummer. Professor Harnisch hakte auf einer Liste die Nummer ab, holte die Waffe von der Aufhängung und rief den Nächsten.

Nach und nach leerten sich die Reihen mit den Waffen im Anhänger, bis schließlich Professor Harnisch: „Kadett Mayer!", rief.

„Hier!", meldete sich Gerry und hob seine Hand. „Nummer 079554".

Professor Harnisch fuhr mit seinem Kugelschreiber die Liste von oben nach unten, hielt bei der genannten Nummer an und machte neben dem Vermerk A19 ein Häkchen. Dann wollte er Gerry seine Waffe geben, doch auf dem Platz A19 war keine.

„Moment mal", sagte der Major, „Ihre Waffe ist nicht da wo sie sein sollte."

Harnisch blickte noch einmal auf die Liste und dann suchend durch die Reihen der Pistolen. Da sich alle zum Verwechseln ähnlich sahen, konnte man, ohne auf die Nummer zu schauen, die Waffen nicht unterscheiden.

„Warten Sie bitte bis ich alle Waffen ausgegeben habe. Ihre müsste dann eigentlich übrig bleiben. Weiß der Kuckuck warum sie nicht auf ihrem Platz ist", bat Harnisch Gerry.

Die Schüler nahmen die Waffen und steckten sie in ihre Brusthalfter.

„So, das müsste jetzt die Ihre sein, Kadett Mayer", sagte Professor Harnisch, nachdem nur noch eine HLP-9000 einsam in einer der Halterungen steckte. Er nahm sie heraus und kontrollierte die Nummer.

„Ja, 079554, bitte schön."

Gerry nahm die Waffe entgegen und steckte sie in den Halfter.

Professor Harnisch zog das Handrolltor wieder herunter und ging zur anderen Seite des Anhängers. Dort öffnete er abermals ein Rolltor und stellte einen großen Karton heraus auf den Boden. Mit seinem Fingernagel ritzte er das Paketband auf, mit dem der Karton zugeklebt war.

„Das hier sind Ihre Atemluftmasken. Sie sind noch original verpackt in Plastikbeuteln. Sie brauchen also keine Angst zu haben, dass sie schon einmal benutzt wurden. Zu jeder Maske gibt es zwei spezielle Sauerstoffpatronen. Darin befinden sich je eintausend Liter komprimierter Sauerstoff. Eine Patrone kann Sie durchschnittlich für zwölf bis vierundzwanzig Stunden mit Atemluft versorgen, je nach Anstrengung der Tätigkeit. Die zweite dient ausschließlich für den Notfall. Sollte auch diese Notpatrone verbraucht sein so kann das lebensbedrohlich sein. Die Maske selbst filtert den giftigen Schwefelwasserstoff und die Stickoxide aus der Luft. Behandeln Sie die Masken behutsam, denn eine Beschädigung bedeutet ebenfalls akute Lebensgefahr. Sie können sich jetzt je einen Beutel aus dem Karton nehmen."

Fiep, der dem Karton am nächsten stand, langte als erster hinein und wollte sich eine der Tüten schnappen.

„He, sind die Dinger angeklebt?"

„Nein, aber zweitausend Liter gepresster Sauerstoff hat schon sein Gewicht", grinste Professor Harnisch breit.

„Auch wenn das Teil nicht größer als eine Getränkedose ist."

Bemerkungen der Verwunderung und des Staunens waren zu hören, als die Schüler der Reihe nach die zugeschweißten Plastikbeutel, denen man ihr Gewicht von über zwei Kilogramm einfach nicht ansah, aus dem Karton holten und in ihrem Gepäck verstauten.

Nach etwa zehn Minuten fuhr die U-Bahngarnitur an den Bahnsteig und stoppte fast geräuschlos. Die Türen öffneten sich. Es stieg niemand aus.

„Bitte rasch einsteigen, der Zug hält nur sehr kurz", forderte To-Pan die Leute auf.

Es dauerte keine Minute und alle waren eingestiegen. Der Zug verschwand so schnell wie er gekommen war und am Bahnsteig herrschte wieder gähnende Leere.

„Ich dachte schon der hat meine HLP verloren", sagte Gerry und wuchtete seinen Rucksack auf die Gepäckablage.

„Du hättest meine haben können", meinte Elli, „ich habe mit dem Ding ohnehin keine große Freude."

Sie drückte ihm mit einem flehenden Blick und einen kurzen „Bitte sei so lieb, Danke!" ihren Rucksack in die Hände und ließ sich auf die Sitzbank fallen. Gerry hob Ellis Rucksack stöhnend in die Ablage:

„Buh, was hast du denn da alles reingepackt? Der ist ja mindestens doppelt so schwer wie meiner."

„Alles was man halt so braucht", rechtfertigte sich Elli.

„Ha, alles was man so braucht. Das kenn ich schon bei euch Mädchen", mischte sich Max ein, „da wiegt der Schminkkoffer schon so viel wie bei uns Jungs das ganze Gepäck."

„Hat von euch schon jemand bei einem Orientierungslauf mitgemacht?“, fragte Klerila, als sie alle Platz genommen hatten, um das Thema zu wechseln.

„Ich..., in der Hauptschule“, antwortete Gerry. „Das war sehr aufregend. Unsere Klasse hatte sich für das Finale der Staatsmeisterschaft qualifiziert und ich wurde mit meinem Partner Dritter.“

„Ihr wart zu zweit?“, fragte Iwo.

„Ja, bei diesen Bewerb trat man als Team zu zweit an.“

„Aber Walter hat gesagt, dass wir bei diesem Orientierungslauf auf uns alleine gestellt sind“, überlegte Iwo. „Darunter verstehe ich, dass jeder für sich kämpft.“

„Auch gut, brauche ich die Siegerprämie mit niemanden zu teilen“, prahlte Gerry.

„Was?!“, rief Max aufgeregt. „Es gibt eine Siegerprämie?“

„So ein Schwachsinn“, unterbrach jetzt Walter, der auf der Sitzreihe gegenüber den Freunden mit anderen Ausbildern beisammen saß, das Gespräch. „Wir sind hier nicht bei der Olympiade. Für die ersten drei gibt es einen Pokal, eine Medaille und eine Urkunde. Desweiteren wird auch die beste Klasse prämiert. Das ist alles.“

Gerry grinste als ihn Max mit vorwurfsvollem Blick ansah.

„Wie läuft denn so ein Orientierungslauf im Detail ab“, fragte Elli.

„Jeder bekommt eine genaue Karte von dem Gebiet wo gelaufen wird. Die Lehrer haben im Vorhinein bereits verschiedene Geländepunkte markiert. Dabei gilt es, diese mit Hilfe der Karte zu finden und sich die Anwesenheit an einem solchen Punkt mit einer Chipkarte bestätigen zu lassen. Jeder hat seinen eigenen Weg zu finden, wobei die Strecken etwa gleich lang sind und in vergleichbar schwierigen Geländen liegen", erklärte Walter.

„Und der Schnellste gewinnt?", fragte Max.

„So ist es, vorausgesetzt er hat alle Kontrollpunkte korrekt passiert", bestätigte Walter.

2. KAPITEL

AUFBRUCH INS ABENTEUER

An der Station am Hauptplatz stiegen die meisten Leute aus. Jetzt befanden sich zum Großteil nur noch Schüler der HokoTiR in den Abteilen der Garnitur.

„Nächster Halt: *Terranico-West*, Umsteigmöglichkeit zu den Linien der regionalen Schiff- und Raumfahrtflotten“, verkündete eine angenehme, weibliche Stimme aus den Lautsprechern der Zugabteile.

„So, auf geht's!“, bemerkte Walter. „Wir warten am Bahnsteig zusammen.“

Terranico-West war der wichtigste Verkehrsknotenpunkt des ganzen Planeten. Hier war nicht nur ein Hafen für Schiffe und Luftkissenboote, sondern auch die Landeplätze für Passagier-Anti-G und Raumschiffe. Sogar eine Anlegestation für U-Boote befand sich hier. Der Bootsbetrieb wurde jedoch nur als Touristenattraktion genutzt. Nachdem alle Schülergruppen mit ihren Ausbildern versammelt waren, trat Dr. Kaufmann vor und meldete sich mit: „Ruhe bitte!“ zu Wort. Die Menge verstummte.

„Wir begeben uns gleich im Anschluss an Bord des Luftkissenbootes *Admiral Münster*. Das ist ein Ausflugsboot und wurde von der Schule extra für unsere Exkursion angemietet. Das heißt für Sie, dass an Bord Sauberkeit und Sorgfalt oberstes Gebot sind. Jede Verunreinigung oder Beschädigung muss natürlich bezahlt werden, ...und zwar von Ihnen.“

„Was soll die Moralpredigt?", flüsterte Iwo. „Der tut ja als wären wir ein Haufen wilder Rowdys."

„Keine Ahnung, wahrscheinlich hat es in früheren Jahren schon Vorfälle gegeben", vermutete Gerry.

„Richtig", bemerkte Walter, der neben Gerry stand, „vor zwei Jahren erlaubte sich ein Witzbold einen besonders üblen Scherz, indem er in der Toilette mehrere Wasserhähne aufdrehte und das Weite suchte. Weil er dies spät am Abend machte, wurde das Malheur erst bemerkt, nachdem das Wasser in den darunter befindlichen Maschinenraum durchgesickert war und an einem der Fahrwerksteuerungen einen Kurzschluss verursachte. Gott sei Dank war das Luftkissenboot gerade nicht auf Fahrt, sonst hätte das böse enden können.

„Musste der Schüler den Schaden bezahlen?", fragte Iwo.

„Er nicht, aber seine Eltern. Die Rechnung sämtlicher Reparaturkosten belief sich auf über 30.000 Galaxos. Sein Vater war total fertig als es zunächst hieß, dass die Versicherung bei grob fahrlässiger Sachbeschädigung für den Schaden nicht aufkommt. Erst durch die Intervention von Direktor Gudmundsson bei der Versicherung bekamen die Leute doch das Geld."

Dr. Kaufmann gab noch einige Belehrungen und Informationen über den zeitlichen Ablauf der nächsten Tage kund.

„Wir werden uns jetzt schnellstens an Bord des Luftkissenbootes begeben. Mit schnellstens meine ich, dass es nicht länger als zehn Minuten dauern sollte. Wir können dann auf ein Anlegen der Atemmasken verzichten."

In zügigem Tempo begab sich die lärmende Menge zur Anlegestelle. Dort stand die *Admiral Münster* schon mit ausgefahrener Landebrücke bereit. Davor wurden sie von einem Mann in Matrosenuniform kurz angehalten. Dr. Kaufmann wechselte ein paar Worte mit ihm und hielt seinen linken Arm nach vorne. Der Matrose tippte mit etwas darauf und die Schüler konnten passieren.

Das Innere des Amphibienfahrzeuges (ein sich über Wasser als auch über Land bewegendes Fahrzeug) war dem eines Passagier-Anti-G's sehr ähnlich. Der auffallendste Unterschied war, dass man die Stühle zu mehr oder weniger bequemen Liegen ausfahren konnte und die Sitzreihen deshalb weiter auseinander lagen.

„Es gibt keine bestimmte Sitzordnung. Jeder kann sich seinen Stuhl aussuchen. Es sind ausreichend Plätze vorhanden", bemerkte Dr. Kaufmann, nachdem die Kinder angehalten hatten und sich fragend umsahen.

„Kommt, wir nehmen die sechs da ganz vorne", rief Iwo und stürmte zu einer Reihe leerer Plätze am Ende des Raumes. Die anderen folgten ihm schnell. Gerry legte seinen Rucksack ab und ließ sich auf einen der Stühle fallen. Er drückte eine Taste zu seiner Rechten und die Stuhllehne begann sich nach hinten zu senken.

„Hey, das ist ja super bequem!", rief er voller Begeisterung.

Auch Klerila hatte ihr Gepäck abgestellt und setzte sich auf den Stuhl neben Gerry. Fragend blickte sie zu ihm herüber.

„Wie funktioniert denn das?"

„Du musst die rote Taste gedrückt lassen bis die Lehne in der gewünschten Position ist", erklärte ihr Gerry.

„Aha, klappt ja prima", meinte Klerila und ließ sich grinsend in Liegestellung gleiten.

„Für Ihr Gepäck gibt es einen eigenen Raum mit Schließfächern gleich im Anschluss an den Fahrgastraum. Die Nummer Ihres Sitzplatzes ist die gleiche wie die Ihres Schließfaches. Bitte benutzen Sie deshalb immer nur ein Fach, sie sind groß genug“, forderte sie Dr. Kaufmann auf.

Der Gepäckraum war ein kleiner, länglicher Raum ohne Fenster. Die Schließfächer waren links und rechts in Dreierreihen angeordnet. Gerry half Klerila, ihr Gepäck zu verstauen. Sie hatten die Nummern 12 und 13 auf der linken Seite.

„Bitte setzen Sie sich. sobald Sie Ihre Sachen verstaut haben, auf die Plätze. Wir werden in wenigen Minuten ablegen“, mahnte Dr. Kaufmann zur Eile. Nach und nach füllten sich die Sitzreihen, bis zuletzt auch noch die Lehrer Platz nahmen. Der Raum war jetzt etwa zur Hälfte besetzt. Etwas später unterbrach eine Durchsage das Geschwätz der Schüler und es wurde abrupt still:

„Sehr geehrte Lehrer und Schüler der HokoTiR, hier spricht Kapitän Tamo-Tua. Im Namen der Crew heiße ich Sie herzlichst willkommen an Bord der *Admiral Münster*. Es ist ein Luftkissenboot der Klasse C und bietet Platz für 135 Passagiere. Der Antrieb erfolgt nach dem altbewährten >Hovercraft-Prinzip<. Auf einem Luftkissen, das von einem permanenten Gebläse erzeugt wird, schwebt das Fahrzeug über dem Boden oder der Wasseroberfläche. Der Vortrieb erfolgt mittels Propeller und die Steuerung mit Luftrudern, ähnlich dem Leitwerk von Flugzeugen. Die Energie dazu liefert eine acht Megawatt starke Solaranlage. Damit können wir eine Geschwindigkeit von bis zu 100 km/h zu Wasser als auch zu Land erreichen. Unsere Reiseroute führt von *Terranico* entlang des großen Sees zum *Perakong-Delta* und weiter entlang des *Perakong* zur *Segatolischen Tiefebene* an einen Punkt Namens *Schiller's Point*. Dort ist ein 24-stündiger Aufenthalt geplant. Am dritten Tag erreichen wir die Provinzstadt *Tepek*. Die weitere Reise führt uns zu den *Roten Bergen* und in die *Petlangschlucht*. Zum Schluss geht es dann noch von *Hydronia* über den See zurück nach *Terranico*."

„Klingt alles sehr spannend", stellte Gerry aufgeregt fest.

„Ich hoffe nur, dass alles glatt geht", meldete sich Walter zu Wort.

„Was soll denn nicht glatt gehen?", fragte Elli etwas verunsichert.

„Naja, irgendetwas ist immer. Einmal erkrankte ein Schüler an einer eigenartigen, bis dahin noch unbekannten Infektion. Gott sei Dank war es nichts Gefährliches. Dann wiederum wurde das Luftkissenboot in der *Petlangschlucht* beinahe von einer mächtigen Steinlawine getroffen, ...und die Wasserschaden-Geschichte kennt ihr ja schon."

„Ach was, sei doch nicht so pessimistisch. Ich bin überzeugt, dass wird eine tolle Sache", sagte Klerila gut gelaunt.

„Okay, du hast Recht. Ich glaube auch, dass es ein paar schöne Tage werden. Es kann ja nicht immer etwas schief gehen", zeigte sich Walter schließlich optimistisch.

Wenige Minuten später war ein leichtes Vibrieren zu spüren. Das Brummen der Propeller wurde lauter, als sich das Luftkissenboot mit einem Ruck von der Anlegestelle löste. Staub wurde aufgewirbelt. Langsam entfernte sich das Stationsgebäude und gab den Blick über den großen See frei. Nur wenige Meter vom Ufer entfernt schwenkte die Maschine auf ihren Kurs Richtung Norden ein. Auf der anderen Seite des Bootes spiegelte sich das Licht von *Prokyon A* und *B* (ein Doppelsternsystem) im

Glas der gewaltigen Kuppel, die die Stadt umspannte. In der Ferne sah Gerry die auf Stelzen verlaufende Trasse einer Magnetschwebebahn. Eine silberfarbene Zuggarnitur flitzte mit atemberaubender Geschwindigkeit darauf dahin. Die Fenster des Zuges blitzten weithin in der noch tief stehenden Sonne. Dahinter erhob sich aus dem Dunst der Ebene ein mächtiger Vulkankegel. Der schneebedeckte Gipfel schien über der Landschaft zu schweben. Die Kulisse erinnerte Gerry an ein Bild des *Fujisan*, das er in einem Geschichtsbuch einmal gesehen hatte. Darauf war der damalige schnellste Reisezug der Welt, der Shinkansen, vor dem heiligen Berg der Japaner zu sehen.

Dass der Himmel grünlich war und nicht blau wie auf der Erde, fiel Gerry schon gar nicht mehr auf. Er hatte sich an diese Tatsache bereits gewöhnt. Die Landschaft abseits des Sees wirkte unwirtlich und war so weit das Auge reichte mit dunklem Lavagestein bedeckt. Nur stellenweise ragten einige knorrige Bäume oder verdorrte Sträucher empor. Leben schien hier überhaupt keines zu existieren. Dichtere Vegetation gab es nur in der näheren Umgebung des Ufers.

Die *Admiral Münster* zog eine lange Wolke dunklen Staubes hinter sich her, während sie drei Meter über dem ausgetrockneten Planetenboden dahin brauste. Kaum vorstellbar, dass hier vor wenigen Wochen noch eine zentimeterdicke Schneedecke lag. Pünktlich um zwölf Uhr wurde das Mittagessen zu den Fahrgästen gebeamt. Dazu fuhr man vor jedem Stuhl ein kleines Tischchen hoch. Es gab eine Rindsuppe mit Nudeln, panierte Hühnerbrüstchen mit Salat und einem Apfelstrudel. Obwohl es von einem Zustellservice an Bord des Luftkissenbootes geliefert worden war, schmeckte es ausgezeichnet.

Plötzlich merkte Gerry, dass unter den Schülern an der rechten Fensterreihe Unruhe aufkam. Das anfängliche Geschwätze steigerte sich rasch zu einem wilden Durcheinander.

„Herr Major, was ist das?", rief jemand aufgeregt.

„Was ist was?", fragte Dr. Kaufmann und eilte ebenfalls zu einem der Fenster.

„Das da!"

Ein blonder Junge zeigte nach draußen. Zwei Burschen wichen zur Seite um Dr. Kaufmann Platz zu machen.

„Ich werd' verrückt, ein *Saurus Saccharosus*", hauchte er förmlich vor Staunen, „...noch dazu mit seinen Jungen. So etwas ist extrem selten."

In ungefähr zwei- bis dreihundert Meter Entfernung stand ein riesiges Ungetüm. Sein gewaltiger Rumpf wurde durch vier mächtige, an einen Elefanten erinnernde, Beine getragen. Der baumdicke Schwanz war ebenso lang wie sein Hals, der mindestens zehn Meter in die Höhe ragte. Hätte sich daran nicht der relativ kleine Kopf befunden, man hätte auf die Schnelle nicht gewusst wo hinten und vorne ist. Mit einem Tempo, das man dem schwerfällig wirkenden Körper niemals zugetraut hätte, setzte sich das Tier augenblicklich in Richtung des Luftkissenbootes in Bewegung. Es sah tatsächlich aus als wolle es angreifen. Im Fahrgastraum der *Admiral Münster* war es still geworden. Alle Schüler, bis auf den Letzten, waren zum Panoramafenster gestürmt und starrten dem heran stampfenden Ungetüm entgegen. Als das Monster schon gefährlich nahe an dem Luftkissenboot war und die ersten Schüler mit angstgeweiteten Augen vom Fenster zurückwichen, wurden die Glasscheiben schlagartig dunkel. Sogleich erhellte ein greller Lichtblitz die Umgebung.

„Was war denn jetzt los?", fragte Iwo ratlos.

Die Scheiben der Fenster wurden wieder heller. Draußen torkelte der *Saurus Saccharosus* umher als wäre er betrunken. Die Schüler blickten fragend zu Dr. Kaufmann. Dieser zog die Mundwinkel nach unten und zuckte mit den Schultern.

Doch die Antwort ließ nicht lange auf sich warten. Ein zweitoniger Gong kündigte eine Durchsage an:

„Sehr geehrte Fahrgäste!", meldete sich die Stimme von Kapitän Tamo-Tua. „Wie Sie sicher bemerkt haben, mussten wir die Fenster kurzfristig verdunkeln um eine Blendgranate gegen einen angreifenden *Saurus Saccharosus* einsetzen zu können. Damit wurde einer Schädigung Ihrer Augen durch den starken Lichtblitz vorgebeugt. Der Angriff konnte erfolgreich abgewehrt werden. Bitte entschuldigen Sie den Zwischenfall. Danke."

„Ach so, darum führt sich das Biest auf wie ein Besoffener", sagte Fiep.

Das Luftkissenboot entfernte sich zwar schnell vom Ort des Geschehens, doch die Kinder konnten noch deutlich erkennen wie der Fleischberg von einem Tier orientierungslos umherirrte.

„Ich glaube, der wird sich nicht mehr so schnell mit einem Luftkissenboot anlegen", vermutete Gerry und grinste.

„Also ich finde das gemein", sagte Klerila mitleidig. „Es wollte doch nur seine Jungen verteidigen. Hoffentlich sieht es bald wieder etwas."

„Du bist gut, irgendwo hört es sich auf mit der Tierliebe. Hätte der Kapitän zusehen sollen wie der Koloss seine Maschine zertrampelt? Das Vieh soll froh sein, dass es nur eine Blendgranate war und nicht eine scharfe", empörte sich Iwo.

„Ich finde auch, dass Iwo Recht hat“, sagte Fiep. „Ein anderer hätte den Saurus vielleicht ins Jenseits befördert.“

„Wisst ihr was ihr seid? Idioten!“

Schmollend setzte sich Klerila wieder an ihren Platz und las ein Buch.

„Wenn es um Tiere geht, musst du bei ihr vorsichtig sein, Fiep, da versteht sie keinen Spaß“, flüsterte Gerry seinem Freund zu.

„Ich liebe Tiere auch, aber übertreiben braucht man es auch nicht“, antwortete ihm Fiep ebenfalls flüsternd.

„Bitte setzen Sie sich alle wieder auf Ihre Plätze. Die Schau ist vorbei!“, forderte Dr. Kaufmann mit seiner hohen Stimme die Schüler auf. Sie folgten seiner Anweisung und entfernten sich von den Fenstern.

„Wir haben soeben das unheimliche Glück gehabt einen *Saurus Saccharosus* mit seinen Jungen in freier Wildbahn beobachten zu können“, meldete sich jetzt Frau To-Pan, „auch wenn die Art der Begegnung nicht gerade das Gelbe vom Ei war. Passend zum Thema werden wir uns in der nächsten *ExBi**-Stunde mit diesen Tieren beschäftigen.“

„Oh ja, das wird sicher interessant“, freute sich Klerila.

Auf To-Pans hübschem Gesicht erschien ein kurzes Lächeln.

Die Stunden vergingen, während das Luftkissenboot mit einem gleichmäßigen Brummen durch das eintönige Land glitt. Die Doppelsonne sank bereits dem tiefliegenden Horizont entgegen und begann sich rötlich zu färben, als die Stimme des Kapitäns eine Durchsage ankündigte:

„Sehr geehrte Fahrgäste! Wir werden in Kürze *Schiller's Point* erreichen und uns für die Nacht vorbereiten.

Das Verlassen der Maschine ist nicht gestattet und nur im Notfall möglich. Die Fahrgaststühle lassen sich mit wenigen Handgriffen zu bequemen Liegen umfunktionieren. Unser Bordpersonal ist Ihnen dabei gerne behilflich. Waschraum und Duschen befinden sich links im hinteren Teil des Fahrgastraumes. Der Kapitän und seine Crew wünschen eine angenehme Nachtruhe."

Schiller's Point war ein etwa hundert Meter tiefer Krater mit einem Durchmesser von zwei Kilometern. Wahrscheinlich wurde er vor Jahrmillionen von einem Meteoriten geschlagen. Das Innere des Kraters war über seine Hänge hinauf mit saftigen Wiesen bedeckt. Rund um den See wuchs sogar ein üppiger Wald. Aus der Vogelperspektive konnte man glauben, ein großes, grünes Rad mit dem See als Nabe würde in der sonst steppenähnlichen Landschaft liegen.

Sanft sank die *Admiral Münster* auf den weichen Grasboden am Rande des Waldes. Die Motoren verstummten. Wieder liefen die Schüler zu den Fenstern und riefen aufgeregt durcheinander. Aber diesmal faszinierte sie die so plötzlich vollkommen veränderte Umgebung. Draußen brodelte es geradezu vor Leben.

Überall sprangen, liefen und flogen irgendwelche Insekten und Kleintiere durch den dichten Gras- und Buschbewuchs.

„Wo kommt den das Zeug alles her? Hier geht es ja zu wie..., dagegen war die Arche Noah das reinste Geisterschiff", sagte ein Junge fassungslos und alle mussten sie lachen. Da durchbrach ein schriller Schrei das Durcheinander. Elli war kreidebleich von der Fensterscheibe zurückgewichen. Vor ihren Augen hatte sich eine fette Spinne an der Scheibenaußenseite an ihrem Spinnfaden herunter gelassen. Die sicher fünf Zentimeter langen Beine und auch der Körper waren von einem braunen Pelz überzogen. Panikartig klatschte Max mit der flachen Hand gegen die Scheibe. Da geschah etwas Unerwartetes. Die Spinne kappte den Faden, streckte ein Paar Flügel aus und flog davon.

„Habt ihr das gesehen? Eine Spinne die fliegen kann!", rief Max erstaunt.

„Ihr werdet euch wundern was es auf diesen Planeten noch alles gibt", meinte To-Pan entzückt.

„Sind den die Tiere nicht gefährlich? Ich meine giftig oder so", fragte Elli.

„Bis auf einen kleinen Fisch namens Eusthenopteron Procyonensis, der in vielen Kraterseen vorkommt, ist das Gift der Tiere auf *Alpha CMi IV* für den Menschen ungefährlich.

Aber Mücken oder auch Kriechtiere stellen, wie etwa auf der Erde auch, als Überträger von Krankheitserregern eine nicht zu unterschätzende Gefahr dar. Deshalb sollte man schon alleine aus diesem Grund den Strahlenschutzschild immer aktiviert haben. Denn der hält auch das Kleinzeug von einem ab", sagte To-Pan.

„Wie viele solcher Kraterseen gibt es denn?", fragte Elli weiter.

„Es werden wohl tausende sein. Kartographisch sind sie alle noch lange nicht erfasst. *Schiller's Point* war der erste, der im Jahr 2200 von dem deutschen *Extraterralogen** Eugen Schiller entdeckt wurde. Er war damals mit seinem Raumschiff in der Nähe der heutigen Stadt *Terranico* gelandet. Danach setzte er mit seinen Leuten den Weg in einem Anti-G fort. Nach nur wenigen Flugstunden gerieten sie in den Aktionsradius eines heftigen Vulkanausbruchs, wurden von einem Gesteinsbrocken getroffen und stürzten ab. Den Absturz überlebten nur

Schiller und einer seiner Mitarbeiter. Schiller gelang es, sich mehr tot als lebendig bis zu diesem Kratersee zu schleppen und konnte sich so vor dem sicheren Verdursten retten. Nachdem er einen S.O.S.-Ruf absetzte, wurde er von einem Rettungsschiff geborgen. Sein Mitarbeiter blieb verschollen“, erzählte To-Pan vom Drama der Forscher.

„Warum können wir hier nicht von Bord gehen und uns die Tiere näher ansehen?“, wollte ein Junge aus der 1c wissen.

„Es wird bald dunkel sein und dann kann man nicht mehr viel sehen. Morgen müssen wir schon zeitig losfahren, um unser Etappenziel am *Perakong* zu erreichen. Dort gibt es mindestens die gleiche Tier- und Pflanzenvielfalt wie hier“, erklärte ihm To-Pan.

Die Kinder begannen sich nach und nach auf die Nachtruhe vorzubereiten. Stühle wurden zu Liegen umgeklappt und mit Decken belegt. Zwei Stewards waren dabei behilflich. Die ersten Schüler verschwanden mit ihren Toilettsachen in den Waschräumen. Unter ihnen auch Gerry, Max und Iwo.

„Unter uns befindet sich also der Maschinenraum“, sagte Gerry währenddessen er sich Zahncreme auf die Bürste drückte.

„Warum soll unter uns der Maschinenraum sein?“, fragte Iwo hinter seinem Handtuch hervor, mit dem er sich das Gesicht trocken rieb.

„Weißt du nicht mehr? Dr. Kaufmann hat uns doch erzählt, dass ein Schüler die Hähne aufdrehte und dabei das Wasser durch den Boden des Waschraumes in den darunter liegenden Maschinenraum gesickert ist.“

„Ja stimmt, das hab‘ ich total vergessen“, gab Iwo zu.

„Irgendwie ist das komisch. Draußen wimmelt es vor Tieren und Ungeziefer, unter uns ist ein dröhnender Maschinenraum und hier drinnen ist alles ruhig und sauber“, sagte Gerry.

„Ja, man hat das Gefühl richtiger Geborgenheit“, pflichtete Iwo Gerry bei.

Das Abendessen wurde wieder in den Fahrgastraum gebeamt. Die Stimmung war locker, als würde man sich im Speiseraum eines Internats befinden und nicht an Bord eines Luftkissenbootes in der weiten Landschaft eines anderen Planeten.

Deshalb war es auch vollkommen überraschend, als plötzlich ein heftiger Ruck die Maschine erschütterte. Teller und Gläser stürzten von den Tischen der Schüler. Zum Klirren der Scheiben mischte sich das Gekreische einiger Kinder.

„Aah … verdammt!“, hörte man einen Jungen fluchen, der von seinem Stuhl gefallen war und dessen noch heiße Gemüsesuppe sich über seinen Bauch ergoss.

Darauf war es schlagartig still geworden. Ein unheimliches Schnauben war aus der bereits hereingebrochenen Dunkelheit zu hören. Kreidebleich schauten sich die Kinder gegenseitig an. Dann ein weiterer Stoß, verbunden mit einem markerschütternden Schrei, ähnlich dem Trompeten eines Elefanten. Diesmal fielen die restlichen Gedecke auch noch von den Tischen und zerbarsten mit lautem Scheppern. Alle schrien wild durcheinander und jeder versuchte sich irgendwo festzuhalten. Diejenigen denen es nicht gelang, stürzten in das Chaos aus Glassplittern, Speis und Trank am Boden. Noch ehe jemand einen klaren Gedanken fassen konnte erlosch das Licht im Raum. Es war plötzlich stockdunkel und totenstill. Keiner wagte sich zu bewegen oder einen Laut von sich zu geben. Zwei rote Blitze erhellten die Umgebung und für einen kurzen Moment war die furchtbare Fratze eines Monsters vor einem der Fenster zu erkennen. Es riss sein Maul auf und gab diesen elefantenartigen Schrei von sich. Hunderte nadelspitze Zähne kamen zum Vorschein, dazu funkelte ein gelbes Augenpaar. Jetzt kreischten alle durcheinander. Gerry spürte, wie sich Klerilas Finger um seinen Unterarm klammerten.

„Ich habe Angst", hauchte sie so leise, dass es Gerry kaum hören konnte. Er merkte wie ihre Hand zitterte.

„Ich weiß auch nicht was da los ist, aber du brauchst keine Angst zu haben. Hier sind wir sicher", tröstete Gerry sie tapfer und drückte ihr die Hand, obwohl er sich vor Furcht fast in die Hose pinkelte.

Die linsenförmigen Pupillen des Monsters verdrehten sich und sein mächtiger Kopf kippte nach hinten. Ein dumpfer Schlag folgte und die Erde erzitterte. Das ertönen einer Durchsage ließ die Angstschreie der Leute allmählich leiser werden.

„Achtung, hier spricht der Kapitän! Wir hatten soeben eine sehr unliebsame Begegnung mit einem unbekannten extraterrestrischen Wesen, das unser Luftkissenboot massiv angriff. Ich musste mich deshalb dafür entscheiden, das Tier mittels zwei gezielter Lasertorpedos zu töten. Bei dem Zwischenfall wurde die *Admiral Münster* leicht beschädigt. Sie brauchen sich deshalb aber keine Sorgen zu machen, der Schaden kann in der Nacht repariert werden. Es wäre jedoch möglich, dass sich die morgige Abfahrtszeit etwas verzögert. Sollte sich bei dem Zwischenfall jemand verletzt haben, bitte ich Sie, sich von Steward Logan in der Ersten-Hilfe-Kabine behandeln zu lassen. Kapitän Tamo-Tua und seine Mannschaft wünschen eine gute und hoffentlich störungsfreie Nacht." „Sie haben es getötet!“, schrie Klerila zornig. „Sie haben das Tier einfach umgebracht!“

„Jetzt geht das wieder los“, seufzte Fiep und fuhr sich mit den Fingern beider Hände durch sein langes, schwarzes Haar. „Bitte Gerry, könntest du deiner Angebeteten erklären, dass es besser ist, das Biest ist tot als wir.“

Obwohl Klerila Gerry mit einem Blick bedachte der irgendwo zwischen flehentlich und wütend lag, sagte er ruhig aber bestimmt:

„Klerila, Fiep hat Recht. Der Kapitän musste das Tier töten, es hätte sonst aus dem Luftkissenboot Kleinholz gemacht.“

„Musste er nicht!“, konterte Klerila. „Er hätte es genau so gut wie den *Saurus Saccharosus* nur blenden können. Wenigstens du könntest auf meiner Seite sein, Gerry.“

„Meine liebe, schlaue Klerila, glaubst du denn wirklich, das Monster wäre nicht im Stande auch blind die Maschine auseinander zu nehmen?“, sagte Fiep mit zynischem Tonfall.

„Ruhe bitte!“, unterbrach Dr. Kaufmanns Stimme die Streitenden. „Haben Sie die Durchsage des Kapitäns gehört? Wer hat sich bei dem Zwischenfall verletzt?“

„Ich!“, rief ein Junge und hielt eine blutende Hand in die Höhe.

„Zeigen Sie mal her, Kadett Altmann“, sagte Dr. Kaufmann zu dem Schüler.

„Ich habe mich an einer Scherbe geschnitten.“

Der Major nahm die Hand des Schülers und begutachtete sie.

„Hm, ich glaube es ist nicht so schlimm wie es aussieht. Nur ein kleiner Schnitt, der etwas stärker blutet. Lassen Sie sich vom Steward behandeln.“

Kadett Altmann verschwand hinter der Tür zur Ersten-Hilfe-Kabine.

„Noch jemand?“, fragte Dr. Kaufmann in die Runde.

Es meldete sich keiner mehr.

„Gut, dann bitte helft jetzt dem Bordpersonal, dieses Chaos hier zu beseitigen. Je schneller hier alles aufgeräumt ist, desto früher können wir zur Nachtruhe.“

Es war kurz vor acht Uhr. Keiner der Schüler hatte es besonders eilig beim Saubermachen, denn für eine baldige Nachtruhe waren nur die wenigsten. Bis Dr. Kaufmann mit einem scharfen: „Ein bisschen mehr Beeilung wäre angesagt!“ das Tempo auf das nötige Niveau brachte.

Es wurde geputzt, geschrubbt und gekehrt. Auch die Lehrer halfen fleißig mit, Ordnung zu schaffen.

„Glaubt ihr, dass noch mehr von den Biestern dort draußen herumlaufen?“, fragte Elli etwas ängstlich, während sie mit dem Besen Scherben und Speisereste zu einem Häufchen zusammen schob.

„Keine Ahnung“, antwortete ihr Klerila und schob dabei eine Kehrschaufel unter Ellis Schmutz, „aber nachdem der Kapitän meinte, dass das Tier noch unbekannt ist, hoffe ich, dass es auch dementsprechend selten vorkommt und nicht das nächste schon auf uns wartet.“

„Hoffentlich“, sagte Elli nur kurz.

Und so dauerte es nur knapp eine Stunde und alles war wieder sauber. Einzig der frische Geruch nach Reinigungsmittel lag noch in der Luft. Die Leute des Bordpersonals bedankten sich fast überschwänglich bei Lehrern und Schüler.

„Vielen, vielen Dank. Sie waren uns eine große Hilfe“, sagte ein großer, schlanker Steward und ließ es sich nicht nehmen, jedem der Lehrer die Hand zu drücken. „Ohne euch hätten wir sicher bis Mitternacht gebraucht. Wir wünschen noch eine gute Nacht."

Der Kapitän bedankte sich ebenfalls noch einmal über Lautsprecher bei den Helfern.

Um zehn Uhr lagen alle auf ihren Liegestühlen und das Licht wurde ausgemacht. Natürlich wurde auch noch im Dunkeln weiter gequatscht und gekichert. Die Lehrer verstanden die Aufgeregtheit der Schüler und ließen sie deshalb gewähren. Sie würden sicher bald müde und einschlafen.

„Hast du die grässliche Fratze dieses Monsters gesehen?", flüsterte Elli zu Max, der neben ihr lag und dessen Umrisse nur schemenhaft zu erkennen waren.

„Ja sicher, das werde ich nie vergessen. Ich musste unwillkürlich an den Tyrannosaurus Rex denken.

„Genau, ich auch. Alle glauben, dass er ausgestorben ist, dabei ist er nur nach *Alpha CMi IV* ausgewandert", kicherte Elli.

Rund um Elli konnte man leises Gelächter vernehmen. Allmählich wurde das Geflüster seltener und irgendwo fing jemand an zu schnarchen. Es dauerte nicht lange und es waren im gesamten Raum Schnarchgeräusche zu hören. Anfängliche Proteste wie „Das ist ja nicht auszuhalten" oder „Wie soll man denn bei diesem Lärm schlafen" waren erfolglos und verstummten nach kurzer Zeit. Die Leuchtziffern der Wanduhr zeigten eine halbe Stunde vor Mitternacht, als alle eingeschlafen waren. Auch die Leute der Besatzung hatten sich zur Nachtruhe begeben. Nur einige Männer des technischen Personals waren mit Instandsetzungsarbeiten kleiner Schäden an dem Luftkissenboot beschäftigt.

Den größten Schaden richtete das Monster an den empfindlichen Teilen der Steuerungselekronik an. Durch das starke Schütteln kam es zu mehreren Kurzschlüssen. Zwei Männer mussten nach draußen und einen verbogenen Teil der Propellerabdeckung austauschen. Der Rest, vier Männer und eine Frau, waren im Maschinenraum damit beschäftigt, durchgeschmorte Kabel und Anschlüsse zu ersetzen.

Was keiner bemerkte und sich später auch niemand erklären konnte, spielte sich eine Stunde später direkt vor der Maschine ab. Ein gelbes Augenpaar blitzte plötzlich in der Finsternis der Nacht auf. Die linsenförmigen Pupillen zuckten hin und her.

3. KAPITEL

ISO-12-ß

Die Glasflächen des Hauptgebäudes der Firma *Technoklon* leuchteten in der Morgensonne. In einem kleinen Labor des zweiten Untergeschosses wurde unter strengster Geheimhaltung gearbeitet.

„Verdammt noch mal, ich kann ISO-12-B nirgends ausmachen", schimpfte ein etwa sechzigjähriger Mann mit weißem Labormantel und fuchtelte dabei aufgeregt an verschiedenen Knöpfen und Hebeln eines Schaltpultes herum.

„Was soll das heißen >nicht ausmachen<, Rudpert?", fragte eine junge Frau mit kurzen blonden Haaren.

„Das soll heißen, dass ich das Biest im gesamten Gehege nicht finden kann. Es ist verschwunden, Dora", antwortete der Mann mit belegter Stimme.

Die junge Frau schob den Professor zur Seite und versuchte sich selbst am Schaltpult. Auf den Bildschirmen vor ihnen sah man verschiedene Stellen eines großen Geheges, das mit einem hohen, elektrischen Zaun eingegrenzt war. Nicht weniger als 100.000 Volt flossen durch seinen Maschendraht. Auf den meisten der Monitore waren nur Bäume, Buschwerk und Wiesen zu sehen. Aber auf einigen waren auch verschiedene Arten von prähistorischen Tieren der Erde zu erkennen. Angefangen von einer *Meganeuropsis permiana* (Riesenlibelle) über verschiedene Saurier bis hin zu einem *Smilodon* (Säbelzahntiger) und einem Mammut. Alle ästen sie friedlich auf einer Wiese, fraßen Blätter von den Bäumen oder lagen nur faul in der Sonne. Doch wie konnten sie überhaupt hier sein? Diese Tiere waren nicht nur auf der Erde ausgestorben, sondern hatten auch auf *Alpha CMi IV* nie gelebt.

Der bekannte Genetiker Professor Damir Okic hatte ein für die menschliche Intelligenz verantwortliches Gen entdeckt und es war ihm in einem Versuch gelungen, dieses in die *Genome** von verschiedenen ausgestorbenen Tierarten einzuschleusen. Jedoch wusste er um die Gefahr, die eine solche „halbkünstliche" Intelligenz in sich birgt. Es wäre durchaus möglich, dass die so gezüchteten Klone zu einer unberechenbaren Gefahr für die Umwelt wurden. Die Tiere könnten außer Kontrolle geraten und schweren Schaden anrichten. Deshalb ließ Professor Okic die Versuche abbrechen und die Forschungsergebnisse wieder in den Schubladen verschwinden. Das Risiko einer unkontrollierbaren Entartung wollte und konnte er nicht verantworten.

Professor Rudpert Sprüngli und Mag. Dora Kleinfeld waren zwei seiner engsten Mitarbeiter. Professor Sprüngli sah in der Sache seine Chance, zu Anerkennung und Ruhm zu kommen und setzte deshalb, nachdem es ihm gelungen war sich Kopien von den Forschungsunterlagen zu besorgen, gemeinsam mit Frau Kleinfeld die Arbeiten in einem geheimen Labor im Keller der Firma *Technoklon* illegal fort.

Nachdem Frau Kleinfeld alle möglichen Kamerapositionen auf die Bildschirme geholt hatte, musste auch sie resigniert feststellen:

„Tatsächlich, ISO-12-B ist verschwunden. Aber wie? Am elektrischen Zaun sind nirgends Schäden zu erkennen."

„Du vergisst, dass ISO-12-B mit der Intelligenz eines *Homo sapiens sapiens* (Moderner Mensch) ausgestattet ist. Vielleicht ist er unbemerkt geflüchtet?", meinte Professor Sprüngli.

„Ja schon, aber wie soll das Biest das denn angestellt haben? Ein elektronisch gesichertes Tor lässt sich vom intelligentesten Menschen nicht öffnen und wieder schließen, ohne den Alarm auszulösen", machte die junge Frau den Professor aufmerksam.

„Du hast ja Recht Dora, auch mir ist das Ganze ein Rätsel", sagte Sprüngli achselzuckend.

„Gut, nehmen wir zur Kenntnis, dass es so ist und schauen wir ob außer dem Tyrannosaurus noch andere Tiere fehlen", schlug Dora vor.

Sie klickte den ersten Gehegeabschnitt an und die zwei begannen mit der Suche.

„Hier bei dem umgestürzten Baum steht ISO-22-A", sagte Dora und zeigte auf einen der Bildschirme.

„Und hier ist der *Stegosaurus*, ähm…ISO-09-B", ergänzte Frau Kleinfeld den Professor.

Die nächsten vierzehn Klontiere waren rasch gefunden. Nur ISO-20-A, ein *Isisfordia Duncane* (Vorfahre der heutigen Krokodile) hatte sich im hohen Gras zur Ruhe gelegt und konnte erst mit einer Infrarotkamera aufgespürt werden.

„Gott sei Dank", war Professor Sprüngli erleichtert, „die anderen sind alle hier."

„Wie soll es jetzt weiter gehen? Ohne fremde Hilfe finden wir den Ausreißer in hundert Jahren nicht", seufzte Sprüngli und fuhr sich mit den Handflächen über das Gesicht.

„Bitte frag mich etwas Leichteres", antwortete ihm Dora Kleinfeld ratlos.

Die Abkürzung ISO stand für **I**ntelligenter-**S**aurier-**O**rganismus und bedeutete so viel wie ein (geklonter) Saurier mit intelligentem genmanipuliertem Gehirn.

Was in alten Filmen noch als pure Phantasie von Autoren galt, war längst schon Wirklichkeit geworden. Aus den Blutzellen eines Dinosauriers, die im Saugrüssel einer Stechmücke Jahrmillionen überdauert haben, wird DNS-Material isoliert. In einem hochkomplexen Verfahren werden dann Klone der Urzeittiere geschaffen. Dass sich die Gehirne dieser Tiere dank der eingeschleusten Gene zu hochleistungsfähigen Organen entwickelten, war natürlich die eigentliche Sensation. Die Nummer 12-B wies darauf hin, dass das Klonen im zwölften Versuch der zweiten Serie gelang.

„Ich werde persönlich zum Gehege fliegen und mir vor Ort ansehen was dort passiert ist“, schlug schließlich Professor Sprüngli vor.

„Gut, aber sei vorsichtig, irgendetwas ist da oberfaul“, mahnte Dora ihren Kollegen.

Das geheime Gehege der beiden Forscher lag gut 3000 Kilometer von *Technoklon* entfernt, nördlich der Hauptstadt *Terranico*, in einem abgelegenen Tal. Es wurde von einem kleinen Gebirgsbach, der nach etwa fünf Kilometer in den Fluss *Athmos* mündete, bewässert und war deshalb überaus fruchtbar; nicht zuletzt auch wegen des vulkanischen Bodens. Der eingezäunte Bereich maß mehrere hundert Hektar.

Nach ungefähr acht Stunden ging der Anti-G des Professors auf einer Wiese direkt vor dem meterhohen Elektrozaun nieder. Professor Sprüngli stieg aus und watete ein Stück durch das hohe Gras zu einer schmalen Straße, die zum Eingangstor des Geheges führte. Dann prallte er entsetzt zurück. Im Staub der Straße waren ganz deutlich Fußspuren zu erkennen. Es waren nicht irgendwelche Fußspuren. Sie gehörten ISO-12-B, dem geklonten Tyrannosaurus. Sprüngli zog seine Laserpistole und sah sich ängstlich um. War er doch im Inneren des Geheges gelandet? Er verwarf den Gedanken sofort wieder. Die Straße endete vor einem riesigen stählernen Tor, auf dem in großen Buchstaben stand:

ACHTUNG PRIVATGRUND!
ZAUN STEHT UNTER HOCHSPANNUNG!
LEBENSGEFAHR!

Das war eindeutig die Toraußenseite. Aber wie konnten die Fußabdrücke von ISO-12-B hier her kommen? Das Tor war nicht offen und auch nicht beschädigt. Nachdem er sich vergewissert hatte, dass nirgends eines der Klontiere zu sehen war, dachte er sich einen bestimmten Code und das Tor schwang auf. Diese Art von Gedankenübertragung nannte man *telepathieren*. So konnte man nicht nur Tore öffnen, sondern auch telefonieren, oder eine E-Mail verschicken, oder einen Geldbetrag von Konto X auf Y überweisen. Man musste nur den unter dem Ohr implantierten *Ide-Tel-Chip* durch Drücken aktivieren.

Als sich das Tor hinter dem Professor schloss, steckte er eine Anstecknadel an seinen Mantel, die einen Strahlenschutzschild um seinen Körper legte und ihn so vor Angriffen wilder Tiere und sonstigen Einwirkungen von außen schützen sollte. Er vergaß jedoch in seiner Aufregung, die Nadel zu aktivieren.

Bis auf das Summen von Insekten und Vogelgezwitscher war nicht viel zu hören oder zu sehen. Er konnte seine Waffe wieder einstecken. Professor Sprüngli nahm einen kleinen zylindrischen Behälter aus seiner Manteltasche. Er zog etwas heraus und rollte es wie ein Stück Papier auf. Es entpuppte sich als Bildschirm, der nur einen halben Millimeter dünn war. Mit einem Finger strich er über den unteren Rand des 30x30 Zentimeter großen Gerätes, und eine Luftaufnahme des Geheges erschien auf dem extrem dünnen Monitor. Es zeigte eine Luftaufnahme des Geheges und der näheren Umgebung. Zur besseren Erkennbarkeit war der Zaun darauf als kräftige gelbe Linie zu sehen. Innerhalb dieser abgegrenzten Fläche waren siebzehn rote Punkte zu sehen, die sich nur langsam bewegten oder überhaupt stillstanden. Es waren Positionspunkte der Klontiere im Gehege. Das Signal dafür wurde von einem Minisender in den Zähnen der Tiere abgestrahlt. Jetzt kam noch ein blauer Punkt hinzu, der von Professor Sprüngli. Das Signal dieses Punktes wurde von Sprünglis Anstecknadel abgeschickt. Daneben stand in kleinen Buchstaben >Sprüngli<.

Bei den anderen die Bezeichnung des jeweiligen Klontieres, also ISO-03-B, ISO-10-B, ISO-19-C usw. ISO-12-B war nicht dabei. Obwohl der Computer keine Beschädigung der Umzäunung registriert hatte, wollte der Professor den Zaun persönlich abgehen und sich davon überzeugen. Da fiel ihm eine abgebrochene Metallstange auf. Sie lag neben dem Tor einfach so im Staub der Straße. Er hob sie auf und erkannte, dass es eine Verstärkungsstrebe von einem der Zaunpfeiler war. An beiden Enden war sie stark verbogen, als wäre sie aus der Verankerung gerissen worden. Es bedurfte schon einer enormen Kraft, um das zu schaffen. >Für ISO-12-B dürfte das sicher kein

Problem gewesen sein<, dachte der Professor. Aber warum zum Teufel hat er das gemacht? Was sollte er mit der Stange bloß anfangen? Wollte ISO-12-B damit vielleicht ein Loch in den Zaun reißen? Professor Sprüngli würde ihm so viel Intelligenz durchaus zutrauen. Doch der Saurier hatte keine Finger, um die Stange ordentlich zu greifen – und selbst wenn es ihm gelungen wäre sie mit dem Maul irgendwie festzuhalten, hätte er einen tödlichen Stromstoß abbekommen müssen.

„Wie auch immer, ich werde mir den Zaun mal genauer ansehen", sagte der Professor leise zu sich selbst und marschierte los. Er kam nicht weit, da bemerkte er etwas Ungewöhnliches. An einer Stelle des Zaunes war der Maschendraht auf einer Länge von etwa zwei Metern verschmort.

„Was soll das den wieder bedeuten?", war Sprüngli ratlos.

Und plötzlich fiel es ihm wie Schuppen von den Augen.

„Dieses verdammte Biest ist noch viel klüger als wir glaubten", presste er fluchend hervor. Er drückte seinen *Ide-Tel-Chip* und nahm Verbindung mit Frau Kleinfeld auf.

„Dora, kannst du mal die elektronische Überwachung der Gehegeumzäunung einschalten. Ich möchte etwas versuchen", bat er seine Gehilfin.

„Ja sicher kann ich das. Ist den ISO-12-B wirklich verschwunden?"

„Der ist weg. Aber ich habe da eine Idee wie er das unbemerkt geschafft haben könnte. Bitte verfolge am Computer genau was gleich passieren wird."

„Alles klar, Rudpert. Bin schon gespannt was du vor hast."

Professor Sprüngli ging zu der Stange und hob sie auf.

„Buh, ganz schön schwer das Ding", stöhnte er und schleppte sie zum Zaun. Dann stemmte er die Stange wie ein Gewichtheber mit beiden Händen hoch und warf sie mit aller Kraft gegen den Maschendraht. Es gab ein lautes Zischen. Funken stoben durcheinander und kleine Rauchsäulen stiegen hoch.

„Hey, was hast du gemacht?", hörte der Professor die Stimme seiner Kollegin im Kopf. „Das System hat sich abgeschalten!"

Sprüngli spurtete zum Tor los, ohne Kleinfeld zu antworten. Es ließ sich problemlos öffnen. Er huschte hinaus und der schwere Flügel fiel wieder selbstständig ins Schloss.

„Hallo Dora, hier bin ich wieder", keuchte er. Schweiß hatte sich auf seiner Stirn gebildet. „Was genau ist bei dir passiert?"

„Am Monitor erschien plötzlich die Warnung >ACHTUNG KURZSCHLUSS! SYSTEM WIRD AUS SICHERHEITSGRÜNDEN ABGESCHALTET UND NEU GESTARTET! < berichtete Dora dem Professor. „Moment, jetzt kommt soeben die Meldung >FEHLER BEHOBEN-SYSTEM BETRIEBSBEREIT!"

„Dora, was ich jetzt sage klingt vielleicht etwas irre, aber ich glaube das Biest hat das System ganz bewusste kurz geschlossen", versuchte Sprüngli die Sache zu erklären.

Es folgte eine kurze Pause.

„Ganz bewusst kurz geschlossen?", wiederholte Dora die letzten Worte des Professors. „Das glaube ich jetzt nicht. Das kann ISO-12-B unmöglich gemacht haben und wäre er noch so hochintelligent. Dem klügsten Menschen müsste man irgendwann einmal gelernt oder gezeigt haben wie man etwas kurzschließt. Geschweige denn, dass er gewusst haben könnte, dass sich danach das System abschaltet und sich das Tor für kurze Zeit öffnen lässt."

„Das habe ich zunächst auch gedacht. Aber es kann nicht anders gewesen sein. Ich habe Fußabdrücke von ISO-12-B vor dem Einfahrtstor entdeckt. Eine abgedrehte Eisenstange, ein verschmorter Maschendraht….das kann nicht alles Zufall sein. Wir haben ihn gewaltig unterschätzt. Der ist uns geistig ebenbürtig, wenn nicht sogar voraus."

„Ist ja super!", rief Dora zynisch. „Und so eine Bestie aus einer Mischung von Kraft und Intelligenz läuft jetzt frei auf diesem Planeten herum. Wir müssen die zuständigen Behörden informieren. Die Bevölkerung muss unbedingt gewarnt werden."

„Bist du verrückt, das können wir nicht machen", sagte Sprüngli entsetzt. „Die ganze Sache ist illegal. Die sperren uns glattweg ein."

„Das hättest du dir früher überlegen müssen, Rudpert. Ich jedenfalls könnte es mit meinem Gewissen nicht vereinbaren, wenn durch eine Attacke von ISO-12-B jemand verletzt oder gar getötet wird. Ich werde unsere Klonversuche zumindest mal Dr. Okic melden."

„Das darfst du nicht, Dora", rief Professor Sprüngli. Seine Hand am *IdeTel-Chip* zitterte vor Erregung. Gib mir wenigstens 24 Stunden. Ich werde dieses Biest finden und unschädlich machen."

„Okay, 24 Stunden, aber dann gehe ich zu Professor Okic", hörte Sprüngli Kleinfeld noch sagen bevor es wieder still wurde in seinem Kopf.

Trotz der niedrigen Temperaturen, es hatte wohl kaum mehr als +10° C an diesem Nachmittag, bildeten sich

Schweißperlen auf Sprünglis Stirn. Er musste ISO-12-B unbedingt finden und ihn in eine Falle locken oder notfalls töten.

Dabei sprachen zwei wesentliche Umstände gegen ihn:

Erstens hatte er absolut keinen Schimmer, in welche Richtung sich der Saurier davongemacht hatte, die Spuren verschwanden nach einigen hundert Metern von der Straße auf steinigem Boden und zweitens ... er hatte nur wenig Zeit.

Er ärgerte sich, dass er auf seiner elektronischen Landkarte nur das Gebiet Innerhalb des Geheges gespeichert hatte und nicht auch die weitere Umgebung. Aber wer hätte gedacht, dass die Tiere ausbrechen könnten und sie irgendwo im weiteren Umkreis zu suchen wären. Doch vielleicht gibt es da eine andere Möglichkeit den Tyrannosaurus zu orten.

Professor Sprüngli ging wieder zurück zu seinem Anti-G. Das Fluggerät hatte für den Fall einer Bruchlandung in einem abgelegenen Gebiet einen tragbaren S.O.S.-Sender an Bord, der ein spezielles Signal abschickte, das auf dem gesamten Planeten zu empfangen war. Umgekehrt konnten damit auch Frequenzen aller Wellenlängen hörbar gemacht werden. Wenn er jetzt noch die Wellenlänge des Senders aus ISO-12-Bs Zahn kannte, müsste es möglich sein ihn so aufzuspüren.

„Dora, hier Rudpert", telepathierte Sprüngli mit Kleinfeld, „könntest du die Frequenz des Peilsenders von ISO-12-B eruieren. Ich möchte versuchen, sie mit Hilfe des S.O.S.-Senders akustisch erkennbar zu machen. Dann könnte ich feststellen in welche Richtung er abgehauen ist und wie weit er ungefähr schon entfernt ist."

„Moment, das dürfte kein Problem sein. Ich logge mich mal schnell in unseren zentralen Rechner ein, dort müsste das abrufbar sein“, antwortete Dora.

„Aha, hier haben wir es schon. Die Frequenz beträgt 120,57 *kHz**.“

„Danke Dora, jetzt hoffen wir einfach das Beste. Ich melde mich wieder wenn die Sache erledigt ist“, gab sich Sprüngli zuversichtlich.

Der S.O.S.-Sender war nur handflächengroß und hatte eine ovale Form. Auf einer Art Touchscreen suchte Sprüngli mit seinem Zeigefinger nach der angegebenen Frequenz. Nach anfänglichem Rauschen ertönte schließlich ein hoher, leiser Ton.

„Ich hab‘ ihn!“, jubelte er und ballte die Faust.

Langsam entfernte er sich vom Anti-G in eine willkürlich gewählte Richtung. Nach einigen Minuten wurde der Ton merklich leiser und war kaum noch zu hören. Ein Zeichen dafür, dass er sich von der Strahlungsquelle entfernte.

„Mist! Ich werde es einmal im rechten Winkel zu dieser Richtung probieren“, fluchte Sprüngli leise und bog nach links ab. Der Ton wurde wieder etwas lauter und der Professor erhöhte sein Tempo. Doch irgendetwas schien plötzlich mit dem Empfang nicht zu stimmen. Ein Knacken unterbrach immer wieder den Dauerton bis er letztendlich gar nicht mehr zu hören war. Sprüngli wischte nervös über den Tastschirm. In seinem Eifer bemerkte er nicht die tödliche Gefahr, die sich ihm unaufhaltsam näherte.

Wegen der Ereignisse am Vortag war die Nachtruhe um zwei Stunden verlängert worden und die Schüler hätten länger schlafen können. Doch es sollte anders kommen. Gegen sechs Uhr zerriss ein angsterfüllter Schrei die Stille. Erschrocken fuhren einige Schüler aus ihren Liegen in die Höhe.

Kurz darauf folgte ein aufgeregtes Durcheinander. Die Rufe kamen von außerhalb des Luftkissenbootes.

„Was ist denn jetzt schon wieder los?", fragte Gerry genervt. „Kann man sich den hier nicht einmal in Ruhe ausschlafen?"

„Draußen muss was passiert sein", sagte Iwo, der zum Fenster gegangen war. „Eine Gruppe Leute steht um etwas und sie leuchten mit Taschenlampen in der Gegend herum."

Jetzt sprangen auch Gerry und viele andere Schüler von ihren Betten und rannten zum Fenster.

„Ich glaube da liegen zwei Menschen am Boden", sagte Klerila mit zusammengekniffenen Augen, um im schwachen Licht der Lampen etwas zu erkennen.

„Schon möglich, obwohl es mir scheint, als würden die Gliedmaßen nicht zu einem menschlichen Körper passen. Die wirken so verbogen", meinte Iwo.

„Was ist hier los?! Die Nachtruhe ist noch nicht beendet. Begeben Sie sich sofort wieder zu Ihren Schlafplätzen", unterbrach sie die hohe Stimme von Dr. Kaufmann. Er war von allen unbemerkt zur Tür herein gekommen. Eilig trappelte jeder brav zu seiner Liege. Nach wenigen Augenblicken war es wieder still im Raum.

„Und jetzt bitte ich um Ruhe für die nächsten zwei Stunden. Ich weiß selbst noch nicht was sich da draußen in der Nacht ereignet hat. Ich vermute einmal, dass wir beim Frühstück dann mehr darüber wissen werden."

Natürlich war kein Gedanke mehr an Schlafen. Kaum war die Tür ins Schloss gefallen, begann ein aufgeregtes

Geflüster. Schließlich kam man zu der Ansicht, dass es vor der Maschine einen Unfall gegeben haben musste.

Dr. Kaufmanns Vermutung, bis zum Frühstück mehr über den nächtlichen Vorfall zu wissen, war wohl der Grund, weshalb die Schüler bereits um Punkt acht Uhr ihre Betten zu Stühlen umfunktioniert hatten und auf ihr Essen warteten.

Kurze Zeit nachdem ihnen der Kapitän über Lautsprecher einen guten Morgen gewünscht hatte und das Frühstück auf die ausgefahrenen Tische gebeamt worden war, erschien Dr. Kaufmann.

„Aha, alle schon pünktlichst angetreten. Könnte das vielleicht mit den Neuigkeiten, die ich für Sie habe, zusammen hängen?“, stellte der Major schmunzelnd fest. Keiner sagte etwas.

„Wie auch immer“, fuhr er fort, „es gibt nichts Gutes zu berichten. Zwei Männer der Besatzung wurden, während sie Reparaturen an der Karosserie vornahmen, grausam ermordet. Ihre Körper waren bis zur Unkenntlichkeit entstellt.“

Die Kinder zuckten erschrocken zusammen.

„Sie brauchen keine Angst zu haben. Kapitän Tamo-Tua hat mir beteuert, dass wir im Inneren seines Bootes hundertprozentig sicher sind. Er hat ein Sonderkommando der Polizei aus *Terranico* zur Klärung des Verbrechens angefordert. Der Tatort soll genauestens nach Spuren untersucht werden. Leider bedeutet das für uns noch mindestens zwölf Stunden Aufenthalt.“

„Wer soll denn zwei Arbeiter mitten in der Nacht grundlos ermorden? Ich meine, dazu fehlt doch jegliches Motiv“, überlegte Klerila.

„Außer es handelt sich um einen Psychopathen“, gab Iwo zu bedenken.

„Okay, angenommen es war einer dieser Wahnsinnigen, dann stelle ich mir aber schon zwei entscheidende Fragen. Wie soll ein einzelner Mensch in diese gottverlassene Gegend kommen? Und wie kann einer zwei erwachsene Männer derart zurichten?", sagte Klerila und sah dabei Iwo herausfordernd an. Dieser zuckte nur mit den Schultern.

„Ich bin der Meinung, dass Spekulationen nicht viel bringen", unterbrach Dr. Kaufmann die Freunde. „Wir sollten besser die Ermittlungen der Polizei abwarten."

Zwar teilten auch die Schüler die Ansicht Dr. Kaufmanns, doch wurde trotzdem über den unheimlichen Vorfall eifrig weiter diskutiert.

In der allgemeinen Aufregung hatte man das in der Nacht erschossene Monster total vergessen. Klerila war die erste der auffiel, dass von dem Tier nichts zu sehen war.

„Wohin ist denn eigentlich unser rabiater Freund von heute Nacht verschwunden? Sein Kadaver müsste doch irgendwo da draußen rumliegen."

„Vielleicht war er gar nicht tot?", überlegte Iwo und blickte dabei aus dem Fenster.

„Das ist unmöglich", hörte Iwo die Stimme eines Stewards hinter sich sagen, „es gibt kein mir bekanntes Lebewesen im Universum, das den Treffer eines einhundert *Kilojoule** starken Lasertorpedos unbeschadet übersteht."

Ich bin der Meinung, dass Iwo Recht hat", meldete sich Klerila zu Wort. „Das Tier muss ganz einfach überlebt haben. Oder glauben Sie, jemand hat den Kadaver weggetragen? Und wer unser mysteriöser Mörder ist, wüssten wir dann auch."

„Sie glauben doch nicht etwa, dass…“, wollte der Steward Klerilas Vermutung hinterfragen, doch Iwo unterbrach ihn aufgeregt:

„Ja natürlich!“, rief er und klopfte sich mit der flachen Hand auf die Stirn. „Dass wir darauf nicht früher gekommen sind. Das Monster hat den Beschuss, warum auch immer, überlebt, die zwei Männer getötet und sich dann aus den Staub gemacht. Damit müssten wir uns den Kopf nicht mehr über einen Psychopathen oder so zerbrechen.“

„Aber warum sollte es das machen?“, fragte Max. „Wenn es die beiden gefressen hätte, okay, dann hatte es Hunger, aber so.“

„Dann eben nur aus Lust und Laune“, glaubte Iwo eine Erklärung zu haben.

„Verzapfe bitte nicht so einen Blödsinn, Iwo. Kein Tier tötet nur aus Lust und Laune, dazu ist nur eine Spezies fähig, nämlich der Mensch!“, schrie Klerila förmlich.

„Is‘ ja schon gut, beruhige dich wieder, war nur so eine Idee“, entschuldigte sich Iwo und verdrehte mit einem genervten Seufzer seine Pupillen zu Gerry.

„Der Saurier hat sich bedroht gefühlt und sich nur verteidigt. Immerhin wurde mit einem Lasertorpedo auf ihn geschossen“, versuchte Klerila die Tat des Monsters zu rechtfertigen.

„Bitte Klerila, der Vorfall hat sich Stunden später ereignet. Da kann man wohl nicht mehr von Verteidigung sprechen. Oder?“, sagte Iwo so sanft wie möglich, um Klerila nicht wieder aufbrausen zu lassen.

“Außerdem, wer sagt dir, dass es ein Saurier war?“

„Hast du nicht diesen Kopf gesehen? Wie der des Tyrannosaurus Rex“, zischte Klerila. „Das Rumpelstilzchen war es jedenfalls nicht“, fügte sie gereizt hinzu.

„Okay, das Sonderkommando wird sicher herausfinden was da los war, macht euch darüber keine Sorgen", sagte Gerry beschwichtigend, um die Diskussion nicht wieder anzuheizen.

Keine Viertelstunde später sahen sie wie in der Nähe ein Anti-G der Polizei niederging. Drei Männer entstiegen dem Fluggerät und kamen auf das Luftkissenboot zu. Einer trug eine Uniform. Die Kinder konnten erkennen, dass sie mit den Leuten der Besatzung ins Gespräch kamen.

„Seht, da kommt noch ein Anti-G!", rief Elli und zeigte nach oben.

Es war ein etwas eigenartiger Anti-G mit nur einer Sitzreihe vorne für den Piloten und zwei Beifahrer. Hinten hatte er keine Fenster und war vollkommen schwarz lackiert. In der Mitte war ein weißes Kreuz.

Er landete direkt neben dem der Polizei und es stiegen ebenfalls drei Männer aus. Zwei von ihnen öffneten die Heckklappe und zogen eine graue, lange Kiste heraus.

„Ach so, das sind die Leute von der Bestattung. Die holen die sterblichen Überreste der Getöteten", stellte Elli fest.

Die Männer hievten den mit einem weißen Tuch abgedeckten Leichnam eines der Verstorbenen in einen schmucklosen Blechsarg und trugen ihn zum Anti-G.

Mit dem zweiten Toten machten sie das Gleiche. Zurück blieben die mit weißer Farbe auf die Erde gemalten, gekrümmt wirkenden, Umrisse zweier menschlicher Körper.

Die nicht uniformierten Polizisten schienen mit ihrer Befragung der Besatzungsmitglieder fertig zu sein, denn sie begaben sich wieder zu ihrem Anti-G. Der Mann in Uniform war bereits eingestiegen und saß am Steuer.

„Das ist ja ruck-zuck gegangen. Wäre neugierig, was die so schnell herausgefunden haben", sagte Gerry.

„Was gibt es da lange herauszufinden? Die Bestie hat die Männer gekillt und ist abgehauen. Also für mich ist die Sache klar", meinte Iwo und sah wie die beiden Anti-G, die fast gleichzeitig gestartet waren, am Horizont verschwanden.

In diesem Moment kam Frau To-Pan zur Tür herein.

„Ich habe zwar interessante, jedoch nicht sehr erfreuliche Nachrichten für euch", sagte sie geheimnisvoll. „Interessant deshalb, weil die Polizei einen höchst seltsamen Tathergang rekonstruieren konnte. Dabei soll es sich um einen *Theropoden**, laut Aussage von Zeugen und Verwertung der Spuren am Tatort, genauer gesagt um einen Tyrannosaurus Rex, handeln. Er soll, nachdem er das Luftkissenboot angegriffen hatte, auch die zwei Männer getötet haben. Woher das Tier kam und warum es den Laserbeschuss überleben konnte, ist noch Gegenstand der Ermittlungen. Und das nicht sehr erfreuliche ist, dass wir unseren Orientierungslauf vergessen können. Zumindest so lange in der Gegend eine mörderische Bestie herumläuft."

„Aber wir haben doch unseren Strahlenschutzschild", wollte Max protestieren.

„Ja lieber Max", sagte To-Pan süßlich, „den hatten die Männer der Crew auch."

„Wie konnte dann das Monster…"

„Wie es dann in die Nähe der beiden gelangen konnte?", unterbrach To-Pan Max. „Nun ja, das ist eines der vielen Rätsel dieses mysteriösen Vorfalls."

„Gibt es ein Ersatzprogramm für den Orientierungslauf?", fragte Klerila.

„Soviel ich weiß nicht; wir werden unsere Fahrt gleich
von der *Segatolischen Tiefebene* zur Stadt *Tepek* fortsetzen“, antwortete ihr To-Pan.

„Schade, aber vielleicht finden sie den Saurier doch
noch vorher“, gab sich Gerry zuversichtlich.

„Ja, es wäre zu hoffen.“

4. KAPITEL

DER MÖRDER AUS DER URZEIT

Endlich war der Pfeifton wieder zu hören. Zwar immer noch abgehackt, doch wenigstens laut und deutlich. Und dann war er auf einmal so schrill, dass es ihm in den Ohren schmerzte.

„Was ist denn jetzt los...", waren die letzten Worte die Professor Rudpert Sprüngli in seinem Leben aussprach. Er konnte sich gerade noch umdrehen und sogar seine Waffe aus der Manteltasche ziehen, doch wie er starb sollte er nicht mehr erfahren. Blitzschnell stieß das riesige Maul des Monsters zu. Die unzähligen, rasiermesserscharfen Zähne zerschnitten Sprünglis Körper in zwei Teile, als wäre er aus Papier. Bis zu diesem Zeitpunkt war die Tragödie nur ein grausiges Schauspiel, so wie es oft in der Natur zwischen dem Stärkeren und dem Schwächeren vorkommt. Doch was jetzt folgte, war wohl mehr als außergewöhnlich. Der Tyrannosaurus fraß nicht etwa seine „Beute", sondern bückte sich nach vorn zu den Leichenteilen. Es hatte den Anschein, als würde er an dem blutdurchtränkten Labormantel des Professors schnuppern. Doch bei genauerem Hinsehen konnte man erkennen, dass er mit seinen nadelspitzen Zähnen vorsichtig an etwas zupfte. Es war die Anstecknadel, die einen Strahlenschutzschild um den Körper des Trägers legte. Mit unglaublicher Geschicklichkeit zog er mit seinem Maul die Nadel aus dem Stoff und presste sie in die dicke, lederne Haut eines seiner muskulösen Hinterbeine.

Aber das vielleicht Erstaunlichste, ja Unfassbare passierte dann. Ganz vorsichtig und mit unbegreiflicher Präzision drehte er mit einem seiner spitzen Zähne den würfelförmigen Kopf der Strahlenschutznadel. Ein grünes Lämpchen leuchtete auf. Jetzt war der Saurier nicht nur gegen feindliche Angreifer sondern auch weitgehend vor dem Beschuss von Laser und sonstiger Strahlung geschützt. In geduckter Haltung, als wolle er sich unerkannt davonstehlen, verließ der urzeitliche Mörder den Ort des Grauens und verschwand in dem angrenzenden Wald.

„Rudpert! Hier Dora, so melde dich doch endlich.“
Frau Kleinfeld versuchte zum x-ten Mal ihren Kollegen telepathisch zu erreichen.

‚Das gibt es doch nicht. Warum kann mich Rudpert denn nicht hören? Es wird ihm doch nichts zugestoßen sein?‘

Hektisch schaltete sie nach und nach alle Gehegekameras durch und suchte nach dem kleinen blauen Punkt. Doch der war nirgends zu finden.

‚Auch das noch! Ich muss sofort Professor Okic informieren. Lieber ein Ende mit Schrecken als ein Schrecken ohne Ende.‘

Kleinfeld drückte eine Taste, worauf das Gesicht von Professor Okic auf einem der Bildschirme erschien.

„Was gibt es Frau Magister?“, fragte er nur kurz.

„Ähm, Professor Okic, könnten wir uns bitte in Ihrem Büro treffen? Ich muss Sie unbedingt unter vier Augen sprechen.“

„Ja sicher, sagen wir in einer Stunde bei mir“, schlug der Professor vor.

„Nein, bitte sofort. Es ist wirklich sehr wichtig“, flehte Dora.

„Gut, Sie können sofort kommen. Ich erwarte Sie in meinem Büro", sagte er mit verwunderter Miene.

Dora nahm einen winzigen Chip aus einer verschlossenen Schublade und steckte ihn in die Brusttasche ihres Mantels. Dann machte sie sich auf den Weg zu Okic. Während sie mit dem Aufzug nach oben fuhr, überlegte Dora, wie sie die Angelegenheit ihrem Chef am schonendsten beibringen würde. Zwar war Professor Okic ein sehr ruhiger und besonnener Mensch, doch könnte er bei dieser Nachricht doch die Fassung verlieren.

Das Büro des Professors befand sich in der zweiten Etage des Hauptgebäudes. Frau Mag. Kleinfeld hielt vor der Bürotür kurz inne und starrte auf das Türschild:

>Prof. Dr. Damir Okic – Leiter der Abteilung für Klontechnik<

Dann gab sie sich einen Ruck und klopfte an.

„Herein", hörte sie die Stimme Okic's.

Der Professor stand mit zugekehrtem Rücken vor einer geöffneten Schranktür und sagte ohne sich umzudrehen:

„Nehmen Sie doch bitte Platz, Frau Magister, einen kleinen Moment noch."

Mit einem kurzen „Danke" nahm Kleinfeld auf dem Besucherstuhl des Schreibtisches Platz. Okic kramte noch ein wenig im Schrank herum, schloss die Tür wieder und wandte sich Frau Kleinfeld zu.

„Grüß Gott, bitte entschuldigen Sie, aber ich habe das hier gesucht", sagte er und hielt einen weißen Umschlag in die Höhe.

„Wissen Sie was das ist?", fügte er grinsend hinzu, nachdem ihn Dora nur irritiert ansah. Sie schüttelte den Kopf.

„Das ist ein Empfehlungsschreiben von mir an die Firmenleitung. Da doch Professor Sprüngli nicht mehr lange zu seiner Pensionierung hat, habe ich mir gedacht, dass Sie eventuell seine Nachfolgerin als Laborleiterin werden könnten", meinte Professor Okic erfreut.

Dora war völlig vor den Kopf gestoßen. Sie brachte keinen Ton hervor. Soeben wollte sie ihrem Chef noch den größten Fehler ihres Lebens beichten und jetzt kam er ihr mit so Etwas.

„Da sind Sie sprachlos, was? Aber ich finde Sie haben die besten Voraussetzungen um...."

„Ich werde nie wieder für *Technoklon* arbeiten können", unterbrach sie Okic mit heiserer Stimme. Tränen standen in ihren großen, dunklen Augen.

„Wie bitte, ich verstehe nicht, was....", sagte der Professor verwirrt und kam wieder nicht zum Ende des Satzes. Doras Nerven spielten nicht mehr mit. Ein heftiger Weinkrampf begann sie zu schütteln und ihr Kopf sank auf die am Schreibtisch ruhenden Unterarme.

„Frau Magister....um Gottes Willen.... Was ist denn passiert?", stotterte Professor Okic hilflos.

Er kam um den Schreibtisch herum und legte seine Hand auf ihre Schulter um sie zu beruhigen.

Dora schluchzte irgendetwas Unverständliches hervor ohne ihren Kopf zu heben, um danach wieder von vorne loszuheulen.

Der Professor wusste nicht so recht, was er machen sollte. Schließlich nahm er sie behutsam am Unterarm und zog ihn vorsichtig zu sich heran.

Dora hob den Kopf und sah ihn mit verweinten Augen schluchzend an. Tränen hatten Spuren schwarzer Wimperntusche über ihre Wangen gezogen. Der Anblick erinnerte Professor Okic unweigerlich an seine pubertierende Tochter, als sie damals ihr erster Freund verließ.

„So, Frau Magister, jetzt beruhigen Sie sich erst mal und erzählen mir ganz genau, was Sie so verzweifeln lässt."

Er ging wieder zu seinem Stuhl und setzte sich ihr gegenüber. Aus einer Schublade nahm er ein Taschentuch.

„Hier, wischen Sie sich damit die Tränen weg."

Dora tat es und putzte sich auch noch geräuschvoll die Nase. Der Professor langte nach dem benutzten Taschentuch und warf es in einen Papierkorb unter dem Tisch. Dann griff er nach ihrer Hand und drückte sie sanft.

„Ich höre", sagte er in väterlichem Tonfall.

„Sie können sich doch sicher an Ihre Versuche mit den genmanipulierten Urzeittieren erinnern, Herr Professor?", begann sie noch immer schluchzend.

„Ja sicher, ich habe die Arbeiten damals auf Eis gelegt, weil mir das Risiko zu groß ...". Mitten im Satz brach er ab. Sein Gesicht nahm einen erschrockenen Ausdruck an.

„Sie wollen doch nicht etwa sagen, dass ...".

„Doch, wir haben damit unerlaubt weiter experimentiert", schnitt Dora dem Professor das Wort ab. „Wir waren von der Idee besessen, die Intelligenz beliebiger Lebewesen gentechnisch steuern zu können."

„Großer Gott", flüsterte Professor Okic mit steinerner Miene. Keine Bewegung der Augen oder ein Muskelzucken verriet seine innere Erregung.

„Bis gestern Morgen verlief die Versuchsreihe äußerst erfolgreich. Vor allem die Theropoden entwickelten eine erstaunlich hohe Intelligenz, weit über alle heute bekannten Tierarten", erzählte die junge Frau. Das Schluchzen war von der Begeisterung für die Sache verdrängt worden.

„Warum bis gestern Morgen? Es ist etwas schief gelaufen, oder?", fragte Okic mit ernstlicher Besorgnis.

„Das kann man wohl sagen. Eines der Tiere, ein Tyrannosaurus Rex, ist aus unserem geheimen Gehege ausgebrochen.“

„Und nun befürchten Sie, dass der Saurier, hochintelligent und stark wie er ist, großen Schaden anrichten könnte.“

Sie nickte betroffen.

„Wenn es nicht schon zu spät ist. Professor Sprüngli ist zum Gehege geflogen um nach dem Rechten zu sehen. Er meldet sich seit fast achtzehn Stunden nicht mehr“, sagte Dora verzweifelt.

„Wo ist dieses Gehege? Wir müssen jetzt schnell handeln. Wenn Professor Sprüngli etwas zugestoßen ist und dieses Ungeheuer noch immer frei herumläuft, dann besteht große Gefahr für dieses Gebiet“, warnte Okic sichtlich aufgeregt.

„Es ist nordöstlich des Großen Sees, ungefähr dreitausend Kilometer von hier. In der Nähe von *Schiller's Point*“, erklärte Dora.

„Gut, dann wollen wir keine Zeit mehr verlieren. Ich alarmiere sofort die Zivilschutzbehörde, die sollen die nötigen Schritte veranlassen. Und wir zwei kümmern uns persönlich um den Ausreißer“, meinte der Professor und sprang von seinem Schreibtisch auf.

„Bitte folgen Sie mir.“

Während sie den Flur entlang eilten telepathierte Professor Okic mit der Behörde. Dabei erfuhr er, dass es bereits einen Zwischenfall mit einem Luftkissenboot gegeben hat, doch noch nichts Näheres bekannt sei. Man werde ihn jedoch über die Ereignisse auf dem Laufenden halten.

„Es ist anscheinend schon etwas passiert, wurde mir soeben mitgeteilt. Ein Luftkissenboot wurde von dem

Monster angegriffen. Haben Sie eine Möglichkeit die Position des Sauriers zu bestimmen?", fragte Okic und drückte die Taste 0 im Fahrstuhl. Lautlos setzte sich dieser nach unten in Bewegung.

„Leider nur im Bereich des Geheges und in dessen unmittelbarer Umgebung", bedauerte Dora. Aber Professor Sprüngli hat gesagt, dass er ihn über einen Sender in den Zähnen orten könnte. Das sollten wir auch versuchen. Die Frequenz ist 120,57 kHz."

„Nein, so etwas kann nur am Boden ordentlich funktionieren. Eine Landung wäre aber zu gefährlich", befürchtete Professor Okic.

Zügigen Schrittes gingen die beiden zu den Parkflächen der Anti-G's. Auf der Landefläche für Dienstfahrzeuge stand ein Firmen-Anti-G von *Technoklon.*

Als sich die beiden Forscher dem Luftfahrzeug näherten schwangen die Türen automatisch auf.

„Wir müssen dieses Biest von oben ausfindig machen und versuchen es mit dem Bordlaser abzuschießen", schlug Okic vor.

„Da fürchte ich, können wir ewig suchen. ISO-12-B wird so klug sein und sich derart fortbewegen, dass man ihn aus der Luft nicht oder nur schwer erkennen kann", vermutete Dora.

„ISO-12-B?", sagte Professor Okic fragend.

„So haben wir den Tyrannosaurus Rex bezeichnet. Jeder der Versuchstiere hat seine eigene Nummer."

Die Flügeltüren des Anti-G schlossen sich und das Fluggerät hob sich lautlos in den grünlichen Himmel von *Alpha CMi IV.*

Sie flogen in nur geringer Höhe zwischen fünfhundert und eintausend Metern. Die Luft war klar und das Seeufer unter ihnen deutlich zu erkennen. Den Uferbereich säumten dichte Wälder. Siedlungen oder sonstige Anzeichen von Zivilisation gab es keine.

Nachdem sie einige Zeit ohne ein Wort zu wechseln dahingeflogen waren unterbrach Professor Okic das Schweigen:

„Sie werden mindestens mit einer Anzeige wegen Gefährdung der öffentlichen Sicherheit unter besonders gefährlichen Umständen rechnen müssen.“

„Ich weiß, aber das war mir von Anfang an bewusst. Es war mir schon klar, dass das Ganze einmal auffliegen wird“, gab Dora zerknirscht zu. „Trotzdem, wir waren davon überzeugt, die Entwicklung intelligenten Lebens zu revolutionieren, indem man dieses Gen je nach Belieben einsetzen konnte. Die Sache war einfach zu verlockend.“

„Mit Intelligenz zu experimentieren ist immer eine gefährliche Angelegenheit. Mir persönlich etwa ist die Entwicklung in der Computer- und Robotertechnik, also die Erschaffung künstlicher Intelligenz, schon Gräuel genug“, sagte Professor Okic.

„Sie haben Recht, Herr Professor. Jetzt sehe ich ja was wir angerichtet haben.“

„Hoffentlich kommt Ihre Reue für Professor Sprüngli nicht schon zu spät“, meinte Okic ernst.

Dora Kleinfeld sah betreten zu Boden und schwieg.

Nach etwas mehr als sieben Stunden erreichte der blauweiße Anti-G von *Technoklon* die Mündung des Flusses *Athmos*.

„Folgen Sie jetzt dem Flusslauf bis zu einem kleinen Seitental. In dieses fliegen Sie hinein.“

„Alles klar“, antwortete Okic.

Der Anti-G ging auf eine Flughöhe von nur knapp einhundert Meter über dem Talboden. Das Tal stieg rasch in

Richtung eines formschönen Vulkankegels an. Mehrere kleine Wasserfälle unterbrachen den Lauf eines tosenden Gebirgsbaches. Schließlich tat sich ein weiter Kessel auf, in dessen Mitte ein kleiner See lag, umgeben von einem Wäldchen.

In den vereinzelten Lichtungen konnte man abschnittsweise die Pflöcke eines hohen Zaunes erkennen.

„Wir sind jetzt über dem Gehege", sagte Dora und zeigte dabei auf eine Gruppe weidender Tiere. Was für eine Art es war, konnte man nicht genau erkennen. Vielleicht eine ausgestorbene Wildschweinart.

„Der Tyrannosaurus Rex wird höchstwahrscheinlich nicht mehr in der Nähe des Geheges sein, sondern sich talauswärts aus dem Staub gemacht haben. Er findet im flachen Gelände bessere Möglichkeiten zu jagen."

„Gut, dann fliegen wir nach *Schiller's Point* ", meinte Professor Okic.

Er zog eine Schleife um den kleinen See und wollte wieder zurück fliegen, als es plötzlich dunkel wurde vor der Windschutzscheibe des Anti-G.

„Oh Gott, was ist das!", rief Dora schockiert.

Ein kaum spürbarer Ruck ging durch das Luftfahrzeug und schon war der Spuk vorbei. Ein *Pteranodon** hatte mit einem seiner gewaltigen Flügel den Anti-G beinahe gestreift. Zwar hätte eine Kollision nur für den Flugsaurier tödliche Folgen haben können (der Anti-G war ja durch die aktivierte Antischwerkraft vor einem Absturz geschützt), doch für Verletzungen der Insassen hätte es allemal gereicht.

„Buh, das war knapp", stöhnte Dora. „Ich bin vielleicht erschrocken."

„Das kommt davon, wenn man sich bei der Luftraumüberwachung nicht anmeldet", scherzte Professor Okic und meinte damit das Pteranodon. Dora lachte etwas verbissen, noch immer ziemlich farblos im Gesicht.

Das Wetter war gut und die Sicht ausgezeichnet. Deshalb steuerte der Professor den Anti-G wieder in eine Höhe von über zweitausend Meter.

*Prokyon**, der Hauptstern des Doppelsonnensystems, stand schon tief und tauchte die Landschaft in ein geheimnisvoll wirkendes, grün-oranges Licht. Die Bäume und Sträucher rund um *Schiller's Point* warfen lange Schatten.

„Aus dieser Gegend wurde der Zwischenfall mit dem Luftkissenboot gemeldet. Möglicherweise treibt sich ISO-12-B noch hier irgendwo rum", meinte Professor Okic.

„Ja, das wäre durchaus denkbar. Hier hat er gute Voraussetzungen, erstens um Beute zu jagen und zweitens um sich unter den Bäumen zu verstecken", bemerkte Dora.

„Was die Bäume betrifft, haben wir eine Wärmebildkamera an Bord, damit können wir ihn unter zwanzig Metern Dickicht auch noch ausmachen. Für den Laser dürfte es kein Problem sein die Vegetation zu durchdringen. Wenn er hier irgendwo ist, dann stehen unsere Chancen, dass wir ihn finden, ganz gut", sagte Okic.

Der Anti-G ging auf eine Flughöhe von nur fünfzig Metern. Dann begann Professor Okic das Gebiet um den See systematisch abzufliegen. Auf dem Bildschirm der Kamera konnte man zahlreiches Getier unter dem Blätterdach des Waldes umher huschen sehen. Die Konturen der Tiere waren rötlich verschwommen und ließen keine Identifizierung der jeweiligen Art zu. Doch so ein Koloss wie der Tyrannosaurus Rex (kurz: T-Rex) würde natürlich sofort auffallen. Mit geringer Geschwindigkeit ging es Streifen für Streifen, von rechts nach links und wieder von links nach rechts über *Schiller's Point*.

Eine Stunde war schon verstrichen und über die Hälfte des Rayon abgesucht, als es ganz plötzlich den ersten möglichen Kontakt mit ISO-12-B gab.

„Was ist das?!“, rief Professor Okic erregt und zeigte auf einen Bereich von Baumwipfeln, die ungewöhnlich stark schwankten.

Dora richtete die Kamera zu der Stelle. Auf dem Monitor sah man die Konturen einer drachenähnlichen Kreatur.

„Das ist er, wir haben ihn!“, jubelte Professor Okic.

Wie ein Geist aus einer anderen Welt schien der T-Rex auf dem Bildschirm herumzuschleichen. Der Professor schaltete das ohnehin sehr leise Triebwerk ab und der Anti-G schwebte lautlos über dem Blätterdach des Urwaldes.

„Also, gehen wir's an. Energie für Laserkanone 1 hochfahren“, gab Professor Okic das Kommando zum Abschuss. Dora betätigte ein paar Knöpfe und meldete:

„Energie für Laserkanone 1 im Status >feuerbereit<.“

„Ziel erfassen und Feuer frei“, befahl der Professor.

Auf dem Bildschirm erschien ein weißes Fadenkreuz und Dora visierte den Kopf des Monsters an.

„Ziel erfasst! Laserkanone 1 abgefeuert!“

Ein roter Strahl durchschnitt die feuchte Luft über dem Dschungel von *Schiller's Point*. Blätter und Geäst gingen in Flammen auf. Eine Rauchsäule stieg empor.

„Volltreffer!“, rief Dora begeistert.

„Doch Moment mal, das kann nicht sein.“

„Was kann nicht sein?“, fragte Professor Okic.

„Das Biest marschiert weiter als sei nichts gewesen.“

Professor Okic blickte auf den Bildschirm.

„Hm, irgendetwas muss den Laser abgelenkt haben. Versuchen Sie es nochmal.“

„Okay. Laserkanone 1 feuerbereit! Ziel erfasst … und Feuer!“

Das Szenario wiederholte sich. Eine zweite Rauchsäule stieg in den Himmel.

„Wieder ohne Wirkung“, bestätigte Dora ungläubig.

Sie konnten den T-Rex jetzt direkt sehen, als er eine Lichtung durchquerte. Besonders eilig hatte er es nicht.

„Soll ich es noch einmal probieren?“, fragte Dora.

„Nein, das kostet nur unnötig Energie. Aus irgendeinem Grund kann ihm der Laser nichts anhaben. Als hätte er einen Schutzschild oder sowas.“

„Einen Schutzschild? Aber das ist doch verrückt. Wie soll er denn zu einem Schutzschild kommen?“

Der Professor hob nur die Schultern und machte mit den Händen eine Geste der Ratlosigkeit.

*

Seit der Abfahrt von *Schiller's Point* waren mehrere Stunden vergangen. Am Vormittag hatte To-Pans Schüler eine Stunde in ExBi Unterricht. Dabei erwähnte sie, dass es sich bei dem Monster um ein Klontier gehandelt haben muss, weil es nach heutigem Wissensstand solch eine Saurierart nur auf der Erde gegeben hat und diese vor ungefähr 65 Millionen Jahren ausgestorben ist.

„Der T-Rex kann eigentlich nur bei *Technoklon* gezeugt worden sein. Ich glaube nicht, dass er importiert und auf diesen Planeten ausgesetzt wurde“, meinte Gerry zu Iwo grinsend, während ein Steward die Tabletts mit dem Essgeschirr von den Tischen räumte.

„Du hast Recht", sagte Iwo, „nur diese Firma hat die nötigen Labors, um solche Klone zu schaffen."

„Davon müsste ich etwas mitbekommen haben.", unterbrach Klerila die zwei Freunde schroff. „Schließlich lebe ich seit meiner Geburt bei *Technoklon* und der Leiter der Klonabteilung, Professor Okic, ist mein … ähm … Schöpfer sag' ich jetzt mal. Er war immer wie ein Vater zu mir und meinen Schwestern. Wenn er Versuche in diese Richtung gemacht hätte, dann hätte er uns sicher davon erzählt."

„Nachdem das Monster zwei Menschen getötet hat, werden die Untersuchungen sicher schnell voran gehen und wir bald wissen, wer dahinter steckt", bemerkte Max dazu.

„Professor Okic hat damit jedenfalls sicher nichts zu tun", stelle sich Klerila voll hinter ihren >Erzeuger<.

Die letzten Tische wurden abgeräumt und eingefahren. Während die Insassen der *Admiral Münster* ihre Mahlzeiten zu sich genommen hatten, wurde mit geringer Geschwindigkeit gefahren. Jetzt beschleunigte das Luftkissenboot wieder auf Reisegeschwindigkeit. Nach einigen Minuten ertönte die Stimme des Kapitäns:

„Sehr geehrte Fahrgäste! Wir werden in etwa vier Stunden unser nächstes Etappenziel am Rand der *Segatolischen Tiefebene* erreichen. Auf Grund der Ereignisse in *Schiller's Point* ist ein Verlassen des Luftkissenbootes bis auf weiteres nicht möglich. Sollte die Zivilschutzbehörde Entwarnung geben, werde ich Sie umgehend informieren. Eine angenehme Reise wünscht Ihnen die Crew der *Admiral Münster*."

„Ich frage mich, was wir dann in dieser trostlosen Gegend machen sollen? Den Orientierungslauf werden wir wohl kaum an Bord durchführen und nur rumstehen kann es ja auch nicht sein", meinte Gerry resignierend.

„Du hast ja gehört, vielleicht können wir doch raus", sagte Elli.

Die *Segatolische Tiefebene* war nicht nur die größte zusammenhängende Steppenlandschaft des Planeten, sondern sogar des ganzen bekannten Universums. Ihre Fläche entsprach zirka der des asiatischen Kontinents, also über vierzig Millionen Quadratkilometer. Das Zentrum der Tiefebene lag über zweitausend Meter unter dem Niveau des Wasserspiegels der großen Seen. Am Rand wurde sie von zahlreichen aktiven Vulkanen umschlossen. Auf Grund fehlender Luftströmungen konnte es dort im Sommer schon mal vierzig Grad Celsius und mehr erreichen.

Die Hänge der Vulkane waren mit Wiesen und Wäldern bewachsen und gingen allmählich in die Weiten der Ebene über, wo der Boden schnell karger wurde.

Viele erkaltete Lavaströme durchfurchten mit dem typisch dunklen Gestein das Grün der üppigen Vegetation. Bei dem einen oder anderen heftigen Ausbruch wurde so mancher tonnenschwere Gesteinsbrocken zig Kilometer bis in die Steppe geschleudert. Dort lagen sie jetzt wie die verstreuten Murmeln eines Riesen umher. Das alles machte diese Gegend zum idealen Austragungsort für einen Orientierungslauf.

Prokyon B, der leuchtstarke Zwergstern des Doppelsonnensystems Alpha CMi, war schon hinter dem Horizont verschwunden, als die *Admiral Münster* am Fuße eines der Vulkanhänge Halt machte. *Prokyon* selbst stand noch eine Handbreit über der Ebene und sein Licht produzierte lange Schatten. Es war windstill und der von dem Luftkissenboot aufgewirbelte Staub sank langsam zu Boden.

Im Büro der Zivilschutzbehörde in *Terranico* liefen die *IdeTel-Chip* der Mitarbeiter heiß. Zahlreiche Anrufer aus dem Gebiet um *Schiller's Point* wollten ein Monster gesehen haben, das dem des ausgestorbenen Tyrannosaurus Rex sehr ähnlich war. Es waren hauptsächlich Ausflügler und Abenteurer, die mit ihren Luftkissenbooten oder Geländefahrzeugen die Gegend erkundeten. Aber auch die Arbeiter eines nahegelegenen Bauxitbergwerkes hatten das Tier beobachtet. Der interessanteste und erstaunlichste Anruf kam jedoch von einem gewissen Professor Okic von der Gentechnikfirma *Technoklon*. Dieser Mann behauptete doch tatsächlich, dass das beobachtete Tier wirklich ein T-Rex sei und in seinen Labors geklont wurde. Er sei aus einem Gehege ausgebrochen.

Chefinspektor Steve Conrads, der Leiter der Abteilung für Personenschutz und allgemeine Sicherheit (kurz: PaS), ließ seine beiden Mitarbeiter Gregor Kollwitz und Mario Bettini zu sich holen.

„Meine Herren", begann er sachlich, nachdem die zwei sein Büro betreten hatten, „ich habe einen Spezialauftrag für Sie. Bitte nehmen Sie doch Platz."

Die Männer setzten sich an den Schreibtisch ihres Chefs.

„Spezialauftrag? Worum geht es denn?", fragte der jüngere.

„Grob gesagt geht es um die Sicherheit, ich möchte sogar sagen, um das Leben der Menschen im Großraum *Schiller's Point*", begann Conrads zu erklären. „Kurzum, Sie sollen einen wildgewordenen Dinosaurier aufspüren und töten."

Die Männer sahen sich gegenseitig an, als hätte ihr Chef nicht mehr alle Tassen im Schrank.

„Entschuldigung, was sollen wir tun?", fragte diesmal der ältere.

„Sie haben schon richtig gehört, Herr Bettini", grinste Conrads, „Sie sollen einen Tyrannosaurus Rex finden und töten. Ich sagte ja schon >Spezialauftrag<, oder?"

„Okay, dann schießen Sie mal los", sagte Bettini.

„Die Sache ist gar nicht so einfach wie es zunächst aussieht", fing Conrads mit der Erklärung seines Plans an. „Ein Professor von *Technoklon*, wo die Kreatur angeblich geschaffen wurde, hat mir berichtet, dass der Saurier über eine Intelligenz verfügt, die dem menschlichen Gehirn zumindest ebenbürtig ist.

Außerdem soll er aus ihm unbekannten Gründen unverwundbar sein. Zumindest was Laserwaffen betrifft. Der Mann vermutet, dass er durch einen Strahlenschutzschild geschützt wird. Mein Vorschlag wäre also, den T-Rex in eine Falle zu locken und ihn mittels Giftgas zu töten. Die erforderliche Ausrüstung für Ihre Arbeit können Sie sich ab sofort in der Warenausgabe holen. Zuletzt gesehen wurde das Monster etwa 80 Kilometer nordöstlich von *Schiller's Point,* im Gebiet des *Urunga-Vulkans.* Und bitte beeilen Sie sich, das Vieh scheint ein wenig angriffslustig zu sein. Gestern Nacht hat es ein Ausflugsboot mit Schülern der HokoTiR an Bord attackiert und zwei Mitglieder der Besatzung getötet."

„Alles klar, Chef. Das Riesenbaby wird bald seinen letzten Atemzug getan haben. Sie können schon mal die Tierkörperverwertung vorausschicken", sagte Kolowitz lässig.

„Gut, dann ist ja alles bestens", grinste Conrads verschmitzt. „Aber seien Sie vorsichtig. Ohne Ihnen nahetreten zu wollen, doch Ihr Opfer könnte möglicherweise den höheren IQ haben als Sie beide zusammen. Der Professor hat mich ausdrücklich darauf hingewiesen."

„Also entschuldigen Sie bitte, was denken Sie den von uns? Glauben Sie wir haben das geistige Niveau eines Schimpansen?", entgegnete Kolowitz etwas gekränkt.

„Nein, sicher nicht. Es sollte nur eine Warnung sein", rechtfertigte sich Conrads lachend. „Ich wünsche Ihnen Hals- und Beinbruch und hoffe Sie gesund wieder zu sehen."

Kolowitz und Bettini verabschiedeten sich und verließen das Büro.

Die Warenausgabe lag im Erdgeschoss des Gebäudes. Beim Empfang stand ein kleiner rundlicher Mann mit Glatze und Schnurrbart. An seiner linken Manteltasche stand der Name >Z. HUBER<.

„Hallo Herr Generaldirektor, wir hätten gerne die Ausrüstung für unseren Spezialauftrag", sagte Kolowitz scherzhaft zu dem Mann.

„Gregor, bitte glaube mir, wäre ich Generaldirektor würde ich wohl kaum hinter diesem Pult stehen", seufzte der Angesprochene. „Was eure Ausrüstung betrifft, habe ich schon alles zusammengestellt. Bitte einen kleinen Moment."

Huber verschwand zwischen hohen, metallenen Regalen im hinteren Teil des Raumes. Ein Scharren und Scheppern war zu hören. Dann kam er mit zwei Traggerüsten samt angeschnallten Pressluftflaschen keuchend zurück.

„Die Dinger sind ganz schön schwer. Ich hoffe ihr müsst sie nicht allzu weit schleppen", sagte der Glatzkopf und stellte die Teile auf das Pult.

„Keine Angst, vielleicht brauchen wir sie ja gar nicht", antwortete ihm Mario Bettini.

Wieder verschwand Huber. Diesmal kam er mit einem Korb mit mehreren kleinen Gegenständen zurück, der nicht so schwer zu sein schien.

„Hier ist noch etwas Kleinkram, den der Chef bei mir geordert hat. Weiß der Kuckuck für was das alles sein soll."

Er stellte den Korb neben die Traggerüste mit den Luftflaschen und nahm ein Teil heraus.

„Das hier ist ein Materiekomprimierer", erklärte Huber und legte einen Apparat, der Ähnlichkeit mit einer Harpune hatte, vorsichtig auf die Pultfläche. „Man kann damit zum Beispiel mühelos und in kürzester Zeit eine Grube ausheben oder ..."

„Wir wissen was das alles ist und was man damit machen kann, Zacharias. Gib uns das Zeug und das war's. Wir haben es nämlich eilig", unterbrach ihn Bettini ungeduldig.

„Okay, okay ...", sagte Huber etwas gekränkt und schob den Korb ruckartig in Richtung der beiden Männer. „Beim Lieferanteneingang stehen noch vier Kanister mit insgesamt 120 Liter Cyanwasserstoff, besser bekannt als Blausäure. Bitte behandelt die Behälter vorsichtig! Sie stehen unter Druck, und sollten sie beschädigt werden, könnten hochgiftige Zyaniddämpfe austreten."

Er gab Bettini ein Ding in die Hand, das die Form eines winzigen Laptops hatte. Dieser drückte die Kuppe seines rechten Daumens darauf und gab es Huber zurück. Damit war der Empfang der Ware bestätigt.

„Danke, Mario! Und noch etwas, ihr sollt im Kühlwarenlager eine frisch geschlachtete Kuh abholen", meinte Huber schmunzelnd.

„Eine frisch geschlachtete Kuh?", fragte Kolowitz verwundert.

„Ja, mehr weiß ich auch nicht."

„Ich kann mir schon denken wozu wir den Kadaver brauchen. Damit sollen wir wahrscheinlich den T-Rex anlocken", glaubte Bettini.

„Du meinst als Köder? Ja, das wird es wohl sein", gab Kolowitz ihm Recht.

Sie verabschiedeten sich von Huber mit einem „Mach's gut, Alter".

Kolowitz griff sofort nach dem Korb und deshalb blieb Bettini nichts anderes übrig, als die schweren Pressluftflaschen zu nehmen.

„Dass du dich nicht überanstrengst mit deinem Riesenkorb", spöttelte Bettini, während sie die Eingangstreppe hinabstiegen.

„Okay, ich kann dich verstehen. Dafür trage ich die Verantwortung", versprach Kolowitz lachend.

Sie luden die Ware in einen schnittigen Anti-G und schwebten damit zur Rückseite des Gebäudes. Auf einer Laderampe standen die vier von Huber erwähnten Plastikkanister mit dem Cyanwasserstoff.

Der Anti-G setzte direkt neben der Rampe auf, sodass sich die Kanister mit dem Gift relativ einfach und sicher in den Stauraum des Gleiters heben ließen.

„Jetzt packst du aber hübsch mit an, Gregor. Und komm mir nicht wieder mit deinem *Verantwortung tragen*", forderte Bettini seinen Kollegen zu mehr Hilfsbereitschaft auf.

„Ich frag mich wo wir hier die Kuh noch unterbringen sollen", sagte Bettini, während er auf die Ladefläche des Anti-G starrte.

„Du kannst sie ja vorne auf deinen Schoß nehmen“, schlug Kolowitz lachend vor.

„Sehr witzig“, meinte Bettini und ließ die Heckklappe ins Schloss fallen. Der Anti-G hob ab, um nur wenige Häuserblocks weiter vor einer Halle zu landen.

Davor wurden mehrere wasserstoffbetriebene LKWs von leise summenden Elektrostaplern mit Frischfleisch beladen. Von hier aus belieferte man den Einzelhandel von *Terranico* mit Ware.

Bettini eilte zu einem Mann mit weißem Arbeitsmantel, der am Eingang stand.

„Guten Tag, wir kommen von der Zivilschutzbehörde und sollen eine frisch geschlachtete Kuh abholen. Sind wir hier richtig?“, fragte Bettini den Mann.

„Goldrichtig!“, antwortete ihm der Gefragte und ließ einen schrillen Pfiff los.

„Nasrallah!“

Einer der Staplerfahrer sah zu ihm herüber.

„Bring doch mal die Ware von H28 hier her.“

Der Mann mit arabischem Aussehen schwang sich auf seinen Gabelstapler und verschwand damit im Einfahrtstor der großen Halle. Inzwischen war auch Kolowitz ausgestiegen und hatte die Heckklappe des Anti-G geöffnet. Der Stapler mit dem Mann namens Nasrallah erschien wieder. An der Gabel befand sich eine Palette mit einer geräumigen Kunststoffwanne darauf.

„Ah, sehr gut!“, rief Bettini begeistert zu dem Staplerfahrer. „Das Vieh scheint schon ein wenig zerlegt zu sein. Wir haben nämlich ein Platzproblem.“

Alle Geräte und Gegenstände im Laderaum des Anti-G wurden fein säuberlich zusammengeschichtet, um für die große Wanne Platz zu schaffen.

Dann hob Nasrallah die Palette auf das Niveau der Ladefläche und die Männer schoben zu dritt die Wanne in den Anti-G.

„Ich habe gar nicht gewusst, dass eine Kuh so schwer ist", keuchte Kolowitz.

„Laut Ladepapiere wiegt das Ding über vierhundert Kilo", meldete sich der Mann im Arbeitsmantel aus dem Hintergrund.

„Der soll lieber mit anpacken als gescheit daher zu reden", flüsterte Bettini.

„Chef nie mit anpacken", sagte der Araber mit Akzent.

Endlich war die Wanne so verstaut, dass sich die Heckklappe schließen ließ. Auch hier musste der Empfang der Ware wieder mit einem Daumenabdruck bestätigt werden.

„So, jetzt wollen wir aber keine Zeit mehr verlieren. Also auf ins *Urunga*-Gebiet", sagte Kolowitz der am Steuer Platz genommen hatte. Er meldete den Flug vorschriftsmäßig bei der Luftraumüberwachung an. Wenige Augenblicke später hob der Anti-G ab.

„Bitte benutzen Sie die Sphärenschleuse 12, Sie sind dort angemeldet", hörte Kolowitz eine freundliche, weibliche Stimme in seinem Kopf. Er antwortete nur mit „Sphärenschleuse 12, danke verstanden!"

Sphärenschleusen waren Bereiche an den Glaskuppeln der Städte, an denen man diese verlassen konnte. Dabei wurde ein Teil der Glasfläche wie bei einem riesigen Ventil geöffnet und wieder verschlossen.

Der *Urunga*-Vulkan war mit einer Höhe von etwas über eintausend Metern über Normalniveau einer der kleineren Vulkane. Doch ließ eine dicke, schwarze Rauchsäule über dem Krater auf eine heftige Aktivität schließen.

Der Anti-G der beiden PaS-Männer drehte einige Runden am Fuß des Berges. Von dem Tyrannosaurus war nichts zu sehen.

„Okay, macht auch nichts. Mit dem Kuh-Leckerli werden wir unser Baby schon anlocken", scherzte Bettini. Dass ihnen das Lachen noch gründlich vergehen sollte, ahnten sie zu diesem Zeitpunkt noch nicht. Am Rande eines Waldes ging der Anti-G nieder.

Fast zur gleichen Zeit landete in der Nähe von *Schiller's Point* ebenfalls ein Anti-G, nur einige Meter neben einem hohen elektrischen Zaun. Es war das blau-weiße Firmenfluggerät von *Technoklon*. Ein Mann und eine junge Frau stiegen aus.

„Hier, Herr Professor, vergessen Sie um Gottes Willen nicht Ihre Strahlenschutznadel anzustecken. Durch dieses Gebiet laufen dutzende unberechenbare Dinosaurier, " erinnerte Frau Kleinfeld Professor Okic und reichte ihm die Anstecknadel. „Und aktivieren Sie das Ding auch, sonst wird es Ihnen nicht viel helfen."

„Natürlich, danke Frau Magister", sagte Professor Okic, nahm die Nadel entgegen und steckte sie an seine linke Manteltasche. Nach dem Dehen des Nadelkopfes leuchtete ein winziges Lämpchen grün auf. Der Strahlenschutz war jetzt gegeben.

Keines der Klontiere war in der Nähe zu sehen. Irgendwo gluckste ein Bächlein vor sich hin und es wurde nur vom Kreischen eines unbekannten Vogels unterbrochen. Alles war friedlich.

„Hier im Inneren des Geheges scheint alles in Ordnung zu sein", sagte Frau Kleinfeld und sah sich um. Am Rand eines Waldes fraß ein Brontosaurier Blätter von den Bäumen.

„Das ist ISO-11-A, einer unseren ersten Klonversuche", sagte Frau Kleinfeld zu Professor Okic und zeigte zum Waldrand. „Er ist zwar noch nicht so gescheit wie unsere späteren Klone, aber schon wesentlich intelligenter als seine einstigen Vorfahren". Kauend blickte der Saurier zu den Technoklon-Leuten herüber.

„Ich weiß nicht, für mich schaut der Koloss ziemlich dämlich drein", fand Professor Okic.

„Irren Sie sich da mal nicht, die Viecher haben es faustdick hinter den Ohren."

Sie kamen zu dem großen Einfahrtstor, neben dem sich die verschmorten Stellen am Zaun befanden. Auch das Stück Eisen lag noch davor.

„Damit hat ISO-12-B die Anlage kurzgeschlossen und dann das Tor geöffnet", erklärte Doris Kleinfeld, hob das Metallteil ächzend auf und reichte es dem Professor.

Er nahm die Stange und sah sich die verschmorte Stelle an.

„Das ist ja unglaublich. So ein raffiniertes Biest."

Sie überprüften das Tor, ob es auch ordentlich verschlossen war, und auf eventuelle Schadstellen.

„Alles in Ordnung", bestätigte Frau Kleinfeld. „Das Tor ist geschlossen und verriegelt."

Kleinfeld hatte ihre elektronische Landkarte ausgepackt und vergeblich nach dem blauen Punkt, der Professor Sprünglis Position anzeigen sollte, gesucht. Die Karte zeigte mehrere rote Punkte von Klontieren und auch einen gelben Kreis für Kleinfeld, sowie ein rotes Dreieck für Okic. Doch von ihrem Kollegen keine Spur.

„Hier sehen Sie mal!", rief Professor Okic plötzlich. Er zeigte durch die Stäbe des Tores nach draußen. In etwa einhundertfünfzig Metern Entfernung stand im Schatten eines großen Baumes ein Anti-G.

„Das ist der Anti-G von Professor Sprüngli. Warum bloß ist er außerhalb des Geheges gelandet?“, fragte sich Frau Kleinfeld.

„Ist auch egal. Sehen wir gleich einmal wo er steckt. Hoffentlich ist ihm nichts zugestoßen“, meinte Professor Okic.

„Herr Professor! Sehen Sie da draußen die Fußspuren?“, rief Kleinfeld. „Die sind von ISO-12-B.“

„Sind Sie sicher?“

„Na klar, Rudpert … ich meine Professor Sprüngli hatte also Recht mit dem Ausbruch.“

Frau Kleinfeld öffnete mit einem Zahlencode das Tor und sie marschierten zum Anti-G von Professor Sprüngli.

„Ich habe das Gefühl, hier ist etwas Schreckliches passiert“, befürchtete die Genetikerin.

„Sie glauben doch nicht etwa, dass der T-Rex den Professor getötet hat, oder?“

„Ich weiß nicht, aber sein Verschwinden macht mir große Sorgen.“

Die beiden nahmen den Anti-G von Professor Sprüngli genau unter die Lupe. Es sah alles nach einer ganz normalen Landung aus. Kein Schaden oder sonst was war festzustellen.

„Gut, dann würde ich sagen, Sie suchen Richtung Norden und ich mach mich nach Süden auf. Wenn jemand eine Spur hat, meldet er sich sofort beim anderen“, sagte Frau Kleinfeld.

Nach wenigen Metern entdeckte Professor Okic Spuren, die von einer Schuhsohle stammen könnten. Sie waren teilweise an Stellen mit weicherer Erde zu erkennen.

„Na bitte, wer sagt’s denn. Die Abdrücke müssen von Sprüngli stammen“, überlegte der Professor. Auch an niedergedrückten Gräsern konnte man gut erkennen, dass hier vor nicht allzu langer Zeit jemand entlang gegangen sein musste.

Da sah er es fast gleichzeitig:

Den riesigen Fußabdruck eines Monsters und einen blutverschmierten Schuh.

Noch ein paar Schritte und Professor Okic prallte entsetzt zurück. Im hohen Gras vor ihm lagen die Beine eines menschlichen Körpers. Die Hose war blutdurchtränkt und hing in Fetzen herunter. Nur ein Stück weiter starrte der entstellte Kopf Professor Sprünglis von einem zerfleischten Oberkörper.

„Großer Gott, das ist ja furchtbar", dachte Professor Okic und legte entsetzt die Handfläche über seinen Mund.

„Frau Kleinfeld", telepathierte er, „unsere schlimmsten Befürchtungen haben sich leider bestätigt. Professor Sprüngli ist tot. Er wurde von dem Saurier aufs Übelste zugerichtet."

„Ach du meine Güte! Ich bin sofort bei Ihnen", antwortete sie ihm.

„Nein, kommen Sie bitte nicht. Diesen Anblick sollten Sie sich ersparen", bat der Chef seine Mitarbeiterin.

Obwohl ihn starke Übelkeit überkam, zwang er sich, die Leichenteile an einem Platz zusammen zu legen. Schließlich konnte er nicht mehr gegen den Brechreiz ankämpfen und musste sich übergeben. Dann informierte er die Behörden von dem tragischen Unglück. Diese versprachen, sich um die weitere Versorgung des Leichnams zu kümmern.

Die beiden *Technoklon*-Leute trafen sich wieder bei ihrem Anti-G im Inneren des Geheges. Betroffenheit war ihnen ins Gesicht geschrieben und sie redeten nicht viel.

Der weißblaue Anti-G hob ab und verschwand Richtung Süden am Horizont.

Keuchend schleppten Kolowitz und Bettini die Wanne mit den Kadaverteilen der Kuh zu ihrem nahegelegenen Zelt, das sie an einem provisorisch eingerichteten Lagerplatz aufgestellt hatten. Ihr Plan war, dem Tyrannosaurus eine Falle in Form einer tiefen Grube zu errichten. Die Fleischstücke wollten sie als Köder über der abgedeckten Grube platzieren. Es war zwar eine uralte Fangmethode, die schon die Jäger der Steinzeit angewandt hatten, jedoch eine sehr effektive.

Zuerst suchten sie eine gut einsehbare Stelle am Rand einer Baumgruppe. Dort entfernte Bettini mit Hilfe des Materiekomprimierers einige hunderte Kubikmeter Erde aus dem Boden. Kolowitz hängte mit Fleischerhaken mehrere Teile des Köders an einen langen Ast, der bis über die Mitte der Grube reichte. Er entlastete das Ganze noch mit einem zum Stamm gespannten Seil. Über die Grube zogen die beiden ein Netz und bedeckten dieses mit Laub und Erde.

Nach knapp zwei Stunden waren sie fertig.

Stolz betrachteten sie danach ihr Werk. Für einen Unwissenden war tatsächlich nichts von der Falle zu erkennen.

Das Wichtigste fehlte allerdings noch: Die Fässer mit der Blausäure.

Sie wurden an den vier Ecken der Grube am Netz befestigt und mit Strauchwerk und Ästen getarnt. Wenn sich der T-Rex jetzt die Beute schnappen möchte, würde das Netz unter seinem Gewicht nachgeben und er samt den Fässern in die Grube stürzen. Die Fässer würden zerplatzen und hochgiftige Gase frei werden. Das Monster würde letztendlich binnen kurzer Zeit sterben.

Kolowitz und Bettini hoben Ihre Hände und klatschten die Handflächen gegeneinander.

„Bingo!", riefen sie dabei fast gleichzeitig.

„Jetzt brauchen wir nur noch auf unser Baby zu warten", war Bettini vom Gelingen ihres Planes überzeugt.

„Genau, du sagst es. Und ein hübsches Grab in idyllischer Umgebung haben wir dann auch schon für ihn", meinte Kolowitz lustig.

Gut gelaunt gingen sie zu ihrem Zelt, das in sicherer Entfernung in einer Senke stand. Da vom Zelt zur Falle kein Sichtkontakt bestand, hatte Bettini am Netz einen Sender befestigt, der auf seinem Laptop einen akustischen Alarm auslöste, sobald das Opfer in die Grube stürzte.

Um sich die Zeit zu verkürzen spielten die beiden Männer Prett (ein Kartenspiel). Die Stunden vergingen.

„So langsam könnte unser Freund aber antanzen. Ich habe wenig Lust hier die Nacht zu verbringen", sagte Bettini auf seine Armbanduhr blickend.

„Was hast du denn? Bist du etwa mit unserem 5-Sterne-Zelt nicht zufrieden?", nahm es Kolowitz mit Humor.

„Dieses Warten strapaziert so langsam meine Nerven. Ich kann mich nicht mehr auf das Spiel konzentrieren."

Genervt warf Bettini die Spielkarten auf den Zeltboden.

„Mich wundert immer wieder, wie eine Mimose wie du es zum Sicherheitsdienst geschafft hat", lästerte Kolowitz. „Komm, nimm deine Karten wieder, wir spielen weiter."

Die Uhr zeigte schon nach neun Uhr und vor dem Zelt herrschte schon lange Finsternis. Obwohl die beiden sehnlichst auf ihr Opfer warteten, zuckten sie doch zusammen als der Summer am Laptop losging.

„Endlich, es ist so weit! Bei unserer Falle scheint sich etwas zu tun!", rief Kolowitz aufgeregt.

Ohne viel zu sprechen schnallten sie sich die Sauerstoffflaschen um und setzten sich die Atemmasken auf. Die giftigen Dämpfe konnten ihnen jetzt nichts mehr anhaben.

*

Der T-Rex sah den Anti-G von *Technoklon* hinter einen Bergrücken verschwinden.

„Die werden jetzt ein wenig herumrätseln warum ihre Laser bei mir wirkungslos waren", dachte sich der Saurier hämisch. „Bin schon neugierig was sie sich sonst noch so einfallen lassen, um mich zu kriegen."

Gemächlich trottete der Gigant am Ufer des Flusses entlang. Niemand hätte jemals geglaubt, dass sich hinter dieser Bestie einer der intelligentesten Lebewesen auf *Alpha CMi IV* verbirgt. ISO-12-B hatte es nicht eilig. Stundenlang war er schon unterwegs, hatte das kleine Tal mit dem Gehege längst hinter sich gelassen. Seit einem *Barotin,* (pferdeähnliches Steppentier, das nur auf *Alpha CMi IV* lebt) den er am frühen Morgen gerissen hatte, hatte er nichts mehr zu fressen gehabt. Hunger machte sich bemerkbar. ISO-12-B hob schnüffelnd seine Nüstern in den Wind, um Witterung auf zu nehmen. Doch kein Geruch einer eventuellen Beute lag in der Luft. Aber etwas anderes erregte plötzlich seine Aufmerksamkeit. Er sah in der Ferne Staub aufwirbeln. Ganz so, als wäre dort soeben etwas gelandet. Waren das etwa schon wieder Jäger, die es auf ihn abgesehen hatten? ISO-12-B beschloss, sich vorsichtig der vermeintlichen Landestelle zu nähern. Auf Grund seiner Größe war es für ihn nicht so einfach sich zu verstecken und dabei auch das Gelände zu beobachten.

Es gelang ihm, hinter einer Gruppe mächtiger *Lepido-dendron** in Deckung zu gehen. Seine grünlich-graue Haut war ihm dabei sehr von Nutzen.

Der Anti-G stand in zwei- bis dreihundert Metern Entfernung. Menschen waren keine zu sehen.

„Was ist hier im Gange?", überlegte ISO-12-B.

Es dauerte nicht lange, da tauchten zwei Männer auf. Einer von ihnen hatte ein harpunenartiges Teil in der Hand. Trotz ihrer Gesichtsmasken konnte man erkennen, dass sie gut gelaunt waren. Sie verschwanden im Inneren des Anti-G um kurze Zeit später, eine Wanne schleppend, wieder zum Vorschein zu kommen.

„Was haben die Jungs denn da bloß vor?", rätselte der T-Rex und verharrte regungslos in seinem Versteck. Da stieg ihm der Geruch von frischem Fleisch in die Nüstern. Sofort machte sich sein Hunger wieder bemerkbar. Es wäre nicht der Klon ISO-12-B gewesen, hätte er nicht sofort die Lage durchschaut.

„Die wollen mir eine Falle stellen? Da bin ich aber gespannt was das werden soll."

Geduldig beobachtete er die Männer bei ihrer Arbeit. Keiner von ihnen schaute auch nur ein einziges Mal in seine Richtung, geschweige kam in die Nähe der Baumgruppe, hinter der er kauerte. Zu sehr waren sie mit dem Bau der Falle beschäftigt. ISO-12-B glaubte ihr Keuchen förmlich zu hören, so angestrengt schleppten sie die schweren Giftfässer über die Lichtung. Es vergingen Stunden und als es bereits dunkel wurde, wagte sich ISO-

12-B aus seinem Versteck hervor. Von den Männern war weit und breit keine Spur. Der T-Rex konnte das Zelt in der Senke nicht sehen. So leise wie möglich schlich er in die Richtung, in der die Männer ihr ganzes Zeug geschleppt hatten. Schon von weitem sah er in der Dämmerung die Fleischstücke an dem Ast hängen.

„Die halten mich wohl für einen Volltrottel", dachte ISO-12-B. „Obwohl ich zugeben muss, die Falle ist perfekt getarnt."

Der Klonsaurier sah sich um. Er musste irgendwie einen Fehlalarm auslösen und so die Männer in die Irre führen. Und er hatte Glück. Nicht weit von der abgedeckten Grube lag einer dieser, bei einem Vulkanausbruch weggeschleuderten, Gesteinsbrocken. Wegen seiner verkümmerten Vorderbeine konnte der T-Rex den Brocken nicht richtig fassen und schubste ihn deshalb mit seinem mächtigen Maul vor sich her bis zur Falle. Dass er dabei einiges an Lärm verursachte, den man in der Stille der Nacht deutlich hörte, ließ sich nicht vermeiden. Immer wieder sah sich der Saurier um, ob er nicht beobachtet wurde. Doch es war nichts Auffälliges zu bemerken. Nur noch wenige Meter trennten den Brocken vom Rand der Grube. Endlich krachte der tonnenschwere Felsen durch das getarnte Netz. Es wurde samt Laub, Ästen und den Giftfässern in die Tiefe gerissen. Es sah aus, als würde ein Staubsauger alles nach unten ziehen. Ein platschendes Geräusch war zu hören, als die Fässer am Grund der Grube aufschlugen und dabei platzten. Die hochgiftige Flüssigkeit verteilte sich am gesamten Boden und begann sofort zu verdunsten. Langsam stieg das Gas als grünlicher Nebel über den Rand der Grube. Wie der Schleier des Todes legte er sich über den feuchten Waldboden.

Mit ihren großen Schutzmasken wirkten Kolowitz und Bettini wie Piloten von Kampfjets des 20. Jahrhunderts. Die Lichtkegel ihrer Taschenlampen zuckten durch die Finsternis, als sie sich der Saurierfalle näherten. Nicht nur wegen des Gewichtes der Sauerstoffflaschen auf ihren Rücken, sondern auch vor Aufregung war ihr Pulsschlag um einiges höher als normal. Dann sahen sie die grüne Giftwolke langsam über den Waldboden ziehen.

„Es hat funktioniert", jubelte Kolowitz hinter seiner Sauerstoffmaske.

„Ja, der T-Rex ist samt den Fässern in die Tiefe gestürzt", sagte Bettini und leuchtete in das finstere Loch am Boden. „Komisch ist nur, dass ...."

Kolowitz sollte nie erfahren, was da komisch war. Ebenso wie er nie erfahren sollte, warum er und Bettini in diesen Moment sterben mussten. Die Tragödie spielte sich einfach zu schnell ab. Mit seinem gewaltigen Maul stieß ISO-12-B blitzschnell zu. Blut besudelte die grässliche Fratze des Monsters und spritzte über den Waldboden.

Die beiden Männer waren nicht viel mehr als ein Häppchen für den Giganten und deshalb sein enormer Hunger noch lange nicht gestillt. Mit seinen Zähnen bog er den Ast, an dem der Köder hing, zu sich her, bis er krachend nachgab und das Fleisch neben der Grube auf den Boden klatschte. Die Giftdämpfe hatten sich in der Luft schon stark verdünnt. ISO-12-B packte seine Beute trotzdem rasch und schleppte sie zum Rand der Lichtung aus der Gefahrenzone. Dort verschlang er sie gierig. Es waren nur wenige Minuten vergangen, als mit dem Monster etwas zu passieren schien. Unkoordiniert torkelte der Saurier durchs Unterholz. Sein Atem ging schwer und rasselnd. Ein letzter schrecklicher Todesschrei durchdrang die Dunkelheit. Wie ein gefällter Baum fiel der Koloss zur Seite und schlug auf der Erde auf, dass die Umgebung erzitterte. Seine Augen wurden starr und blickten ins Leere.

ISO-12-B war tot.

Seine Intelligenz, die ihn noch kurz davor bewahrte in eine tödliche Falle zu tappen, half ihm nun auch nichts mehr. Er war Opfer einer leider auch allzu menschlichen Eigenschaft geworden: Der Gier.

Die Fleischstücke des Köders waren von den Dämpfen des Giftgases derart kontaminiert, dass sie zu einem hochgiftigen Mix wurden. Somit hatte sich der Mörder selbst gerichtet.

5. KAPITEL

DER ORIENTIERUNGSLAUF

Dr. Kaufmann stand hinter dem Lehrerpult und klappte seinen Laptop auf. Ähnlich wie mit einem Overheadprojektor warf er das Bild einer Landkarte in den Raum. Über den Köpfen der Schüler schwebte eine Satellitenaufnahme. Darauf befanden sich kleine rote Kreise, die von Eins bis Fünfzehn durchnummeriert waren. Die Kreise verbanden gelbe Linien.

„Die Zivilschutzbehörde hat zwar noch kein grünes Licht zum Verlassen des Luftkissenbootes gegeben, wir können uns trotzdem einmal einige Details zu unserem Orientierungslauf ansehen. Sie sehen hier ein Satellitenbild dieser Gegend. Dasselbe Bild wird Ihnen zu Beginn des Wettkampfes auf Ihre elektronischen Landkarten gespielt ", begann Dr. Kaufmann den Orientierungslauf zu erklären. „Es entspricht in etwa dem Maßstab 1: 50.000. Das bedeutet also, dass ein Zentimeter auf diesem Bild 500 Meter in der Wirklichkeit entspricht. Sie können jedoch das Bild bis zu einer Auflösung von nur 50 Zentimetern heran zoomen. Also darauf Details erkennen, die nur einen halben Meter Abmessung haben. Die roten Kreise kennzeichnen die so genannten Orientierungspunkte. An diesen Punkten befinden sich Kartenlesegeräte in Form von kleinen weißen Kästchen, die meist an einem Baumstamm befestigt sind. Diese müssen Sie in der angegebenen Reihenfolge ausfindig machen und auf ihrer elektronischen Karte bestätigen, indem Sie die Karte direkt an das Lesegerät halten. Wenn der Kreis auf Ihrer Karte grün wird, hat das System Ihre Identität erkannt. Der Zeitpunkt Ihrer Ankunft ist somit gespeichert und Sie können Ihren Lauf zum nächsten Orientierungspunkt fortsetzen. Gewonnen hat der, der am schnellsten Orientierungspunkt Nr.15 erreicht. Voraussetzung ist natürlich, dass alle Punkte auf den Lesegeräten bestätigt sind. Ist soweit alles klar?"

„Was für Hilfsmittel zur Orientierung haben wir denn zur Verfügung?", meldete sich Elli.

„Sie haben nur Ihre Karte auf der die notwendigen Daten eingespielt sind, mehr nicht. Alles andere ist Ihnen selbst überlassen. Zeitlimit gibt es keines", erklärte Dr. Kaufmann weiter.

Der Major legte seinen Finger unter sein Ohr und kurz darauf materialisierte ein kleiner Koffer auf seinen Schreibtisch.

„Das hier sind Ihre elektronischen Landkarten", sagte Dr. Kaufmann und öffnete den Koffer.

„Sie sind auf ihre jeweiligen Benutzer abgestimmt und können nur von diesem per Fingerprint aktiviert werden. Jeder Teilnehmer hat also seine persönliche Karte."

Dr. Kaufmann nahm die dreißig Zentimeter hohen Behälter aus dem Koffer und verteilte sie an die Schüler. An den Deckeln der Zylinder standen die Namen von jedem.

„Wir wollen uns die Landkarten gleich einmal etwas genauer ansehen", sagte Dr. Kaufmann nachdem alle ihre Behälter in den Händen hielten.

„Schrauben Sie zunächst den Deckel herunter und nehmen Sie die eingerollte Karte heraus. Entrollen Sie die Karte vorsichtig und legen Sie die Kuppe Ihres rechten Zeigefingers genau auf den vorgezeichneten Fingerabdruck am unteren rechten Rand", erklärte ihnen der Klassenvorstand. Die Schüler folgten den Anweisungen und nach und nach leuchtete auf den entrollten Monitoren ein Satellitenbild der Umgebung auf. Nur bei Gerry schien es nicht so richtig zu funktionieren. Schon mehrmals hatte er seinen rechten Zeigefinger auf das kleine Rechteck mit dem aufgemalten Fingerabdruck gepresst. Dann den Linken und sogar sämtliche anderen Finger. Aber es geschah nichts. Der ultraflache Bildschirm blieb dunkel.

„Haben Sie ein Problem, Kadett Mayer?", fragte Dr. Kaufmann, dem aufgefallen war, dass Gerry ständig an seiner elektronischen Karte herumfuchtelte und immer wieder ratlos zu seinem Sitznachbarn blickte.

„Meine Karte funktioniert nicht, Herr Major", sagte Gerry ein wenig beleidigt.

„Das ist nicht möglich. Die Geräte wurden von mir persönlich programmiert und überprüft", gab ihm Dr. Kaufmann zur Antwort. „Haben Sie etwa irgendwelche Verunreinigungen an Ihrem Finger und das System erkennt Ihre Fingerabdrücke nicht?"

Gerry drehte seine Handflächen nach oben.

„Nein, Herr Major, natürlich nicht", sagte Gerry und hielt Dr. Kaufmann seine Hände entgegen. „Sehen Sie selbst."

Dr. Kaufmann war vor Gerrys Bank getreten und begutachtete seine Hände.

„Stimmt, Ihre Hände sind sauber."

Er nahm die widerspenstige Landkarte an sich und ging mit ihr zu seinem Lehrerpult.

„Mal sehen was das Ding gegen Sie hat", sagte Dr. Kaufmann und nahm aus einer Schublade einen Art Mini-Laptop. Er verband die Geräte mit einem dünnen Kabel. Auf dem Bildschirm des kleinen Laptops erschienen unzählige Zahlen- und Buchstabenkombinationen. Dr. Kaufmann blickte konzentriert darauf.

„Hm, anscheinend wurde ein falscher Fingerabdruck einprogrammiert. Kadett Mayer, bitte kommen Sie doch mal zu mir."

Gerry stand auf und ging nach vor.

„Reichen Sie mir Ihre rechte Hand", forderte Dr. Kaufmann ihn auf.

Gerry streckte seinen rechten Arm nach vor und der Lehrer nahm seine Hand am Zeigefinger. Er drückte diesen auf das vorgezeichnete Feld mit dem Fingerabdruck.

„Unbekannter Fingerabdruck", stand groß auf dem Bildschirm von Dr. Kaufmanns Mini-Laptop.

„Genau so ist es, Ihre Karte erkennt Sie nicht", sagte Dr. Kaufmann zu Gerry und ließ dessen Finger wieder los.

„Zwar ist mir das ein Rätsel, aber bitte. Programmiere ich das Gerät halt noch einmal."

Er tippte etwas in seinen Mini-Laptop und bat Gerry danach seinen Finger noch einmal auf die elektronische Landkarte zu drücken. Daraufhin ertönte eine kurze Melodie und ein Satellitenbild des Urunga-Gebietes leuchtete auf.

„So, das wär's. Jetzt dürfte das Teil keine Schwierigkeiten mehr machen", sagte Dr. Kaufmann.

Gerry bedankte sich, rollte den superflachen Monitor wieder zusammen und begab sich zu seinem Platz.

Am nächsten Morgen kam dann tatsächlich die Meldung, dass die Gefahr eines T-Rex-Angriffs vorüber sei und man sich wieder gefahrlos im Freien bewegen könnte. Der Saurierklon soll getötet worden sein. Leider seien dabei wieder zwei Menschenleben zu beklagen gewesen, gab die Zivilschutzbehörde bekannt. Die Schüler gingen geschlossen von Bord und sammelten sich vor einem markanten Felsen in der Nähe. Keiner durfte das Luftkissenboot verlassen ohne die Atemmasken zu tragen. Auch wurde jedem seine HLP-9000 auf Stufe 5 gestellt, um sich im Notfall gegen wilde Tiere verteidigen zu können. Als oberstes Kleidungsstück war der robuste Uniformmantel zu tragen. Er bestand aus einem atmungsaktiven Kunststoff und schützte die Kleidung hervorragend vor Dornen und sonstigem spitzen Untergehölz. Außerdem trotzte er so ziemlich jeder Witterung. Egal ob Regen, Sturm oder eisiger Kälte. Aber auch etwaige kosmische Strahlung wurde abgeschirmt. Gerry musste Grinsen, als er seine Mitschüler in einer Gruppe beisammen stehen sah. Mit ihren Gesichtsmasken und den blauen Uniformmänteln wirkten sie wie ein Ärzteteam kurz vor einer Operation.

„Hallo Leute! Ist euch euer Patient abhanden gekommen?", scherzte Gerry.

Die Angesprochenen sahen sich ratlos an.

„Was für ein Patient?", fragte einer verwundert.

„Ach vergiss es, war nur ein Scherz", antwortete Gerry lachend, als er merkte, dass keiner bei seinem Witz mitzukommen schien.

Auch Dr. Kaufmann trug denselben Mantel und war deshalb kaum von den anderen zu unterscheiden.

„Wir sind jetzt vollzählig", stellte Dr. Kaufmann fest, nachdem er die Gruppe flüchtig überblickt hatte. Wieder stellte er sein ausgezeichnetes Gedächtnis unter Beweis.

„Wir können dann mit dem Wettkampf beginnen. Der Teilnehmer mit der schnellsten Zeit gewinnt den Wettkampf. Für die Plätze werden Punkte vergeben und diese zusammen gezählt. Das heißt, dass die Klasse mit den meisten Punkten Klassensieger ist."

„Und wie viel Punkte bekommt jeder für seinen Platz?", fragte Elli.

„Da siebzig Teilnehmer starten, gibt es für den ersten Rang auch siebzig Punkte. Für den Zweiten neunundsechzig und so weiter. Sollten zwei Klassen die gleiche Punktezahl aufweisen, was unwahrscheinlich ist, so werden die einzelnen Zeiten addiert und es entscheidet die Gesamtzeit", erklärte Dr. Kaufmann.

„Aha, alles klar", meinte Elli, „das scheint ja spannend zu werden."

Dr. Kaufmann begann die Startnummern zu verteilen. To-Pan und Esperanza halfen ihm dabei.

„Die Nummern sind alphabetisch gereiht. Es beginnt bei der 1a-Klasse mit Lillian Arioso und endet bei der 1c mit Alwin Wimmer", fuhr der Lehrer mit seiner Erklärung fort. „Die Läufer werden in Abständen von neunzig Sekunden losgeschickt."

Dr. Kaufmann gab noch Anweisungen wie die Startnummern zu befestigen waren und schon konnte es los gehen.

„Jeder Starter hat seine eigene Route, das heißt, keine der Laufstrecken ist identisch und keiner der Orientierungspunkte gleich", sagte Dr. Kaufmann.

„Sollte man dennoch auf einen Gegner treffen, so ist ein Kommunizieren jeglicher Art verboten. Leutnant To-Pan, Herr Esperanza und ich können das mittels speziellen technischen Überwachungsmethoden von der *Admiral Münster* aus genau überprüfen. Also bitte keine Schummeleien."

„Kadett Arioso, haben Sie Ihre Landkarte aktiviert?", fragte To-Pan.

„Ja, ich bin bereit", erwiderte ein großgewachsenes, dunkelhaariges Mädchen, das aufgeregt an der Startlinie von einem Bein auf das andere hüpfte.

„Gut, dann kann es los gehen. Achtung ... fertig ... und go!!", rief Dr. Kaufmann und feuerte mit seiner HLP-9000, die mit Knallpatronen geladen war, in die Luft.

Wie von einer Tarantel gebissen spurtete Lillian Arioso los und war schon kurz darauf in dem nahe gelegenen Waldstück verschwunden. Nach etwa fünf Minuten startete bereits Klerila. Iwo war eine viertel Stunde später an der Reihe.

Nach etwas mehr als einer Stunde, unmittelbar nach Fiep, fiel der Startschuss für Gerry.

„Mach's gut und Hals- und Beinbruch", rief Max ihm noch nach.

Gerry fiel auf, dass er der erste war, der noch vor dem Waldrand nach rechts vom Weg abzweigen musste. Er hielt kurz inne und warf nochmals einen Blick auf seine Karte.

„Hm, stimmt", murmelte er.

Das Gelände wurde zusehends unwegsam und Gerry stolperte über allerhand Sträucher und Gehölz. Von einem Pfad oder gar Weg war schon lange nichts mehr zu erkennen.

„Schickt man nur mich durch diese Wildnis oder haben auch die anderen so unwegsames Gelände?", fragte sich Gerry, als er über einen mächtigen, umgestürzten Baumstamm klettern musste. Immer wieder glich er die Daten der Landkarte mit der Umgebung ab. Es gab keinen Zweifel, er war auf dem richtigen Weg. Langsam trieb es ihm den Schweiß ins Gesicht. Unangenehm brannte dieser in seinen Augen.

„Verflucht! Soll das ein Orientierungslauf sein oder eine >Never-come-back-Tour<“, schimpfte Gerry, während er beim Überqueren eines Baches von einem Stein abrutschte und mit einem Bein ins Wasser klatschte. Unangenehm drang das kalte Nass über den Schaft in seine Schuhe. Die Schuhe selbst waren Gott sei Dank dicht.

„So langsam könnte der erste Posten auftauchen“, dachte Gerry, „laut der Karte müsste ich ihn eigentlich schon erreicht haben.“

Der Blick auf seine Armbanduhr sagte ihm, dass er bereits über eine halbe Stunde unterwegs war. Wie Recht er doch mit >Never-come-back-Tour< hatte, konnte er zu diesem Zeitpunkt noch nicht wissen.

Max wunderte sich, dass Gerry nicht wie die anderen im Wald verschwand, sondern schon davor nach rechts abbog und den Waldrand entlang lief. Aber nachdem Dr. Kaufmann erwähnt hatte, dass jeder seine individuelle Route hat, konnte das schon stimmen.

„Kadett Segantini, bitte bereit machen zum Start!“, rief Dr. Kaufmann plötzlich.

Jäh wurde Max aus seinen Gedanken gerissen.

„Was? Ich bin schon dran!“

Dr. Kaufmann gab den Startschuss und Max lief los. Als er die Stelle erreichte an der Gerry nach rechts abbog, warf er einen kurzen Blick auf seine Karte. Nein, auch er musste gerade aus weiter in den Wald hinein.

Anfangs war der Weg gut ausgetreten und Max kam schnell voran. Doch bald wurde seine Route zu einem schmalen, oft überwucherten Pfad. Mit dem total unwegsamen Gelände von Gerrys Strecke hatte diese Route jedoch nichts gemein. Und auch der erste Posten ließ nicht lange auf sich warten. Er war zwar etwas versteckt hinter dem Geäst eines Baumes, aber an und für sich nicht schwer zu entdecken. Vor allem weil das Kästchen mit dem Lesegerät für den Posten-Check mit weißer Farbe lackiert war und deshalb das Sonnenlicht stark reflektierte. Max hielt seine Karte gegen das Gerät und ein kurz aufleuchtendes „ Posten 1 bestätigt" zeigte ihm, dass er den ersten Kontrollpunkt ordnungsgemäß passiert hatte. Der weitere Weg führte ihn entlang eines kleinen Grabens, an dessen Ende, im Schutz eines überhängenden Felsens, der nächste Posten platziert war. Auch der dritte war nicht allzu weit davon entfernt. Max hatte das Gefühl sehr gut voran zu kommen. Er sollte sich nicht täuschen. Als er keuchend über die Lichtung zum Ausgangspunkt zurückkam, wurde er von einer applaudierenden Menge empfangen.

„Bravo, Kadett Segantini, mit 36:16:09 haben Sie die beste Zeit bis jetzt", sagte Dr. Kaufmann anerkennend. „Ich hoffe Sie haben auch alle Kontrollpunkte bestätigt."

„Aber sicher, Herr Major", strahlte Max und reichte Dr. Kaufmann seine Karte.

Max fiel zunächst nicht auf, dass Gerry noch immer nicht zurück war, obwohl er lange vor ihm gestartet war.

Dr. Kaufmann hielt Max' Karte gegen seinen Laptop, nickte zufrieden und gab sie ihm wieder zurück.

Max strahlte über das ganze Gesicht. Er, der kleine Italiener war, zumindest vorläufig, an erster Stelle des Orientierungslaufes.

„Kadett Segantini!", rief Dr. Kaufmann ihm nach. „Haben Sie zufällig etwas von Kadett Mayer gesehen oder bemerkt?"

„Was, Gerry ist noch immer nicht hier?", war Max verwundert und besorgt zugleich. „Nein, ich habe nichts von ihm gesehen."

„Wo der wohl abgeblieben ist? So langsam mache ich mir Sorgen", meinte der Lehrer.

Schließlich startete Alwin Wimmer als Letzter und verschwand im Laufschritt hinter den Bäumen.

„Ich versteh das nicht", sagte Dr. Kaufmann zu seinen Kollegen, „Kadett Mayer ist telepathisch nicht zu erreichen und eine Peilung seines *IdeTel-Chip* ist auch nicht möglich. Er scheint vom Erdboden verschluckt zu sein."

„Das ist unmöglich", sagte Silvano Esperanza kopfschüttelnd. „Lassen Sie es mich einmal versuchen."

„Bitte, wenn Sie glauben es besser zu können", sagte Dr. Kaufmann ein wenig beleidigt und reichte Esperanza seinen Laptop.

Mit dem Gerät konnte man auch Signale empfangen, die von den *IdeTel-Chips* eines jeden Einzelnen ständig abgegeben wurden. Es musste nur der jeweilige ID-Code (=Identifizierungscode) des Chips eingegeben werden und schon konnte man die betreffende Person im Umkreis von vielen Kilometern orten.

Esperanza drückte einige Tasten und fragte dann:

„Stimmt der ID-Code von Mayer auch sicher?"

„Natürlich stimmt der", sagte Dr. Kaufmann energisch, „ich habe persönlich alle Daten der Schüler zu Beginn des Schuljahres vom zentralen Rechner der Schulbehörde auf meinen Laptop überspielt."

Esperanza tippte weiter am Laptop von Dr. Kaufmann herum.

„Hm, atmosphärische Störungen können auch nicht der Grund sein", meinte der Religionslehrer schließlich. „Die Signale der *IdeTel-Chip* der anderen Schüler sind deutlich zu empfangen. Das ist schon komisch."

„Sag' ich doch, dass da was faul ist", bekräftigte Dr. Kaufmann nochmals und zog seinen Laptop aus den

Händen Esperanzas. „Sobald der Letzte im Ziel ist beginnen wir mit der Suche nach ihm."

Gerrys Freunde machten sich schon Sorgen. Klerila blickte ständig suchend zum Waldrand hinüber.

„Das gibt es doch nicht. Wo bleibt den Gerry nur?", fragte sie sich mit beginnender Verzweiflung. „Er kann doch nicht schon wieder verschwunden sein."

Klerila spielte auf Gerrys Entführung durch Ax-La-Can im Dezember des Vorjahres an. (Nachzulesen in Band 1: Die Waffe des Teufels)

„Also an eine Entführung glaube ich in dieser gottverlassenen Gegend nicht. Da hätten wir doch irgendetwas bemerken müssen", wollte Elli Klerila beruhigen.

„Bitte, das hat doch mit gottverlassen nichts zu tun. Das letzte Mal waren hunderte Leute um ihn herum und keiner hat etwas bemerkt", stellte Klerila verbittert fest.

Keiner sagte mehr etwas. Voller Hoffnung starrten sie zum Waldrand, ständig in Erwartung Gerry würde jeden Moment dort auftauchen. Stattdessen kam Alwin Wimmer zum Vorschein.

„So, das war der Letzte", sagte Dr. Kaufmann, „…und noch immer keine Spur von Kadett Mayer. Wir werden sofort eine Suchaktion starten. Die Auswertung des Laufes kann warten."

Zum x-ten Male holte Gerry seine Karte hervor und überprüfte seinen Standort. Seine Position stimmte ganz eindeutig. Hier musste dieser verflixte erste Posten sein. Langsam ließ er seinen Blick in die Umgebung schweifen. Da erregte Etwas seine Aufmerksamkeit. Er glaubte ganz kurz im Blättergewirr eines Baumes was Helles erkannt zu haben. Er lief in die Richtung und stellte fest, dass ein weißes, hölzernes Kästchen mit Metallbändern an einen Baumstamm gebunden war. Das Kästchen ließ sich durch eine Tür an der Frontseite öffnen. Darin lagen ein gelber Zettel und ein zangenähnliches Ding. Gerry nahm den Zettel heraus und las halblaut:

„Posten 1. Bitte nehmen Sie die Zange und entwerten Sie damit das Feld P1.“

Verwirrt schüttelte Gerry den Kopf. Das gibt es doch nicht. Was soll dieser Blödsinn? Hier hängt ein Kasten aus der mittleren Steinzeit mit der Aufforderung ein ordinäres Stück Papier zu entwerten. Jetzt reicht's aber, da trieb jemand einen üblen Scherz mit ihm.

„Hallo, hier Kadett Mayer, darf ich bitte mal erfahren was hier gespielt wird?“ wollte Gerry gerade zu Dr. Kaufmann telepathieren. Doch es blieb beim Versuch. Er hörte nur ein monotones Summen in seinem Kopf. So etwas wie Panik machte sich in Gerry breit. Hektisch drückte er die Stelle unter dem rechten Ohr, wo der *Ide-Tel-Chip* implantiert ist. Nichts passierte. Es kam keine Verbindung zu Stande.

„Okay, ganz ruhig, hier gibt es also keine Netzverbindung. Ist ja kein Grund gleich die Nerven zu verlieren“, redete sich Gerry ein. „Sehen wir halt mal nach wo sich der nächste Posten befindet.“

Wieder rollte er seine Landkarte aus. Da wich das letzte bisschen Farbe aus Gerrys Gesicht. Kreidebleich starrte er auf die dunkle Fläche seiner elektronischen Karte. Das Gerät schien sich abgeschaltet zu haben.

„Das wird ja immer lustiger“, flüsterte Gerry ängstlich. „Will mich hier jemand sabotieren?“

Er rollte die Karte zusammen und wieder auseinander, drückte alle möglichen Tasten, …doch es blieb finster.

„So ein Mist! Was haben die denn für einen Schrott an dieser Schule!?“, flucht Gerry und setzte sich mit schlotternden Knien auf einen Stein. Jetzt hatte er richtig Angst. Denn mit einem Schlag wurde ihm bewusst, dass er die Orientierung völlig verloren hatte. Wäre alles nicht so schlimm, wenn nur der verflixte *IdeTel-Chip* funktionieren würde. Aber bei Betätigung war immer nur dieses nervende Summen zu hören. Über zwei Stunden waren seit seinem Start bereits vergangen. Selbst der allerletzte müsste jetzt schon sein Ziel erreicht haben. Und er hatte gerade mal seinen ersten Posten passiert.

„Sie werden bald nach mir suchen", überlegte Gerry."Is' ja keine Tragödie, ich warte hier einfach, bis sie mich gefunden haben."

Er streckte alle Vier von sich und versuchte so gelassen als möglich zu sein.

Die Zeit verging, ohne dass etwas Besonderes geschah. Weit und breit war nichts von Lehrern oder Schülern, die ihn suchten, zu sehen. Allerhand kleines Getier kroch an ihm vorbei. Auch drang so manches Insektensummen an sein Ohr.

Doch von größeren, wilden Tieren war Gott sei Dank nichts zu bemerken. Erleichtert erinnerte sich Gerry, dass der *Saurus Saccharosus* das einzige gefährliche Tier auf *Alpha CMi IV* ist. Und dieses kam nur sehr selten vor.

„Hören Sie mal alle her!", rief Dr. Kaufmann in die Runde. „Kadett Mayer aus meiner Klasse ist noch immer nicht von seinem Lauf zurück. Er meldet sich nicht und ist auch mittels *IdeTel-Chip*-Ortung nicht aufzuspüren. Wir werden deshalb Suchtrupps bilden und nach ihm suchen."

Unter den Schülern kam Hektik und Unruhe auf. Gerrys Freunde unterhielten sich mit Kindern aus anderen Klassen.

„Ruhe bitte!", forderte Dr. Kaufmann. „Herr Esperanza, Leutnant To-Pan und ich haben uns folgende Einteilung der Suchmannschaften ausgemacht. Frau To-Pan übernimmt die 1c und durchkämmt den östlichen Teil des Gebietes. Herr Esperanza durchsucht mit den Leuten der 1a den Norden. Und ich werde mir mit meiner Klasse den Westen, in Richtung der Vulkanberge vornehmen."

Die 1b versammelte sich rund um Dr. Kaufmann.

„Ich habe folgenden Plan für Sie", begann er. „Um das Ganze so effektiv als möglich durchzuführen werden wir uns nochmals in kleine Gruppen teilen. Ich habe da an vier bis sechs Leute gedacht, die einen etwa drei- bis vierhundert Meter breiten Korridor durchstreifen. Mit wem Sie zusammenarbeiten ist Ihnen überlassen. Die jeweilige Gruppenleitung soll ein Ausbilder übernehmen."

Natürlich taten sich Iwo, Fiep, Max, Klerila und Elli mit Walter als Gruppenleiter zusammen.

„Herr Major!", meldete sich Walter bei Dr. Kaufmann. „Ich übernehme die Gruppe mit den Kadetten Ekkart, Makundo, Segantini, Betuma und Rodriguez."

„Gut, Fähnrich Seitz. Somit ernenne ich Sie zum Kommandanten des Suchtrupps A. Bitte aktivieren Sie mal Ihre Karte."

Walter kam der Aufforderung nach und entrollte seine elektronische Landkarte. Dr. Kaufmann trat zu Ihm und zeigte auf eine Stelle der Karte.

„Sehen Sie, hier sind wir.", sagte er. „Und das ist der Korridor, denn Sie mit Ihren Leuten ab suchen sollen."

Dr. Kaufmann bestrich mit seinem Zeigefinger eine längliche Fläche auf Walter's Karte. Sie führte entlang eines schmalen Waldstreifens, direkt am Fuß des *Urunga*-Vulkans.

„Wenn Sie eine Spur von Kadett Mayer entdecken, melden Sie sich sofort bei mir. Wir werden dann die nötigen Maßnahmen einleiten. Ihre Waffen sind auf Stufe 5 gestellt, das genügt um die meisten Tierarten auf diesen Planeten zu töten. Der Rest ist bei dieser Feuerstufe zumindest vorübergehend kampfunfähig. Sollte vor Einbruch der Dunkelheit Kadett Mayer noch nicht gefunden sein, melden Sie sich bei mir und geben Ihre Koordinaten bekannt. Wir beamen Sie dann zurück zur *Admiral Münster.*“

„Alles klar, Herr Major. Wir machen uns sofort auf die Socken“, sagte Walter, gab seinen Leuten ein Zeichen und lief mit ihnen zum Waldrand.

„Viel Glück!“, rief Dr. Kaufmann den Freunden noch nach.

Als sie die Stelle erreichten an der Gerry rechts abbog, bemerkte Max: „Ich habe gesehen, dass Gerry hier entlang lief.“

Er deutete zu einem kaum erkennbaren Pfad.

„Ja, das habe ich auch gesehen“, überlegte Walter. „Aber Dr. Kaufmann hat uns den linken Korridor am Vulkanhang zugewiesen und deshalb haben wir uns auch daran zu halten.“

Der Wald war zwar hier relativ dicht, doch es gab kaum Unterholz. Das war auch der Grund, dass sie ganz gut voran kamen. Alle riefen sie immer wieder Gerrys Namen in den Wald.

„An dieser Stelle bin ich schon einmal gewesen“, erwähnte Klerila so nebenbei, als würde das selbstverständlich sein.

„Wie kommst du denn darauf?“, wunderte sich Elli, die neben ihr ging.

„Ich kann mich an diesen Stein erinnern", meinte sie und zeigte auf einen kaum faustgroßen, unauffälligen Stein.

„Bist du dir sicher? Der sieht ja aus wie jeder andere", meinte Elli ungläubig. „Wenn ich es dir sage", bekräftigte Klerila. „Noch ein Stück und du siehst links einen Baum an dem ein Lesegerät befestigt ist."

Tatsächlich kamen sie kurz darauf an dem Lesegerät vorbei. Klerilas fotografisches Gedächtnis hatte sich wieder einmal bewiesen.

Ab hier wurde das Gelände unwegsamer. Gräben und Bäche kreuzten ihren Weg. Die Sonne näherte sich schon dem Horizont, als die kleine Gruppe einen riesigen Gesteinsbrocken direkt am Fuß des *Urunga*-Vulkans erreichte. Der Felsen war so gewaltig, dass an seiner Oberseite sogar kleine Bäume wuchsen. Von den vielen Gerry-Rufen waren sie alle schon ein wenig heiser.

„Ich fürchte wir werden Gerry heute nicht mehr finden. In einer Stunde wird es dunkel sein und wir müssen uns zurück zur *Admiral Münster* beamen lassen", seufzte Walter.

Die blöde Warterei nervte. Sollte er nicht doch versuchen wieder zurück zu gehen. Doch ohne Karte war das schwer möglich. Also entschloss sich Gerry seinen Weg fortzusetzen. Fast drei Stunden waren seit seinem Start vergangen. Wahrscheinlich würden seine Freunde schon nach ihm suchen. Wie könnte ich mich nur bemerkbar machen, überlegte Gerry. Nachdenklich kletterte er über mehrere umgestürzte Bäume. Dann hielt er plötzlich inne und klopfte sich mit der flachen Hand auf die Stirn:

„Ich hab‘ ja meine HLP 9000, ich Idiot. Genau für solche Situationen haben wir die Notsignaleinstellung an unserer Waffe. Dass mir das nicht früher eingefallen ist.“

Gerry zog seine Pistole aus dem Halfter und stellte den Sicherungshebel auf S.O.S.. Mit gestrecktem Arm hielt er die Waffe in die Höhe und betätigte den Abzug. Doch außer dem Ertönen eines metallischen „klick“ geschah nichts. Noch einmal drückte er den Abzug … und noch einmal … und noch einmal.

„Klick … klick … klick.“

„Verflucht! Funktioniert denn bei diesem Verein gar nichts!“, brüllte Gerry und hätte beinahe vor Zorn seine Waffe zu Boden geschleudert. Er stellte den Sicherungshebel auf feuerbereit und zog abermals ab. Wieder geschah nichts.

„Na super, an diesem Ding geht gar nichts mehr“, sagte Gerry verzweifelt zu sich selbst. „Wenn mich jetzt ein wildes Tier angreift, kann ich mich nicht einmal verteidigen.“

Langsam dämmerte es Gerry, dass er vollkommen schutz- und orientierungslos, alleine und auf sich selbst gestellt, durch diese ihm fremde Wildnis unterwegs war. Seine Hand zitterte als er die HLP 9000 wieder in den Halfter steckte. Er erinnerte sich an das Erlebnis mit dem Monster auf der *Admiral Münster*. Wenn er dieser Bestie unbewaffnet begegnet … na dann gute Nacht. Die aufkeimende Angst machte seine Knie ganz weich und er musste sich auf eine der Baumleichen setzen. Ängstlich lauschte er in die Umgebung, das Bild der Fratze des T-Rex vor Augen.

Er musste versuchen, eine Anhöhe oder sowas zu erreichen. Suchend schweifte sein Blick in die Ferne. Die einzige Möglichkeit, an einen erhöhten Punkt zu gelangen war wohl, in Richtung der Vulkanhänge aufwärts zu gehen. Und das könnte, da hier der Hang nur sehr gemächlich anstieg, schon eine Weile dauern. Außerdem wurde er so langsam aber sicher immer müder. Was nützte es ihm wenn er zwar einen guten Rundblick hätte, er jedoch einschlief? Das wollte er auf keinen Fall. Schutzlos wäre er dieser Wildnis ausgeliefert.

Ihm war aufgefallen, dass immer wieder größere Felsen in der Gegend herum lagen. Wenn er einen sehr großen entdecken würde, könnte er versuchen auf ihn zu klettern. Sechs, sieben Meter über dieser flachen steppenartigen Gegend hätte er sicher einen ganz guten Überblick.

Gerrys Weg führte nach wie vor über sehr unwegsames Gelände. Das Vorwärtskommen war mühsam und er merkte bald wie seine Kräfte schwanden. Verschmutzt und schweißnass sank er in einen Haufen aufgetürmter Blätter und Zweige. Es war bequem und er wäre beinahe eingeschlafen. Da stellte er sich die Frage, wie denn dieser komische Haufen Blätterzeugs hier hergekommen war? Es sah geradezu danach aus, als hätte ihn jemand zusammen getragen. Aber er war nicht hier, um sich darüber den Kopf zu zerbrechen. Er musste weiter und einen Felsen suchen auf dem er sich einen Überblick verschaffen konnte. Wenn doch seine Waffe nur ein kleines Bisschen funktionieren würde, dann könnte er diesen Haufen in Brand stecken. Die Rauchsäule würde man kilometerweit sehen.

„Zum Kuckuck noch einmal", ärgerte sich Gerry und trat zornig mit dem Fuß in das angehäufte Laub.

„Aua!!!", schrie er vor Schmerz. Er hatte gegen irgendetwas Hartes getreten. Was für ein Idiot hat da Steine verbuddelt?"

Etwas Weißes schimmerte zwischen Laub und Zweigen hervor.

„Was ist das?", fragte sich Gerry verwundert.

Er wusste, dass es in diesem Gebiet nur Vulkangestein gab und dieses bekanntlich schwarz ist. Neugierig geworden schob er das Laub zur Seite. Ein teils erschrockener, teils verwunderter Ausdruck erschien in seinem Gesicht. Der obere Teil von drei riesigen Eiern kam zum Vorschein.

„Ich werd' verrückt! Dinosauriereier!", schrie er mit sich überschlagender Stimme. Wie ein Blitz durchfuhr ihn ein schrecklicher Gedanke:

„Wenn das ein Nest ist, dann wird das Muttertier nicht weit sein. Und die wird in ihm keinen müden, verirrten Schuljungen sehen, sondern einen hinterhältigen Nesträuber. Er muss sofort von hier verschwinden." In dem Moment, als er ansetzte zum nahegelegenen Waldrand zu flüchten, war es auch schon zu spät. Die Erde erzitterte.

Wie aus dem Nichts war der Koloss hinter ihm aufgetaucht. Ein *Saurus Saccharosus*, fünfzehn Meter hoch und wahrscheinlich an die einhundert Tonnen schwer. Entsetzt wich Gerry zurück und stolperte rücklings in das Nest. Das Monster musste nur noch einen Schritt nach vorne machen und sein Körper war eine Mischung aus Knochenmehl und püriertem Fleisch. Blitzschnell wälzte er sich zu einem der Eier und umklammerte dieses mit beiden Armen.

Gerrys ganze Hoffnung beruhte jetzt darauf, dass der Saurier nicht auf sein eigenes Ei treten würde. Und die Rechnung schien zunächst aufzugehen. Irritiert blickte der Fleischberg auf sein Nest. Gerry spürte die Schläge seines Herzens bis in den Kopf. Seine Atmung stockte. Die Augen des Monsters fixierten den winzig wirkenden, zitternden menschlichen Körper unter ihnen. Da schoss auch schon der Schädel am Ende des langen Halses nach unten, das Maul weit aufgerissen. In letzter Sekunde gelang es Gerry sich vom Ei abzustoßen. An der Stelle, wo sich Gerry gerade noch festgehalten hatte, bohrten sich die Spitzen Zähne in die Schale. Lange Sprünge zogen sich von der Bissstelle über die Oberfläche.

„Blöd für dich, jetzt gibt's wahrscheinlich eine Frühgeburt", dachte Gerry mit aufkommenden Galgenhumor. Wütend über seine Fehlattacke schnappte der Saurier weiter nach Gerry. In panischer Angst wälzte er sich über die staubige Erde und entging so einem zweiten Angriff. Doch nun war er wieder außerhalb des Geleges und somit konnte das Ungeheuer wieder nach ihm treten ohne seinen Nachwuchs zu gefährden. Aber stattdessen stieß es ein drittes Mal mit seinen messerscharfen Zähnen zu. Verzweifelt langte Gerry nach einem faustgroßen Gesteinsbrocken und schleuderte ihn in den Rachen des Angreifers.

Sein heißer Atem war deutlich zu spüren. Der Brocken aus erstarrter Lava wirkte wie ein Kieselstein in dem Maul des Riesen. Als der Stein auf der Zunge des Sauriers aufklatschte begann sich plötzlich eine schwarze, brodelnde Masse zu bilden. Mit einem ohrenbetäubenden Schmerzensschrei wich das Monster zurück. Rauch quoll aus dem Maul und den Nüstern. Wie wild schüttelte es seinen Kopf hin und her. Gerry nutzte die Verwirrtheit des *Saurus Saccharosus* und flüchtete Hals über Kopf in das nahe gelegene Wäldchen. Dort angekommen wagte er es zum ersten Mal sich umzudrehen. Der Saurier hatte seinen Kopf in den Boden gesteckt und schien Erde zu fressen.

„Was ist denn mit dem los? War das eine Granate oder sowas?", dachte Gerry, setzte aber seine Flucht sicherheitshalber gleich wieder fort. Als er das Wäldchen durchquert hatte, sah er einen gewaltigen Felsen vor sich liegen. Der war mindestens zwanzig Meter hoch und an seiner Oberfläche wuchsen Bäume und Sträucher. Wenn es ihm gelänge, diesen Felsen zu erklettern, hätte er nicht nur eine gute Übersicht, sondern wäre auch für den Saurier unerreichbar.

Auf Grund des starken Bewuchses bot sich die Möglichkeit, sich an den Wurzeln und Sträuchern festzuhalten und daran hochzuklettern. Ohne lange zu überlegen, eilte er zu dem Felsen und begann aufzusteigen. Er machte dies an der Rückseite, um vom Saurier nicht gesehen zu werden. Mitten im Felsen wäre er seinen Angriffen schutzlos ausgeliefert.

Doch die Sorge war unbegründet. Der *Saurus Saccharosus* hatte andere Probleme. Er trampelte wie irre auf der Stelle, brüllte vor Schmerzen und steckte dabei immer wieder den Kopf in den Boden.

Auf den Felsen zu klettern war schwieriger, als er zunächst gedacht hatte. Das Gestein war sehr locker und Gerry fand immer seltener einen guten Griff. Die Uniform und seine Hände waren vom dunklen Lavagestein verschmutzt. Immer wieder wischte er sich den Schweiß von der Stirn. Und so gelangten Staub und Erde auch in sein Gesicht. Nach kurzer Zeit sah er aus wie ein Schornsteinfeger. Er hatte schon zwei Drittel des Aufstiegs geschafft, als das passierte, was früher oder später passieren musste. Er hatte sich hoffnungslos verstiegen und kam nicht mehr weiter. Zitternd und keuchend, mit seiner Rechten an eine Wurzel geklammert und der Linken an einen Stein, blickte Gerry mehr als fünfzehn Meter in die

Tiefe. Auch der Rückweg schien ihm plötzlich unmöglich.

„Scheiße! Wie kann man bloß so dämlich sein?", presste er verzweifelt hervor. Die Doppelsonne des Prokyonsystems näherte sich schon dem Horizont.

Die Freunde saßen im Kreis zusammen und kauten an einem Müsliriegel, den Walter ihnen geschenkt hatte. Sie unterhielten sich über die verschiedensten Möglichkeiten, wo Gerry abgeblieben sein könnte, als Fiep jäh aufhorchte.

„Seid mal still bitte!", unterbrach er sie. „Hört ihr das auch?"

Abrupt wurde es still in der Runde. Alle lauschten sie gespannt.

Ein entfernter Hilferuf war zu hören.

„Das ist Gerry!", rief Klerila aufgeregt. „Wo steckt er denn nur?"

„Ich glaube es kommt von dem Felsen dort", deutete Walter nach rechts.

Die sechs sprangen fast gleichzeitig auf. Kurz darauf waren sie bei dem Felsen. Die Schreie waren jetzt deutlich zu hören, doch niemand konnte Gerry irgendwo sehen.

„Hilfe!!! Hier oben bin ich!"

„Da, seht!", rief Elli und zeigte nach oben.

„Was machst du denn da, das ist gefährlich", brüllte Walter. „Komm sofort herunter!"

„Sehr witzig, glaubst du, ich schreie hier aus Langeweile um Hilfe? Ich kann nicht mehr zurück", kam es ebenso lautstark zurück.

„Ich werde ihn da runter holen. Ich habe eine Alpinausbildung beim Militär gemacht. Steilwandbergungen waren meine Spezialität", sagte Walter zu den Freunden.

„Halt aus Gerry, ich bin gleich bei dir!", rief er nach oben.

„Leider habe ich kein Seil bei mir. Das macht die Sache nicht gerade leichter. Aber wer denkt denn auch an sowas", meinte Walter stirnrunzelnd.

„Kann ich dir irgendwie helfen?", fragte Klerila.

„Ich fürchte nicht, aber ich werde deinen Freund schon runter holen, versprochen".

Walter spuckte in seine Hände, krempelte die Ärmel hoch und begann mit dem Aufstieg. Geschickt kletterte er mit atemberaubendem Tempo die Wand empor. Bereits nach wenigen Minuten war er bis auf etwa fünf Meter an Gerry heran gekommen. Doch dann wurde es auch für Walter schwierig. Es waren kaum noch Griffe vorhanden und daher ein Weiterklettern ohne Sicherung lebensgefährlich.

„Hallo Gerry, wie geht es dir?"

„Ich bin soweit in Ordnung."

„Hast du noch genügend Kraft zu mir zurück zu steigen?"

„Kraft schon, aber ich fürchte ich kann es nicht."

„Es macht keinen Sinn wenn ich zu dir komme. Also pass mal gut auf, was ich dir jetzt sage. Siehst du die kleine Grasnarbe unter deinem rechten Fuß?"

„Ja!"

„Gut, dann setzt du jetzt den rechten Fuß dorthin und greifst mit der Hand nach der Wurzel rechts unter deiner Schulter. Aber bitte erst, wenn du einen sicheren Tritt hast. Und überprüfe, ob die Wurzel auch hält."

Seine Knie zitterten zwar, doch er schaffte, was Walter von ihm verlangte. In dieser Tonart ging es weiter. Walter erklärte jeden Tritt und Griff und Gerry folgte brav seinen Anweisungen. Schon bald waren die beiden zusammen und reichten sich die Hände.

„Berg heil!", scherzte Walter und sie mussten lachen.

„So, und jetzt packen wir noch das restliche Stück. Ich steige voraus und gebe dir Anweisungen."

Der Abstieg war nur noch Routinesache. Unter Walters fachkundiger Anleitung standen die zwei schon nach kurzer Zeit unten bei ihren Freunden.

„Was machst du denn für Sachen?", fragte Klerila und fiel Gerry erleichtert um den Hals. „Das war ein *Orientierungs*lauf und kein *Verirrungs*lauf."

„Kommt schnell, wir müssen weg von hier!", warnte Gerry seine Freunde, nachdem er sich aus Klerilas Umarmung unsanft gelöst hatte.

„Was hast du denn? Warum sollen wir weg von hier?", fragte Klerila etwas beleidigt.

„Mich hat ein *Saurus Saccharosus* verfolgt, oder glaubt ihr, ich wär zu meinem Vergnügen da hinauf geklettert", antwortete Gerry.

„Dich hat ein *Saurus Saccharosus* verfolgt? Bist du dir da schon sicher?", meinte Iwo ungläubig.

„Sicher bin ich sicher", sagte Gerry energisch. „Wir haben doch gerade erst vor zwei Tagen einen gesehen. Da war der Saurier blind und nicht ich."

„Ist schon gut, Alter. Kannst du dir vorstellen, warum er es auf dich abgesehen hat?", wollte Iwo wissen.

Gerry erzählte die Geschichte mit dem Nest, dass er beinahe getötet worden wäre und der Saurier dann in sein eigenes Ei biss.

„….und als er den Stein im Maul hatte, ist der plötzlich explodiert oder so. Es hat zu zischen und qualmen begonnen und dann hat das Biest nur noch Dreck gefressen. Das war meine Chance zur Flucht.“

„Wo soll denn dieses Nest sein?“, fragte Walter ein wenig skeptisch.

„In diesem Wald, gleich bei der nächsten Lichtung.“

„Kommt, wir sehen uns das mal an“, schlug Walter vor.

„He, langsam, wir müssen vorsichtig sein. Funktionieren eure Waffen? Meine ist nämlich im Arsch“, bedauerte Gerry verärgert.

„Okay“, sagte Walter, „wie sieht’s aus? Sind eure HLPs in Ordnung?“

Die Freunde überprüften schnell ihre Waffen und nickten.

„Dann entsichert sie und los geht’s.“

Vorsichtig schlichen sie durch den Wald. Allen voran Gerry. Er zeigte ihnen die Stelle wo das Nest war. Geduckt näherten sich die Freunde hinter einem Busch der Lichtung.

Aber was sie dann sahen, hatten Menschen wahrscheinlich zuvor noch nie beobachtet. Ein kleines glitschiges Etwas durchbrach die Schale eines Eies:

Ein *Saurus Saccharosus* wurde geboren.

Sofort leckte das Muttertier den Winzling (er war fast einen Meter groß und nur für seine Mutter ein Winzling) sauber und fraß dann noch die Reste vom Ei. Neugierig blickte das Dinobaby in seine neue Welt.

„Ist das süß“, flüsterte Klerila entzückt.

Immer wieder schaute sich die Alte skeptisch um und blickte dabei manchmal genau in Richtung der Freunde.

„Ich hoffe nur die bemerkt uns nicht, sonst glaube ich, hat unser letztes Stündlein geschlagen“, meinte Elli ängstlich. „Kommt, lasst uns lieber abhauen von hier.“

„Okay“, sagte Walter leise, „machen wir uns aus dem Staub. Womöglich taucht auch noch der Vater des Kleinen auf.“

„Das glaube ich nicht“, flüsterte Klerila zurück, „der männliche *Saurus Saccharosus* kümmert sich nicht um seinen Nachwuchs.“

Trotzdem hielten es alle für klüger, diesen Ort schnellstens zu verlassen.

Mitschüler und Lehrer waren sichtlich erleichtert, als die Nachricht von Gerrys Auftauchen eintraf. Freudig begrüßten sie ihn, als er mit seinen Freunden aus dem Wald heraus kam.

„Wo haben Sie bloß gesteckt? Sie haben die absolut schlechteste Zeit.“, meinte Dr. Kaufmann ironisch lächelnd

Zunächst schaute Gerry seinen Lehrer verblüfft an, dann grinste er breit und antwortete gelassen:

„Macht nichts, einer muss ja der Letzte sein.“

Allgemeines Gelächter war die Folge.

„Spaß beiseite, was war denn wirklich los mit Ihnen?“, fragte Dr. Kaufmann.

Gerry erzählte alles ganz genau. Wie er sich zunächst wunderte, dass er ewig zum ersten Orientierungspunkt unterwegs war und dieser dann so ein komischer Kasten war. Wie seine Karte den Geist aufgab und sein *Ide-Tel-Chip* nicht funktionierte. Und wie am Ende auch noch seine HLP-9000 versagte.

Als Gerry mit seiner Geschichte fertig war, blieb es für einen Moment still. Jeder hatte ihm gespannt zugehört und wartete, ob vielleicht noch etwas kam.

„So viel Pech kann man gar nicht haben", unterbrach
Dr. Kaufmann das Schweigen. „Ich bin sicher, dass Sie
von jemand sabotiert wurden. Und so wie Sie es geschil-
dert haben, hat das mit einem Lausbubenstreich nichts
mehr zu tun. Sie hätten dabei sterben können. Bitte verwenden Sie die Waffe und die Karte nicht mehr und geben Sie die Teile an Bord der *Admiral Münster* ab. Die
Sachen müssen kriminaltechnisch überprüft werden.
Melden Sie sich bitte auch bei Kapitän Tamo-Tuas Tech-
nikern. Es muss untersucht werden, ob an Ihrem *Ide-Tel-
Chip* manipuliert wurde."

„Aber wer sollte denn so etwas machen?", fragte Klerila zornig. „Gerry hat doch niemanden etwas getan."

„Auf jeden Fall jemand, der umfangreiche technische
Kenntnisse besitzt, sonst hätte er das wohl nicht alles hin-
gekriegt", meinte Dr. Kaufmann.

„...und jemand, der sich in der Schule bestens aus-
kennt, jemand der Zugang zu den Waffen und Karten
hat", fügte Iwo stirnrunzelnd hinzu.

„Du willst damit doch nicht andeuten, dass einer von
der Schule Gerry ans Leder wollte", empörte sich Silvano. „Das ist nicht nur unverschämt, sondern auch sehr
unkollegial."

Iwo bekam einen roten Kopf. Er wollte natürlich niemanden beschuldigen.

„Das ist nicht fair von dir, Silvano", verteidigte Gerry
sofort seinen Freund. „Iwo hat vollkommen Recht. Es
muss jemand sein, der die Gegebenheiten in der Schule
kennt. Er hat aber nicht gesagt, dass es einer von der
Schule sein muss."

„Genau", sagte Iwo erleichtert.

„Ist schon gut Iwo, entschuldige wenn ich etwas über-
reagiert habe", meinte Esperanza kleinlaut.

„Sei es wie es sei“, sagte Dr. Kaufmann. „Es ist ja alles noch einmal gut gegangen. Die zuständigen Stellen sollen sich um die Sache kümmern. Wir jedenfalls gehen zurück zur *Admiral Münster*. Dort gibt es nach Auswertung der Laufergebnisse eine kleine Siegesfeier.“

Nachdem Gerry seine Waffe abgegeben hatte, wurde sie fein säuberlich in eine Plastiktüte gegeben und umgehend zu Major Harnisch nach Prokyon 11 gebeamt. Die elektronische Karte wurde in ein technisches Labor in *Terranico* geschickt.

Alle Schüler konnten sich duschen und umkleiden. Während Gerry sich einseifte, schilderte er Iwo, der neben ihm duschte, noch einmal seinen abenteuerlichen Lauf durch die Wildnis.

„Was mich ein wenig stutzig macht ist der Umstand, dass du schon der zweite bist, dem man was antun möchte“, mutmaßte Iwo.

„Du denkst an Springfield?“

„Richtig!“

„Glaubst du, dass es da einen Zusammenhang gibt?“

„Was weiß ich. Das müsstest du eigentlich besser wissen, ob es zwischen dir und Springfield eine Gemeinsamkeit gibt.“

„Nein, gibt es nicht. Zumindest weiß ich von nichts. Ich habe den Typen zu Schulbeginn das erste Mal gesehen“, erklärte Gerry und drehte das Wasser seiner Dusche ab.

„Sicher, die beiden Anschläge können auch nichts miteinander zu tun haben“, murmelte Iwo hinter seinem Handtuch hervor, während er sich sein Gesicht trocken rieb.

Die zwei Freunde schlüpften in ihre Uniformen und begaben sich sogleich in den Fahrgastraum. Die vorderen

Sitzreihen waren entfernt worden, um für ein Siegerpodest Platz zu machen. Es war ein ganz normaler hölzerner Kasten mit der Zahl Eins an der höchsten Stehfläche in der Mitte, der Zwei links davon und der Drei an der rechten und niedrigsten Fläche. Daneben stand ein Tisch mit verschieden großen Pokalen. Viele Leute waren noch nicht anwesend, denn es war noch über eine halbe Stunde bis zum Beginn der Feierlichkeiten. Max saß jedoch schon in der ersten Reihe und winkte Gerry und Iwo zu.

„Kannst es wohl nicht mehr erwarten deinen Preis entgegen zu nehmen?", fragte ihn Iwo grinsend.

„Ja sicher, was glaubst denn du? Dr. Kaufmann hat gemeint, dass meine Zeit nicht mehr so leicht zu unterbieten sei."

Die Plätze füllten sich allmählich. Dr. Kaufmann kam nach vorn und stellte sich neben das Podest. In seinen Händen hielt er ein Bündel weißer Blätter: Die Urkunden für den Wettbewerb.

„Ruhe bitte!", rief der Lehrer lautstark.

Durch eine spezielle Technik wurden seine Worte mehrfach verstärkt. Deshalb klang seine Stimme besonders schrill und die Leute im Raum zuckten unwillkürlich zusammen. Die Gespräche verstummten.

„Mich freut es, dass ich Ihnen nun die Preise für den diesjährigen Orientierungslauf der ersten Klasse der HokoTiR übergeben darf", begann Dr. Kaufmann. „Leider kam es dieses Mal zu einem ebenso unerklärlichen wie mysteriösen Zwischenfall mit einem Schüler, dessen Umstände noch geklärt werden müssen."

Ein Raunen ging durch die Zuhörer, hatten doch einige von dem Vorfall noch nichts mitbekommen.

„Ruhe bitte!", rief Dr. Kaufmann und sofort war es wieder ruhig. „Zum Glück ist nichts passiert. Der betroffene Schüler ist wohlauf."

Mehrere Kinder schauten zu Gerry. Der erwiderte die Blicke mit einem süßlichen Lächeln.

„Aber jetzt wieder zur Sache", fuhr der Lehrer fort. „Ansonsten hat die Veranstaltung hervorragend funktioniert. Es freut mich verkünden zu können, dass diesmal ein neuer HokoTiR-Rekord aufgestellt wurde. Noch nie ist, seit Orientierungsläufe an der Schule durchgeführt werden, eine derart gute Laufzeit erreicht worden. Besonders stolz macht mich, dass es ein Schüler meiner Klasse ist…und dann noch einer, dem man eine solche Leistung auf den ersten Blick gar nicht zutrauen würde."

Gerry stieß Max den Ellenbogen in die Seite: „Der könnte dich meinen."

„Schon möglich", murmelte Max, „aber so sicher wäre ich mir da …"

Weiter kam er nicht.

„Kadett Massimiliano Segantini, 1b!", hallte Dr. Kaufmanns Stimme durch den Raum. „Kommen Sie bitte zu mir."

Max errötete leicht. Unzählige Augenpaare waren plötzlich auf ihn gerichtet. Er stand auf und ging nach vorn. Kaufmann hielt ihm seine Hand entgegen.

„Gratulation Kadett Segantini! Sie haben mit Ihrer Zeit von 36:16:09 mit Respektabstand gewonnen."

Er nahm den größten der Pokale vom Tisch und reichte ihn gemeinsam mit einer Urkunde Max. Stolz nahm dieser ihn entgegen.

„Danke", mehr konnte er in seiner Aufregung nicht sagen. Tosender Applaus und Fußgetrampel brausten auf. Strahlend hob Max seinen Pokal in die Höhe und präsentierte ihn der Menge. Ein bildhübsches, strohblondes Mädchen, das Dr. Kaufmann assistierte, hängte Max eine goldene Medaille an einem gelb-rot-blau (Farben der Ho-koTiR) gestreiften Band um den Hals. Fürsorglich nahm sie Max an der Hand und führte ihn auf die oberste Stufe des Podests. Danach griff sich das Mädchen eine silberne Medaille vom Tisch und stellte sich wieder lächelnd ne-ben Dr. Kaufmann.

„Den zweiten Platz erreichte mit einer ebenfalls beacht-lichen Zeit von 39:12:01 Kadett Alwin Wimmer, 1c!", verkündete der Major weiter. Diesmal kam der Schwer-punkt des Beifalls aus einer anderen Ecke, dort wo die Schüler der 1c zusammen saßen. Alwin Wimmer war so ziemlich das genaue Gegenteil von Max. Groß, kräftig und vor Selbstvertrauen strotzend. Mit über dem Kopf zusammen gefalteten Händen trat er triumphierend vor Dr. Kaufmann, als hätte **er** diesen Wettkampf gewonnen.

„Die Letzten werden die Ersten sein, heißt es ja so schön."

Dr. Kaufmann spielte damit auf den letzten Startplatz von Wimmer an.

„Herzlichen Glückwunsch zu Ihrer Leistung, Kadett Wimmer."

Dem groß gewachsenen Schüler kam nur ein unver-ständliches Brummen über die Lippen als er den Pokal Dr. Kaufmann förmlich aus der Hand riss. Sein Pokal war doch um einiges kleiner als der von Max und in sei-nen großen Händen wirkte er noch winziger. Deutlich merkte man ihm den Unmut über den zweiten Platz an. Der hünenhafte Alwin Wimmer war augenscheinlich ein schlechter Verlierer.

Auch ihn wollte Dr. Kaufmanns Assistentin, nachdem sie ihm die silberne Medaille umgehängt hatte, zum Podest führen. Doch Wimmer riss sich energisch von ihrer Hand los.

„Sind wir hier im Kindergarten oder was?" zischte er sie an.

Verschreckt wich sie zurück. Obwohl Alwin Wimmer auf einer niederen Stufe stand, überragte er Max noch immer deutlich. Dass er Max zu seinem Sieg gratulieren sollte, kam ihm nicht in den Sinn. Stattdessen sah er ihn nur grimmig an. Max' Lächeln gefror und er nahm seine angebotene Hand reflexartig wieder zurück. Dr. Kaufmann, der die Szene beobachtet hatte, warf Wimmer einen missbilligenden Blick zu.

Dritter wurde Manfred Steinböck mit einer Zeit von 40:13:33, ebenfalls ein Schüler aus der 1c.

Während Max und Steinböck sich gegenseitig gratulierten, machte sich Wimmer aus dem Staub und eilte zu seinen Klassenkameraden.

Als sich Max wieder zu seinem Platz begab, klatschten seine Freunde Beifall.

„Ich bitte noch um etwas Ruhe", unterbrach Dr. Kaufmann den Applaus. „Das beste Klassenergebnis erreichte mit 798 Punkten die 1c."

Wieder brauste begeistertes Klatschen auf. Das blonde Mädchen verteilte an die jubelnden Schüler der 1c die restlichen Urkunden.

„Es ist schon relativ spät geworden!", unterbrach Dr. Kaufmann den Freudentaumel der Kinder lautstark: „Deshalb schlage ich vor, dass wir gleich unsere Tische ausfahren und mit dem Abendessen beginnen. Noch heute Nacht fahren wir los Richtung *Tepek*. Wir werden die Stadt gegen Abend erreichen und unser Hotel beziehen. Übermorgen werden wir dann *Tepek* besichtigen. Es ist eine sehr moderne Stadt und wird natürlich auch von einer Glaskuppel überspannt. Deshalb können wir uns dort frei bewegen und benötigen keine Atemmasken. So, aber jetzt genug der Rede. Ich wünsche ihnen noch einen schönen Abend und einen guten Appetit. Mahlzeit!"

Die Speisen wurden auf die Tische gebeamt. Es gab einen heimischen Fisch, dessen Namen Gerry noch nie gehört hatte, der aber ausgezeichnet schmeckte. Hauptgesprächsthema war „Gerrys Desorientierungslauf", wie sie seinen abenteuerlichen Irrlauf scherzhaft nannten.

„Hast du nicht Angst gehabt, dass dich keiner findet?" fragte Elli kauend.

„Nein, das war mir eigentlich schon klar, dass ihr mich irgendwann einmal findet. Die Sache mit dem *Saurus Saccharosus* hat da schon eher an meinem Nervenkostüm gezerrt."

„Das glaub ich dir aufs Wort", meinte Max. „Was mir aber nicht einleuchten will ist, warum der Stein explodiert sein soll, den du dem Saurier in den Rachen geworfen hast. Versteht ihr das?"

Keiner wusste eine Antwort darauf.

„Moment mal", sagte Klerila plötzlich mit grübelnder Mine. „Ich habe da so eine Idee."

Fragend sahen die Freunde zu ihrer Klassenkameradin.

„Ihr könnt euch doch sicher noch an den Versuch mit dem schwarzen Kohlenstoffwurm erinnern, den Dr. Kaufmann vor Weihnachten mit Iwo machte?" (siehe 1.Band / 9.Kapitel)

Alle nickten sie.

„Als Iwo den Zucker dazu gab, begann das Ganze zu kochen und er verbrannte sich seine Finger, als er die Kohlenstoffwurst anfasste."

„Und was hat das mit unserem *Saurus Saccharosus* zu tun?", wunderte sich Elli.

„Überleg doch mal, aus was das Tier größtenteils besteht: Aus Zucker! Der Stein, den Gerry nach dem Saurier warf, war vulkanischen Ursprungs und deshalb war darin höchstwahrscheinlich eine größere Menge Schwefel gebunden", erklärte Klerila triumphierend.

„Na klar! Deshalb kam es im Maul des Sauriers zur selben chemischen Reaktion wie bei dem Versuch!", rief Elli begeistert.

„Bingo!", strahlte Klerila. „Es fand eine exotherme Reaktion statt."

„Ja, so muss es wohl gewesen sein. Mich erstaunt immer wieder deine detektivische Kombinationsgabe", bewunderte Gerry seine Freundin und drückte ihr einen schmatzenden Kuss auf die Stirn.

Nach dem Abendessen gingen sie alle ziemlich rasch zu Bett. Dieser aufregende Tag hatte sie doch sehr müde gemacht. Vor allem Gerry schlief schon lange bevor das Licht im Raum gelöscht wurde. Er war in einen tiefen, traumlosen Schlaf gefallen und bemerkte nicht, dass sich die *Admiral Münster* gegen fünf Uhr morgens in Bewegung setzte. Fast geräuschlos nahm sie Fahrt in Richtung Norden auf.

6. KAPITEL

EIN KUGELIGER HELD

Am Horizont begann sich ein Lichtstreifen abzuzeichnen. Die Silhouetten mehrerer vulkanischer Gipfel wurden sichtbar. Die eine leichte Staubwolke hinter sich herziehende *Admiral Münster* passte mit ihren strahlenden Bordscheinwerfern und surrenden Antriebsmotoren irgendwie in diese fremdartig anmutende Landschaft.

Das Luftkissenboot fuhr die ganze Nacht hindurch und auch noch den halben nächsten Tag. Auf der ganzen Strecke war nicht das geringste Anzeichen einer Zivilisation zu erkennen. Nur wilde, unnahbare Natur.

Aus der trostlosen Steppe ragten nur hin und wieder dunkle Vulkankegel in den grünlichen Himmel. Zudem überflutete die Doppelsonne des *Prokyon*-Systems das Land mit gleißendem Licht.

Das war auch der Grund, warum die gläserne Kuppel der Stadt *Tepek* schon aus vielen Kilometern Entfernung zu erkennen war. Wie eine gewaltige Perle funkelte sie am Rande des großen Sees über die weite Wasserfläche. Die Kuppel hatte keine Luftschleusen wie die Hauptstadt *Terranico*. Für Fahrzeuge und kleinere Anti-Gs gab es die Möglichkeit, durch einen Tunnel in die Stadt zu gelangen. Auch Schiffe konnten durch einen unterirdischen Kanal zu einem Hafen im Inneren der Stadt fahren. Nur für Raumschiffe und große Anti-Gs war ein Landeplatz in der Steppe angelegt.

„Schaut euch das an, is' ja galaktisch!", rief Iwo begeistert und winkte seine Freunde zum Fenster.

Der Anblick war wirklich faszinierend. Innerhalb der gläsernen Kuppel waren futuristisch anmutende Gebäude zu sehen. Sie hatten alle möglichen geometrischen Formen. Vom einfachen Würfel, über kugelförmige Bauten, Pyramiden oder Prismen bis hin zu verschiedensten *archimedischen Körpern**.

Viele von ihnen waren mit hochbahnähnlichen Konstruktionen verbunden und einige dieser Verkehrswege führten sogar durch die Gebäude hindurch. Züge, aber auch kleine Personenwagen, die nach dem Magnetschwebeprinzip funktionierten, waren darauf unterwegs. Zwischen den Häusern schwirrte das ein oder andere Anti-G.

Die *Admiral Münster* verringerte seine Geschwindigkeit, als sie sich dem großen Einfahrtsportal näherte. Langsam führte die Straße nach unten. Mit Schrittgeschwindigkeit passierte das Luftkissenboot einen Laser-Scanner, der nicht nur die Identität überprüft sondern auch die Größe des Objektes erfasst und die entsprechende Mautgebühr gleich vom Konto des Zulassungsbesitzers abbucht. Der Tunnel war hell erleuchtet und wurde anscheinend nur in eine Richtung befahren. Kurz nach der Ausfahrt tat sich eine weite Parkfläche auf. Die verschiedensten Fahrzeuge waren hier abgestellt. Auch zwei Luftkissenboote parkten links und rechts eines Steges. Die *Admiral Münster* gesellte sich zu ihnen hinzu. Als die Motoren verstummten, wurde eine Brücke zum Steg ausgefahren.

„Wir werden jetzt geschlossen die *Admiral Münster* verlassen", sagte Dr. Kaufmann vor den versammelten Schülern. „Geschlossen heißt, dass wir klassenweise in Dreierreihen von Bord gehen. Auf direktem Weg begeben wir uns dann zur Station der städtischen Hochbahn. Damit geht's ab direkt ins Hotel *Tepek*.“

„Sie meinen ‚zum‘ Hotel *Tepek*?“, unterbrach ihn einer der Schüler.

„Nein, ich meinte schon ‚ins‘. Das fantastische an dieser Hochbahn ist nämlich, dass die Zuggarnituren in manche Gebäude hineinfahren. Die Fahrgäste können also bequem im Inneren der Objekte ein- und aussteigen. Wir befinden uns also dann schon in der Rezeption des Hotels.“

Die Schüler marschierten, wie gefordert, brav in Dreierreihen von der *Admiral Münster* zur nahe gelegenen Station der Hochbahn.

Kaum dort angekommen, kündigte eine Durchsage die Ankunft der Garnitur an. Außer einem leisen Surren war nicht viel zu hören, als sich der Zug mit atemberaubender Geschwindigkeit dem Bahnsteig näherte. Er schwebte einige Zentimeter über einer breiten Magnetschiene. Ruckfrei hielt die Zuggarnitur vor den wartenden Fahrgästen. Türen öffneten sich geräuschlos. Keine einzige Person stieg aus und soweit Gerry erkennen konnte, außer den HokoTiR-Schülern auch niemand ein. Gerry vermutete, dass diese Haltestelle hauptsächlich eine Park-and-ride-Funktion hatte und deshalb zwischen den Hauptverkehrszeiten nicht sehr stark frequentiert war. Die Türen schlossen sich wieder und die Garnitur fuhr sanft an. Kaum war der Bahnsteigbereich verlassen, wurde stark beschleunigt. Wie auf einer Achterbahn flitzte der silberne Metallwurm über den stählernen Schienenstrang. Zunächst ging es steil nach oben über den *Rio Isadora*, einen breiten Fluss, der sich durch die Stadt schlängelte. Auch das Wasser des Flusses wurde unter den Wänden der Glaskuppel hindurch in die Stadt, und am anderen

Ende wieder hinaus geleitet. Dort mündete der *Rio Isadora* dann in den großen See.

Eine Menge kleiner Ausflugsboote tummelten sich auf dem ruhigen, kaum Strömung zeigenden Gewässer. Eine Fahrt mit einem der historischen Raddampfer auf dem *Rio Isadora* zählte zu den touristischen Attraktionen der ultramodernen Sphärenstadt.

Planmäßig erreichte die Stadthochbahn das Hotel *Tepek*. Der Zug hielt in einer großen, mit tausenden Spots beleuchteten Halle. Die Schüler stiegen rasch aus und begaben sich zur Rezeption, die kreisförmig in der Mitte des Hotels angelegt war. Dahinter standen Hotelangestellte und kümmerten sich um an- und abreisende Gäste.

Sie trugen weiße, an Matrosenuniformen erinnernde Bekleidung. Das kuppelartige Gewölbe der Halle war mit blauem Samt überzogen. Während Dr. Kaufmann und Fr. To-Pan an der Rezeption eincheckten, lungerten die Schüler in bequemen Sofas, die rund um die Rezeption verstreut waren, herum. Ein weiterer Zug fuhr in die Halle ein, diesmal aus der anderen Richtung. Es stieg nur ein Mann ein und niemand aus. Gerry betrachtete die anscheinend willkürlich verteilten Spots an der blauen Samtdecke. Die Lichter ergaben ein Muster, dass er schon irgendwo einmal gesehen zu haben glaubte. Klerila, die neben ihm lehnte und ihre Hand um seinen Hals gelegt hatte, sah ihn an.

„Was überlegst du denn?", fragte sie.

„Die Spots da oben erinnern mich an etwas."

Klerila lächelte.

„Gut beobachtet", sagte sie.

Gerry blickte sie ein wenig verwirrt an.

„Das sind Sternbilder. Und zwar jene, die wir jede Nacht am Himmel von *Alpha CMi IV* beobachten“, grinste sie ihren Freund an.

„Ja stimmt! Weißt du auch, welche Jahreszeit sie darstellen?“, wollte Gerry wissen.

„Es ist der Winterhimmel, also eh ungefähr die Stellung, die wir zur Zeit sehen“, erklärte Klerila.

Die Zimmer waren sehr luxuriös ausgestattet. Beim Blick aus den ovalen Fenstern konnte man die ganze Stadt überblicken. Der Großteil der Häuser lag am Grund der Glaskuppel, doch „schwebten“ auch viele öffentliche Gebäude und Hotels, verbunden mit den Schienensträngen der Hochbahn, wie die Elektronen eines Atommodels im Raum. Dazwischen schwirrten zahlreiche Anti-G‘s und erweckten den Eindruck emsigen Treibens. Zum Leidwesen Gerrys wurden Jungen und Mädchen streng getrennt. Die Jungs hatten ihre Zimmer im vierten Obergeschoß und die Mädchen in der dritten unteren Etage. Da sie heute, und auch den ganzen nächsten Tag, in der Stadt unterwegs sein würden, war nur eine Übernachtung mit Frühstück gebucht. Das Frühstück konnte entweder im Speisesaal, oder, gegen Aufzahlung, vom Personal aufs Zimmer serviert werden. Dieser Service wurde aber nur von wenigen genutzt.

„Heute Nachmittag unternehmen wir eine Fahrt mit einem der berühmten Raddampfer des *Rio Isadora*“, informierte Dr. Kaufmann die Schüler, als alle ihre Zimmer zugewiesen bekommen hatten. „Es sind originalgetreue Nachbauten der legendären Mississippidampfer des späten neunzehnten Jahrhunderts. Der besondere Reiz einer solchen Schifffahrt ist der krasse Kontrast zwischen einer vergangenen Epoche und der ultramodernen Gegenwart.“

Vom Hotel wurden die Leute direkt an den Fluss gebeamt.

Da das sternförmige Hotel quasi in der Luft schwebte, konnte es nur mit der Hochbahn, einem Anti-G, oder eben durch Beamen verlassen oder erreicht werden. An der Anlegestelle, die zum Hotel gehörte, tummelten sich erstaunlich viele Touristen. Die Ausflugsfahrten mit den historischen Schiffen waren sehr beliebt. Nicht nur Menschen, sondern auch zahlreiche Außerirdische warteten auf den nächsten Raddampfer. Auf einer großen Anzeigetafel wurde die Ankunft des nächsten Schiffes angezeigt. „Ankunft der *Flussmöwe* in 11 Minuten", stand auf der Tafel. Und tatsächlich konnte man das Schiff schon in einigen hundert Metern Entfernung, mit seinen beiden Schaufelrädern und den schmalen Schornsteinen, deutlich erkennen. Schwarze Rauchsäulen stiegen aus ihren Öffnungen empor. In einem weiten Bogen manövrierte der Steuermann die *Flussmöwe* lässig zum Anlegesteg. Mehrere dumpfe Hupsignale ertönten aus einem vergoldeten Nebelhorn am unteren Ende der Schornsteine. Taue wurden geworfen und Kommandos gerufen. Herbeieilende Männer befestigten die Seile an Pollern. Der Kapitän stand auf der Brücke und beobachtete seine Leute bei der Arbeit. Man konnte ihm den Stolz über das schöne Schiff anmerken. Die Landebrücke wurde ausgeklappt.

Es gab eine Passagierkabine unter dem Hauptdeck und eine darüber. Über letztere konnte man über Metalltreppen auf eine Dachterrasse gelangen. Für die Schüler der HokoTiR war diese Terrasse reserviert. Da die Platzwahl frei war, wurde bald um die besten Plätze heftig gestritten. Schließlich wurde es Dr. Kaufmann zu bunt und er sprach ein Machtwort. Nur widerwillig ließen sich einige Schüler vom Lehrer ihre Plätze zuweisen. Gerry und Klerila hatten einen guten Platz an der rechten, vorderen Seite ergattert. Von hier hatten sie seitwärts, als auch in Fahrtrichtung einen guten Überblick. Als alle eingestiegen waren, hatten sich auch die Sitze der beiden Kabinen fast vollständig gefüllt.

„Achtung! Achtung! Hier spricht der Kapitän der *Flussmöwe*. Mein Name ist Ronny Kronberger. Wir werden in Kürze ablegen. Ich werde Ihnen während der Fahrt etwas über die Sehenswürdigkeiten und die Geschichte der Stadt erzählen. Interessant ist unter anderem, warum auf dem *Rio Isadora* historische Raddampfer und nicht moderne Ausflugsschiffe unterwegs sind ...“

Während der Kapitän weiter seine Informationen preis gab, fragte Klerila Gerry plötzlich:

„Hörst du das?“

„Was meinst du?“

„Dieses weinen oder winseln, oder was das ist?“

Gerry horchte gespannt hin.

„Hört sich wie eine Katze an“, glaubte Klerila.

„Oder wie ... Pauli!!!“, rief Gerry überrascht und erschrocken zugleich.

Zwischen den Beinen der Leute kullerte ein blaues Wollknäuel. Die Menge kreischte, als das runde Ding zwischen ihren Beinen durch flitzte.

„Das kann nicht Pauli sein. Wie käme denn der hier her?“, meinte Klerila.

Es entstand zwar der Eindruck, als würde die Hauskugel orientierungslos umherirren, doch sie hatte ein bestimmtes Ziel: Fiep.

Blitzschnell rollte das Kugeltier über Fiep's rechtes Hosenbein auf seinen Schoß, als würde die Schwerkraft für ihn nicht existieren.

„Pauli! Wo kommst denn du her?“, rief Fiep entsetzt.

Pauli's Antwort war aber nur ein „Sich-im-Kreis-drehen" und ein lautes Schnurren. Im Augenwinkel sah Fiep wie Dr. Kaufmann auf ihn zukam.

„Verdammt, Pauli, was mach ich jetzt?", zischte Fiep leise zu Pauli und streichelte die schnurrende Kugel.

„Aber sonst geht es Ihnen noch gut?", war Dr. Kaufmanns zynische Frage, als er sich breitbeinig vor ihm aufstellte.

„Ähm, ja Danke, Herr Major", antwortete Fiep freundlich und überlegte kurz, ob das jetzt frech war.

„Wie kommt diese Hauskugel hier her?"

„Das würde ich auch gerne wissen", sagte Fiep wahrheitsgemäß.

„Ich möchte eine ordentliche Antwort."

Dr. Kaufmann schaute finster. Schüler, als auch Fahrgäste bestätigten, dass Pauli urplötzlich, wie aus dem Nichts aufgetaucht war.

„Okay, geben Sie mir das Tier. Ich werde es von Bord bringen lassen und vorläufig dem Hotelpersonal übergeben. Von dort können wir es zur HokoTiR beamen."

„Aber warum kann ich denn Pauli nicht an Bord der *Admiral Münster* nehmen?", fragte Fiep flehentlich.

„Nein, das geht auf gar keinen Fall. Bei Schulexkursionen können wir Haustiere nicht erlauben", meinte Dr. Kaufmann.

„Bitte, Herr Major, Pauli kommt alleine nicht zurecht", beschwörte Fiep.

Für einen kurzen Moment zögerte Dr. Kaufmann.

„Tut mir leid, Kadett Makundo, ich darf es nicht erlauben. Geben Sie mir die Kugel", sagte er schließlich und streckte seine Hände nach Pauli aus.

Paulis Fell sträubte sich und er gab einen Laut ab, der irgendwo zwischen Winseln und Knurren lag. Dr. Kaufmann ging mit Pauli von Bord und Fiep blickte ihnen traurig nach.

„Das ist gemein, Pauli hätte niemanden gestört. Er wäre gar nicht aufgefallen", schimpfte Fiep vor sich hin. Die Freunde nickten zustimmend, obwohl es nicht ganz stimmte, denn aufgefallen war ja Pauli schon jetzt.

Es dauerte ein paar Minuten bis Dr. Kaufmann wieder an Bord war.

„Ich habe die Hauskugel ins Hotel bringen lassen. In etwa zwei Stunden sind wir ohnehin zurück, dann können Sie das Tier an der Rezeption abholen", meinte der Major.

*

Joe McCaffrey saß in seinem winzigen Zimmer im Hauptquartier der BdG im Inneren eines erloschenen Vulkans auf dem Neptunmond Triton. Er starrte vor sich hin. Seit etwa vier Monaten war er Mitglied der berüchtigten BdG (Brigade der Geächteten), einer kosmosweit operierenden Verbrecherbande. Wegen eines unerlaubten Waffengebrauchs war er aus der HokoTiR fristlos entlassen worden. Eigentlich hatte er sich von der BdG ein kleines Vermögen erwartet, doch es blieb bei einem bescheidenen Sold von 1.200 Galaxos pro Monat. Wenigstens waren Kost und Logis frei. Kleines Vermögen deshalb, weil er, McCaffrey, den entscheidenden Hinweis zur Ergreifung des von der BdG fieberhaft gesuchten Physikers Professor Wu gegeben hatte und dafür eine Million Galaxos ausgesetzt waren. Doch die Übergabe des Professors scheiterte, und zu allem Übel wurde dabei auch noch Ax-La-Can, der Kopf der Bande, festgenommen.

„Hast du noch alle Tassen im Schrank?", hörte McCaffrey Leutnant Doris Tolloch noch immer in seinem Kopf wettern, nachdem er nach der Million Galaxos gefragt hatte. „Wu läuft irgendwo auf *Alpha CMi IV* frei herum, Ax sitzt im Irrenhaus und du bildest dir ein, das Kopfgeld kassieren zu können. Sei froh, wenn wir dich nicht Hals über Kopf hinausschmeißen."

Tolloch war die Geliebte Ax-La-Cans und deshalb seine Stellvertreterin, obwohl ihr das rangmäßig nicht zustehen würde. Wortlos hatte er sich in sein Quartier verzogen und überlegte, wie er doch noch zu der Million kommen konnte. Seine Gedanken begannen einen kühnen Plan zu schmieden:

Der Professor befand sich zurzeit in der Obhut der Polizei von *Tepek.*

Man wollte auf Nummer Sicher gehen und ihn nur an Bord eines bewaffneten Polizeischiffes zurück zur Erde schicken. Doch ein solches machte sich erst, zur Überstellung von einigen Häftlingen, im Frühjahr auf den Weg zur Erde. McCaffrey wusste, dass Professor Wu seine Luftqualle *Sami* in die Obhut des Zoos der *Proconsul* gegeben hatte, solange er noch auf *Alpha CMi IV* weilte. Vielleicht hing der Professor noch an dem Tier und ließe sich damit in eine Falle locken.

Aber wie kommt er am schnellsten nach *Alpha CMi IV*? Er könnte zu Tolloch gehen, ihr von seinem Plan erzählen und sie bitten, ihn dorthin bringen zu lassen. Doch die würde ihn wohl nur auslachen und ihm vorhalten, dass es nicht einmal Ax-La-Can gelungen war, den Professor in seine Gewalt zu bringen. Obwohl er dafür viele unschuldige Kinder entführen ließ und nicht nur eine lausige Luftqualle.

Sicher hatte sie damit irgendwie Recht, doch McCaffrey glaubte an die kleinen Dinge, mit denen man auch sein Ziel erreicht. Nein, er wird um ein paar Tage Urlaub oder eine Dienstfreistellung bitten und die Aktion auf eigene Faust durchziehen. Die werden Augen machen, wenn er plötzlich mit dem Professor im Schlepp vor ihrer Tür steht. Dumm war nur, dass er wahrscheinlich mit einem Linienschiff nach *Alpha CMi IV* fliegen musste und dies relativ teuer war. Sein sauer erspartes Geld würde dabei sicher draufgehen. Aber egal, mit der Aussicht auf das Kopfgeld könnte er die Kosten schon verschmerzen. Frohen Mutes machte er sich auf den Weg zu Tolloch's Büro.

*

Die Schifffahrt war lustig und die Schüler erfuhren auch viel über die Entstehung der Stadt, deren Bauten und der modernen Infrastruktur. Nur Fiep war nicht bei der Sache und musste ständig an Pauli denken. Wie um alles auf der Welt war er nur auf dieses Schiff gekommen? Teilnahmslos saß er da und beobachtete seine Freunde, die sich lachend unterhielten.

„Hey Fiep, Trübsal blasen bringt auch nichts. Was hast du eigentlich? Pauli geht es doch gut. Sei froh, dass er uns gefunden hat; wer weiß, was ansonsten mit ihm noch alles passiert wäre", versuchte Gerry Fiep aufzumuntern.

„Du hast ja Recht, trotzdem finde ich es gemein, dass er ihn mitgenommen hat."

„Ihre Hauskugel ist in guten Händen", unterbrach Dr. Kaufmann, der das Gespräch mitgehört hatte, die Freunde, „sie wird erst morgen mit einem Transport-Anti-G in den Zoo der *Proconsul* gebracht. Von dort können Sie das Tier dann nach unserer Rückkehr abholen."

„Erst morgen?", fragte Fiep hoffnungsvoll nach. „Dann kann Pauli ja heute bei mir im Zimmer schlafen."

„Das müsste sich einrichten lassen", meinte Dr. Kaufmann lächelnd.

Endlich eine gute Nachricht, fand Fiep und seine schlechte Laune war verflogen. Ausgelassen alberte er während der restlichen Fahrt mit seinen Freunden herum.

Die *Flussmöwe* war entlang des rechten Ufers zum südlichen Stadtrand gefahren und an der linken Flussseite wieder ganz in den Norden. Dabei erzählte der Kapitän viel Interessantes über die Stadt. Unter anderem auch, dass der erste Bürgermeister, *Corwin H. Spencer*, ein direkter Nachkomme eines amerikanischen Schiffbauingenieurs war. Dieser wollte eine Idee seines Ururururururgroßvaters in seiner Stadt wieder aufleben lassen und gründete die Gesellschaft *Steamboat-History*, die heute neben der *Flussmöwe* noch fünf weitere Raddampfer in *Tepek* betreibt. Die Schiffe ließ er nach Plänen der damaligen Raddampfer detailgetreu nachbauen. Die Idee erwies sich als touristisch genialer Schachzug, wurde doch *Tepek* dadurch im gesamten Universum genauso bekannt wie beliebt.

Am rechten Ufer ging es schließlich wieder zurück zur Anlegestelle. Es war elf Uhr. Die Fahrt hatte etwas über zwei Stunden gedauert. Der Kapitän bedankte sich bei den Gästen für ihre Aufmerksamkeit und wünschte noch einen angenehmen Aufenthalt in *Tepek*.

„Pauli, wo haben sie dich denn hineingesteckt!?", rief Fiep, als er das Foyer des Hotels betrat. Auf dem Pult der

Rezeption stand eine Art Käfig: Zwei Platten, die mit metallenen Stäben verbunden waren. Darin lag Pauli.

„Sie sind sicher Kadett Makundo?", fragte der freundliche Mann an der Rezeption.

„Dr. Kaufmann hat gesagt, dass dieses kugelige Ding Ihnen gehört. Was soll denn das sein?"

„Das ist eine Hauskugel und heißt Pauli", erklärte Fiep dem Mann, während er an der oberen Platte des Käfigs herumfuchtelte.

„Zum Kuckuck, wie lässt sich das Teil denn öffnen?"

„Das ist ein Magnetverschluss. Sie müssen nur den kleinen Kippschalter an der Seite betätigen und den Deckel kann man problemlos abnehmen", meinte der Portier und machte es Fiep vor.

Wie ein Gummiball sprang Pauli Fiep in die Arme und kuschelte sich winselnd an seine Brust.

„Ist ja schon gut, ich bin ja wieder bei dir", lachte Fiep und streichelte Pauli.

Dann hüpfte Pauli von Fiep zu Gerry, zog bei ihm auch dieselbe Show ab und sprang zum Nächsten weiter, bis er die Freunde alle durch hatte. Alle lachten sie über Pauli's freudiges Treiben, drückten ihn sanft an sich und streichelten sein flauschiges Fell. Der Mann an der Rezeption grinste amüsiert.

„So genug herumgealbert Pauli, komm her zu mir", rief Fiep seiner Hauskugel zu.

„Kann ich diesen Käfig mit auf das Zimmer nehmen?", fragte Fiep den Mann.

„Sicher, ich dachte das Teil gehört ohnehin Ihnen. Dr. Kaufmann hat ihn mir samt dem Kugeltier übergeben", meinte der Hotelangestellte freundlich.

„Ich habe nämlich meine Lampe nicht dabei und im Schrank ist es zu dunkel", sagte Fiep zu seinen Freunden. „Da ist der Käfig gerade ideal. Wo ist Pauli eigentlich?"

„Da vorne an der Bahnstation", rief Klerila.

Pauli rollte am Hotelausgang ständig raus und rein. Dabei löste er laufend die Öffnung der automatischen Tür aus.

„Lass das Pauli, die Tür ist kein Spielzeug", schimpfte Fiep, während die anderen lachten. Zunächst schien Pauli zu gehorchen und rollte geradewegs zu Fiep. Doch er umkreiste nur dessen Beine und flitzte schon wieder zum Bahnsteig.

„Pauli, was soll der Unsinn?! Komm sofort zu mir!"

Aber Pauli wiederholte das Spielchen nur von vorne: Zurück zu Fiep, um seine Beine und schnurstracks wieder zum Steig.

„Was hat der denn?", fragte sich Iwo am Hinterkopf kratzend.

„Ich glaube, er will uns etwas zeigen", vermutete Fiep während er zu Pauli eilte. Die Freunde sahen sich ratlos an und liefen ihm nach. Als sie die Station erreichten, hatte Pauli seinen Weg Richtung Bahnsteigende fortgesetzt. Dort wo die Magnetschiene das Hotelgebäude verließ, hüpfte Pauli aufgeregt auf und ab. Dabei gab er quietschende Laute von sich.

„Hm, ich glaube er möchte in die Stadt fahren", überlegte Fiep.

„Aber was will er dort? Pauli kennt sich in *Tepek* ja gar nicht aus", sagte Klerila.

„Ich denke, wir sollten den nächsten Zug nehmen und nachsehen was da los ist", schlug Fiep vor.

„Das machen wir", war Gerry begeistert, „den Rest des Tages haben wir ohnehin zur freien Verfügung."

„Okay, alles klar!“, rief Iwo. „Ich mach mich noch ein wenig frisch, dann kann's los gehen.“

„In Ordnung, treffen wir uns in einer halben Stunde am Bahnsteig“, sagte Gerry.

„Aber Pauli möchte am liebsten sofort los“, meinte Fiep und hob seine Hauskugel mit einer flinken Bewegung vom Boden auf. „Du wirst dich noch etwas gedulden müssen Pauli, wir gehen vorerst einmal auf unsere Zimmer. Pauli protestierte mit einer Art Bellen und dem kratzbürstigen Aufstellen seines Fells.

Exakt eine halbe Stunde später standen die Freunde wieder am Bahnsteig. Als die Garnitur der Magnetschwebebahn geräuschlos stoppte, war Pauli nicht mehr zu halten. Blitzschnell sauste er zu den Sitzen. Einige Fahrgäste wichen ihm erschrocken aus.

„Pauli, auch wenn du dich aufführst wie vom Affen gebissen und damit nur die Leute erschreckst, sind wir deshalb auch nicht schneller als die Bahn fährt“, tadelte ihn Fiep. Beleidigt sprang Pauli auf eine der Bänke und verkroch sich im Winkel zwischen Lehne und Sitzfläche. Schmollend ließ er seine Haare wie Trauerweiden herunter hängen.

„Das lustigste an Pauli ist, dass er auch ohne ein Gesicht zu haben seine Gefühle so treffend ausdrücken kann. Alleine durch den Zustand seines Fells. Voll cool!“, lachte Elli über Paulis schlappes Haar.

„Ja, finde ich auch“, entgegnete Fiep. „Er kann so viele Gemütsbewegungen ausdrücken, dass ich glaube selbst noch nicht alle zu kennen.“

Der Zug erreichte die Haltestelle am Hafen, doch Pauli machte noch keine Anstalten auszusteigen.

„Hier will er nicht raus", sagte Gerry und blickte zu Pauli, der regungslos auf der Bank liegen blieb. „Da bin ich aber jetzt schon sehr neugierig wo der hin möchte."

Die Bahn fuhr los und verließ das Geländer der Schiffsanlegestelle. Die Trasse stieg wieder an und überquerte den Fluss. Wie die Garnituren einer Achterbahn jagte der Zug leise entlang der stählernen Schiene. Nach einigen weiteren Stopps wurde Pauli unruhig. Er begann am Fenster auf und ab zu hüpfen, als wolle er sehen, wo sie sich gerade befanden. Eine Hauskugel hatte zwar keine Augen im herkömmlichen Sinn, jedoch konnte er mit in den Haaren eingewachsenen Infrarotsensoren die Umgebung genau erfassen. Die Sensoren lieferten zum Gehirn des Tieres ein ähnliches Bild, wie es Nachtsichtgeräte erzeugten. Hauskugeln konnten also bei Licht genauso gut sehen wie im Dunkeln. Ja mehr noch, da die Haare am ganzen Körper verteilt waren, hatten sie sozusagen einen 360°-Rundblick.

Doris Tolloch hatte das Büro von Ax-La-Can übernommen. Hinter dem massiven Schreibtisch wirkte die schlanke, große Frau ein wenig fehl am Platz. Ein korpulenter, glatzköpfiger Herr im Maßanzug, mit qualmender Zigarre im Mundwinkel, hätte da viel besser hingepasst.

„Was willst du?", fragte Tolloch McCaffrey, als dieser vor ihren Schreibtisch getreten war.

„Ich hätte nur ein kleines Anliegen", druckste er herum.

„Du hast in letzter Zeit aber häufig kleine Anliegen. Los, raus damit, worum geht's?", fragte die Bandenchefin ungeduldig. Tatsächlich hatte McCaffrey schon zweimal bei Tolloch vorgesprochen. Einmal ging es um ein verlängertes Wochenende und einmal um eine Erhöhung des Soldes. Letztere Bitte wurde mit schallendem Gelächter abgelehnt.

„Ähm, ich hätte gerne ein paar Tage Urlaub“, sagte Joe.

„Warum?“

„Ich habe da ein großes Ding in Planung. Ich möchte noch nichts Genaueres verraten, aber es wird sich für die BdG mit Sicherheit lohnen.“

„So, so, für die BdG wird es sich lohnen. Da bin ich aber mal neugierig. Okay, wie viele Tage brauchst du für dein ‚großes Ding‘?“

„Eine Woche sollte reichen“, antwortete McCaffrey mit aufkeimender Hoffnung.

„Gut, eine Woche, aber keine Stunde mehr“, sagte Tolloch bestimmend. „Ganz sicher nicht. Danke, Frau Oberleutnant. Sie werden es nicht bereuen. Auf Wiedersehen!“

Frohen Mutes verschwand McCaffrey aus dem Büro seiner Chefin. Kopfschüttelnd mit einem Schmunzeln blickte ihm Doris nach. „Der hat wahrscheinlich wieder mal eine Idee, wie er diesen Professor herbeischaffen könnte“, dachte sie belustigend und traf dabei den Nagel auf den Kopf. „Armer McCaffrey, in seinem jugendlichen Übermut denkt er doch tatsächlich, so eine Aktion alleine durchziehen zu können. Da wären wir ja alle Idioten. Ax-La-Can, dem es nicht gelungen ist, den Professor zu entführen, und auch die Polizei, die nicht fähig wäre, für den nötigen Schutz einer Person zu sorgen.“

Joe McCaffrey begab sich sogleich zum Logistikzentrum der BdG, von wo aus sämtliche Einsätze geplant und koordiniert werden. Er erkundigte sich nach dem nächsten Transportschiff zur Erde oder auch zum Jupitermond Ganymed. Von dort aus erhoffte er sich einen raschen Anschluss zu einem Flug nach *Alpha CMi IV*.

„Wenn du dich beeilst, erwischt du am Pier C noch die *Speedbird* nach *Kastor II*", teilte ihm einer der Disponenten mit. *Kastor II* war ein wichtiger intergalaktischer Raumflughafen auf dem größten der Jupitermonde. Von dort konnte man mit Linienschiffen in fast alle Teile des Universums gelangen. Hastig lief er zum genannten Pier, wo gerade die Laderampen eines großen Transportschiffes eingefahren wurden.

„Halt!!", brüllte McCaffrey zu den Männern an der Rampe. „Bitte wartet, ich möchte noch mit!"

Die Leute hielten inne und starrten in seine Richtung.

„Wer bist du? Wo willst du hin?" rief einer der Arbeiter herüber.

Keuchend erreichte Joe das Raumschiff.

„Mein Name ist Joe McCaffrey, ich muss nach *Kastor II*", prustete er hervor.

„Im Auftrag von Oberleutnant Tolloch", fügte Joe hinzu, als die Männer sich fragend ansahen. Das entsprach zwar nicht ganz den Tatsachen, aber es wirkte. Einer der Männer griff sich unters rechte Ohr und kurz darauf senkte sich die Ladeklappe wieder zurück.

„Du kannst an Bord gehen. Melde dich bei Kapitän Major Nur-El-Khmer".

McCaffrey bedankte sich und lief ins Innere der *Speedbird*. Mit einem hallenden „donk" schloss sich die Rampe wieder. McCaffrey stand im Frachtraum des Transportschiffes. Ein Mann in Uniform kam ihm entgegen. Er stellte sich als Hauptmann Slater vor und fragte nach seinem Auftrag.

„Naja, eigentlich ist es gar kein so richtiger Auftrag", drückte Joe herum. „Ich habe Oberleutnant Tolloch versprochen auf *Alpha CMi IV* was Wichtiges für die BdG zu erledigen … und deshalb müsste ich dringend nach *Kastor II*.“

„Und was wäre das so Wichtiges“, fragte Slater stirnrunzelnd.

„Ähm … ich möchte den Physikprofessor Xianghai Wu entführen“, antwortete Joe und kam sich plötzlich irgendwie dämlich vor.

„Ha ha ha, der ist gut, das muss ich gleich dem Kapitän erzählen“, lachte Slater hell auf. McCaffrey bekam einen roten Kopf vor Zorn und Scham.

„Ja, lach du nur so bescheuert, euch werde ich noch zeigen wo’s lang geht“, dachte er wütend.

Kapitän Nur-El-Khmer war ein Schwager von Ax-La-Can und ziemlich sauer darüber, dass der Boss nicht ihn, sondern seine Freundin Doris zur Nachfolge als Bandenchefin bestimmt hatte.

„Was willst du denn mit diesem jungen Gemüse? Wie soll denn die eine Organisation mit über vierhundert Bandenmitgliedern führen?“, hatte er Ax-La-Can einmal vorgeworfen. Doch Doris Tolloch machte ihre Sache gut. Nicht nur, dass sie die größtenteils männlichen Mitglieder ganz gut im Griff hatte, auch organisatorisch kam sie ausgezeichnet zurecht. Was Ax-La-Can mit Härte und Gewalt durchsetzte, gelang Tolloch durch Charme und Einfühlungsvermögen. So hatte sie auch für die Wiedereinstellung der Hauptmänner Slater und Bloomfield gesorgt. Die beiden waren vom Chef nach einem missglückten Versuch, an die Antimaterie-Waffe zu gelangen, mit dem Tod bedroht worden. Mit Hilfe von Doris gelang ihnen damals die Flucht. Jetzt waren sie wieder voll in die Bande integriert und bekleideten sogar kleine Führungsposten. Es war mehr der Neid als der Zweifel an

Doris' Führungsqualitäten, der den Hass auf die Banden-chefin schürte.

„Du bist also der, der den Professor entführen möchte?", fragte Nur-El-Khmer als McCaffrey auf die Brücke kam, ohne ihn zu grüßen.

„Ja, Herr Major, ich habe da einen perfekten Plan. Eine hundertprozentige Sache", strahlte Joe, der sich dar-über freute, dass der Kapitän ihn anscheinend ernst nahm.

„Okay, dann erzähl einmal, wie du dir das vorstellst. Wenn mir dein Plan gefällt, könnte ich mich überreden lassen, dich direkt nach *Alpha CMi IV* mitzunehmen."

McCaffrey begann aufgeregt zu erzählen. Dass er sich an der HokoTiR als Lieferant für Tiernahrung ausgeben möchte, um sich so Zutritt zum Zoo der *Proconsul* zu verschaffen. Dann wolle er die Luftqualle des Professors stehlen und ihn damit aus der Obhut der Polizei locken.

„Du glaubst also, der Mann lässt sich wegen einer al-bernen Luftqualle so leicht aus seinem geschützten Nest holen?", fragte Nur-el-Khmer skeptisch.

„Ja sicher, er hängt an dem Tier. Als ich noch Schüler an der HokoTiR war, habe ich das selbst gesehen."

Nur-el-Khmer überlegte.

„Und wie stellst du dir dein aus der >Obhut der Polizei locken< genau vor? Die werden doch jeden Schritt und Tritt des Professors genau verfolgen." McCaffrey beugte sich ganz zu Nur-el-Khmers Gesicht vor und erklärte ihm flüsternd sein Vorgehen, als könnte ihn hier irgendje-mand Falscher hören.

„Hm das könnte sogar klappen. Kein schlechter Plan", gab Nur-el-Khmer zu und ließ sich von McCaffrey's Idee überzeugen. „Ich werde dich zuerst nach *Alpha CMi IV* bringen lassen und dann nach *Kastor II* weiterfliegen."

McCaffrey wäre am liebsten in die Luft gesprungen. Endlich glaubte jemand an ihn.

Als Joe sein zugewiesenes Quartier an Bord des Schiffes betrat, erkannte er durchs Fenster, dass die *Speedbird* gerade aus dem Inneren des Vulkans abhob. Wie in einer Fahrstuhlkabine sauste die Kraterwand am Fenster vorbei. Wenige Augenblicke später wurde es hell. Die *Speedbird* hatte den Vulkanschlot verlassen. Obwohl die Sonne bereits über vier Milliarden Kilometer von Triton entfernt und nur mehr ein Scheibchen von etwas über einem Zentimeter Durchmesser war, leuchtete sie noch immer tausendmal heller als der Vollmond vom Himmel des eiskalten Neptunmondes.

Der Flug nach *Alpha CMi IV* verlief soweit problemlos. Nur vor dem Durchtritt von BL 12401 gab es wegen eines technischen Defektes eines der wartenden Raumschiffe eine kurze Verzögerung.

Die *Speedbird* landete drei Wochen nach ihrem Start im Sektor 4 der Raumbasis *Prokyon 11*. Dieser Sektor diente ausschließlich als Warenumschlagplatz für Handelsgüter, die für *Alpha CMi IV* bestimmt waren. Auch wenn die *Speedbird* zu Ax-La-Cans Flotte gehörte, war sie ganz legal unterwegs und wurde wie ein normales Transportschiff behandelt. Die vielen krummen Geschäfte waren der BdG nur schwer bis gar nicht zu beweisen. Ax-La-Can war diesbezüglich aalglatt, wie es im Kriminaljargon hieß. Nichts desto trotz stand er bis zu seiner Verhaftung wegen Erpressung, Mord, Hehlerei und so weiter auf den Fahndungslisten der INGAPO (Intergalaktische Polizei) ganz oben. Eine abscheuliche Kindesentführung in Verbindung mit einem Mord an einem Lehrer der HokoTiR wurde ihm schließlich zum Verhängnis.

Während einer Art geistiger Umnachtung konnte er danach verhaftet werden.

McCaffrey wurde zu einer der Lagerhallen am Rande der Start- und Landefelder geführt. Dort überreichte ihm ein alter, in einer verschlissenen Uniform steckender Mann einen in Folie eingeschweißten Arbeitsoverall. Als Bestätigung verlangte er einen Fingerabdruck McCaffreys. Er steckte das Paket in eine Große Plastiktüte und übergab es dem ehemaligen Raumfahrtschüler. McCaffrey fuhr mit der U-Bahn vom Sektor 4 direkt zur Station HokoTiR. Während der Fahrt entfernte er das Plastik und entnahm einen weißen Beipackzettel. „Hinweis für 217", stand in schwarzen Blockbuchstaben am Anfang des Schreibens. 217 war seine BdG-Mitgliedsnummer.
McCaffrey überflog die Zeilen.

Das ist ein Original-Overall von Brownie-Tiernahrung. In der Brusttasche befindet sich ein Ausweis dieser Firma, der dich als Mitarbeiter legitimiert. Damit solltest du ohne Schwierigkeiten die nötigen Zutritte erhalten. Viel Erfolg bei deinem Auftrag wünscht dir das

Einsatzkommando der BdG!

„Viel Erfolg bei deinem Auftrag...", spöttelte Joe. Das klingt ja, als würde das alles im Auftrag der Brigade geschehen. Die Idee und den Plan dazu hatte nur er, er ganz alleine. Und er ganz alleine würde das Ding auch durchziehen.

An der Station HokoTiR stiegen nur McCaffrey aus und ein Mann ein. Alleine stand er am Bahnsteig, als die

Garnitur die Station verlassen hatte. Lauernd blickte er sich um. Die Luft war rein. Hastig lief er zu den WC-Anlagen und sperrte sich in eine der Kabinen. Er faltete den Overall auseinander und zog ihn sich über seine Kleidung. Dadurch wirkte er korpulenter, was auch zu seiner Tarnung beitrug. Ein aufklebbarer Schnauzbart und eine dunkle Brille, die ebenfalls dem Paket beigelegt waren, ließen ihn schließlich nicht mehr wiedererkennen. Zufrieden grinste er in den Spiegel, als er am Waschbecken vorbei ging. Die Verpackungsreste stopfte er in den Mülleimer der Toilette. Er benutzte den Stiegenaufgang zum Erdgeschoss der HokoTiR. Dann drückte er seinen Chip und setzte sich mit To-Pan in Verbindung.

„Hallo, hier ist Ben Scott von Brownie-Tiernahrung. Ich habe eine Lieferung für Sie", meldete sich McCaffrey.

„Eine Lieferung? Was für eine Lieferung? Davon weiß ich nichts", hörte McCaffrey To-Pans Stimme sagen. Joe war auf diese Reaktion seiner ehemaligen Lehrerin vorbereitet und antwortete rasch: „Hat ihnen Frau Gerard nichts gesagt? Wir sind gestern von Ihr angerufen worden, dass eine Luftqualle dringend HN 49-7 benötigt."

„HN 49-7? Das mit Antibiotika versetzte Spezialfutter? Das ist sehr teuer, da muss ich Rücksprache mit meiner Assistentin halten. Das kann ich Ihnen nicht so einfach abnehmen"; beteuerte To-Pan.

McCaffrey wurde nervös. Jetzt drohte die Sache schon zu scheitern, bevor sie richtig begonnen hatte.

„Ich bin schon im Haus. Könnten Sie mich gleich mal rein lassen, dann können wir es ja abklären."

„Na gut, kommen Sie. Ich erwarte Sie am Dock der *Proconsul*. Sie wissen wo das ist?"

„Ja, ich war schon einmal dort", meinte Joe und grinste breit.

„Einmal ist gut", dachte er. „Hier bin ich fast vier Jahre zur Schule gegangen."

Gleich nach dem Aufgang von der Bahnstation zur HokoTiR führte ein breiter, langer Korridor zum Dock für Raumschiffe. Dort war das Schulraumschiff während Zeit „geparkt", in der die Schüler ihren praktischen Unterricht absolvierten. Normalerweise wäre hier Platz für drei mittelgroße Raumfahrzeuge, doch die *Proconsul* hatte derlei große Ausmaße, dass höchstens noch ein kleineres Raumschiff abgestellt werden konnte.

McCaffrey beeilte sich. Er wollte To-Pan nicht warten lassen. Nicht dass sie noch auf dumme Gedanken kam und sich bei Brownie-Tiernahrung über seine Identität erkundigte. Die beiden kamen fast gleichzeitig zu dem breiten Aufgang, der ins Innere des Schulraumschiffes führte.

„To-Pan", sagte die junge Tierärztin nur kurz. Sie schüttelten sich die Hände.

„Wo haben Sie denn Ihre Heilnahrung?", fragte To-Pan verwundert und blickte an Joe herunter.

„Ach, die habe ich noch im Lieferwagen", antwortete Joe so gelassen wie möglich. „Sie wissen ja, dass dieses Futter relativ teuer ist. Wir sollten uns den Patienten vorher noch einmal ansehen. Vielleicht können wir dem Tier doch etwas anderes verabreichen."

To-Pan musterte McCaffrey skeptisch. Irgendwie kam ihr die Sache komisch vor. Da will sich so ein dahergelaufener Bengel mit ihr die Luftqualle des Professors ansehen. Als ob der auch nur die leiseste Ahnung von diesen seltenen extraterrestrischen Tieren hätte.

Joe grinste ihr breit ins Gesicht. Ganz nach dem Motto: Frechheit siegt. Und er hatte Erfolg damit.

„Gut, kommen Sie mit, ich zeig Ihnen das Tier."

Während sie durch die Eingangshalle zu den Liften gingen überlegte To-Pan, warum sie Celine nicht über Sami's angeblich angeschlagenen Gesundheitszustand informiert hatte. Das war gar nicht ihre Art. Ich werde sie mal anrufen.

McCaffrey sah wie sich To-Pan unters rechte Ohr griff. Er lächelte sie cool an, denn für diesen Fall hatte er kluger Weise vorgesorgt. Unauffällig griff er in seine Hosentasche und betätigte einen kleinen Apparat.

„Celine? Hier ist To-Pan. Ich habe hier einen jungen Mann bei mir der sagt.... Celine?

„Kannst du mich hören?", fragte To-Pan, nachdem sie Celines Stimme wiederholt „Hallo, wer spricht da? ... Bist du es To-Pan?" sagen gehört hatte.

„Gibt es ein Problem?", meinte McCaffrey, den Ahnungslosen spielend.

„Ja, ein kleines, mein *Ide-Tel-Chip* scheint gerade nicht zu funktionieren", sagte To-Pan etwas verwundert.

McCaffrey hatte mit dem Gerät in seiner Hosentasche die Funkfrequenz von To-Pans Chip gestört, sodass eine Kommunikation nicht mehr möglich war.

„Na gut, dann eben nicht", meinte sie nur kurz.

McCaffrey atmete auf.

Während der Fahrt mit dem Lift erzählte McCaffrey irgendwelchen Stuss von sehr viel Arbeit wegen der vielen Krankenstände in seiner Firma, um To-Pan abzulenken.

Nicht dass sie noch einmal auf die Idee kam irgendwen anzurufen. Sein Störsender könnte nämlich sonst vom FRES (Fremdstrahlung-Erfassungssystem) der *Proconsul* geortet werden. Seine Taktik hatte Erfolg und er musste das Gerät nicht mehr einsetzen.

Als sie den Eingang des Zoos betraten, schlug ihnen feuchtwarme Luft entgegen. Es roch nach frischem Grün. Man hörte Vogelgezwitscher und irgendwo brüllte ein Löwe.

„Hier nehmen Sie diesen Anstecker. Er schützt Sie mittels Strahlenfeld vor unliebsamen Angreifern. Sie haben ja soeben *Tibor*, unseren afrikanischen Löwen gehört“, sagte To-Pan und reichte Joe eine Nadel.

Sie erreichten über einen verschlungenen Pfad eine kleine Lichtung mit niedrigen Büschen.

„So, hier müsste unser kleiner Patient versteckt sein. Hallo, Sami!“

To-Pan bückte sich und griff mit beiden Händen unter einen der Büsche. Es war erstaunlich wie gezielt die Ex-Bi-Lehrerin ihre Schützlinge in diesem „Urwald“ fand.

Ein leises Quieken war zu vernehmen. In diesen Moment nutzte Joe seine Chance. Plötzlich hatte er ein längliches schwarzes Ding in der Hand und hielt es To-Pan in den Nacken. Wie eine steinerne Statue kippte die junge Frau zur Seite auf den moosig-feuchten Boden. McCaffrey hatte sie mit Lähmungsstrahlen außer Gefecht gesetzt. Schnell schnappte er sich die Luftqualle, die mit einem Mal so laut quickste, dass es in den Ohren weh tat.

„Halt deine Fresse, du Schleimbeutel!“, zischte McCaffrey und brachte Sami mit dem Lähmungsstrahler zum Schweigen.

Da rollte blitzartig ein rundes, pelziges Teil aus einem der Büsche, und ehe Joe auch nur mit der Wimper zucken konnte traf ihn ein heftiger elektrischer Schlag. Fieps Hauskugel Pauli war seinem Freund Sami zu Hilfe geeilt. Der Stromstoß riss Joe von den Beinen und er krachte der

Länge nach neben To-Pan auf den Boden. Er war bewusstlos. Pauli wollte sofort kehrt machen und Hilfe holen, doch dabei wurde ihm seine eigene Waffe zum Verhängnis. Der Schutzschild um McCaffrey hatte bewirkt, dass ein Teil der Energie zurückgegeben wurde und es Pauli selbst erwischte.

McCaffrey kam langsam wieder zu sich. Benommen blinzelte er in den künstlichen Dschungel. Pauli lag wie eine große Bommel, die von einer Mütze gefallen war, direkt vor ihm im feuchten Gras. Für den ersten Moment wusste er nicht was geschehen war. Verwirrt schüttelte er den Kopf. Langsam dämmerte es Joe, dass er von dieser verflixten Hauskugel einen Stromschlag bekommen haben musste. Erst jetzt bemerkte er, dass sich die Kugel nicht bewegte.

„Ich glaub's nicht, dieser Trottel hat sich selbst zur Strecke gebracht. Na warte Bürschchen, mit deinem Herrchen habe ich noch ein besonderes Hühnchen zu rupfen", fauchte Joe zornig. Er packte den hilflosen Wollknäuel, steckte ihn grob in die Brusttasche seines Overalls und riss den Reißverschluss wütend zu.

Aber wo war jetzt diese verflixte Luftqualle? To-Pan lag in gekrümmter Haltung neben ihm.

„Wo bist du, verdammter Schleimbeutel!?", rief er ungeduldig und gab der regungslosen To-Pan einen unsanften Tritt in den Rücken. Der Körper von To-Pan rückte ein Stück zur Seite, doch McCaffrey konnte Sami nirgends sehen. Das außerirdische Tier steckte in der Kniebeuge der jungen Lehrerin. In einer letzten instinktiven Reaktion hatte es Sami geschafft, sich unter To-Pans Beine zu verkriechen. Fluchend sah McCaffrey unter den Busch, aus dem To-Pan die Luftqualle hervorgeholt hatte. Wütend trat er mit seinen Füßen das Geäst zur Seite.

„Das verdammte Ding muss doch irgendwo sein“, schimpfte er.

Plötzlich ließ ein schriller, auf- und abschwellender Pfeifton Joe zusammenzucken. Er kannte diesen Alarm und er musste schleunigst weg von hier. Das FRES hatte angeschlagen. Diesmal waren es wohl die Lähmungsstrahlen gewesen, die ihn verraten hatten. Als er gerade die Flucht ergreifen wollte, sah er im letzten Moment die regungslose Luftqualle in der Kniebeuge der jungen Lehrerin. Schnell schnappte er sich das glitschige Tier und versenkte es in einer der Seitentaschen seiner Hose.

„Ich muss sofort weg von hier, bevor sie mich entdecken.“ McCaffrey hastete los und fand zu seinem Glück sofort den Ausgang, was in diesem Dickicht gar nicht so selbstverständlich war. Er wollte schon die Taste für die Anforderung der Aufzugkabine drücken, als er von irgendwo Rufe hörte.

„Sie sind schon auf der Suche nach mir“, schoss es Joe durch den Kopf. Reflexartig zog er seine Hand wieder zurück. Wenn er jetzt den Aufzug benutzt war er so gut wie gefangen. Er musste das Raumschiff schnellstens verlassen. Wahrscheinlich waren alle Ausgänge schon verschlossen oder von den Wachen besetzt. Als ehemaliger Schüler der HokoTiR wusste Joe nicht nur über die Örtlichkeiten Bescheid, sondern hatte auch eine ungefähre Ahnung von den Be- und Entlüftungsschächten. Zielstrebig lief er zu einer der Schachtöffnungen, die mit einem Abdeckgitter verschlossen waren. McCaffrey war ein kräftiger junger Mann und deshalb war es für ihn kein Problem die Abdeckung aus der Verankerung zu heben. Schwieriger war es da schon, in den eineinhalb Meter über dem Boden befindlichen Schacht hineinzukriechen. Keuchend schob sich McCaffrey in die schmale Röhre.

Die Stimmen im Korridor wurden lauter und auf seiner Stirn bildeten sich Schweißperlen. Sicher größtenteils vor Anstrengung, aber es war auch Angstschweiß dabei. Mühsam wendete er und beugte sich kopfüber aus der Öffnung, um sich das Abdeckgitter zu greifen und den Schacht wieder zu verschließen. „Klonk" machte es, als das Teil einrastete. Just in diesem Moment kamen drei Wachmänner um die Ecke. Joe hielt den Atem an. Mit ihren Waffen im Anschlag sahen sich die Männer suchend um. Zum Glück für Joe kam keiner auf die Idee, in den Entlüftungsschacht zu schauen.

„Seht mal, die Tür zum Zoo steht offen!", hörte er einen der Männer rufen.

„Jetzt kann es nicht mehr lange dauern, bis sie To-Pan finden" dachte McCaffrey. „Es wird höchste Zeit, dass ich von hier verschwinde."

So schnell es nur irgendwie ging, kroch er den Schacht entlang. Zunächst stieg der Schacht leicht an und mündete schließlich in einen großen Raum. Von hier wurde frische Luft in alle Bereiche des Raumschiffes geleitet. Schweißnass wie er war, fröstelte McCaffrey jetzt. Aber hier war er wenigstens für die nächsten Minuten sicher. Sicher hatte man das Fremdkörper-Ortungssystem schon aktiviert. McCaffrey hoffte, dass man ihn hier nicht vermutete und das Augenmerk auf andere Teile des Schulraumschiffes gelegt wird. Er sollte Recht behalten. Das System hatte ihn tatsächlich bereits erfasst, doch der für die Monitorüberwachung zuständige Bedienstete übersah das Positionssignal aus dem Entlüftungsschacht, weil er es dort ganz einfach nicht vermutete. Ein simpler menschlicher Fehler rettete also McCaffrey vor einer Festnahme. Doch ihm war klar, dass er damit nur wenige Minuten gewonnen hatte. Irgendwann würde sein Standort bemerkt werden. Hastig versuchte er mit der Außenstelle der BdG auf *Alpha CMi IV* Verbindung aufzunehmen.

„Hallo, hier spricht Nr. 217! Das ist ein Notruf! Ich bitte schnellstens um eine Beamung aus *Prokyon 11*, Sektor 19B. Können Sie mich hören?" dachte er aufgeregt, seinen *Ide-Tel-Chip* drückend.

„Hier BdG-Außenstelle *Alpha CMi IV*", meldete sich eine Stimme routinemäßig. „Haben Ihren Notruf erhalten, Nr.217. Beamvorgang kann sofort eingeleitet werden. Geben Sie Ihre Position bekannt."

Die schon fast gelangweilt klingende Stimme seines Gesprächspartners machte McCaffrey noch nervöser. Mit zittriger Hand griff er in seine Hosentasche und holte den Positionsbestimmer hervor. Zwischenzeitlich hatte das Bordüberwachungssystem die Funksignale von Joes *Ide-Tel-Chip* erfasst und auf der Brücke Alarm ausgelöst, es aus allen Lautsprechern der *Proconsul*.

„Meine Koordinaten sind N 16"32'55 W 27"44'44", telepathierte Joe zur BdG-Außenstelle.

„Standortkoordinaten N 16"32'55 W 27"44'44. Bitte um Bestätigung Nr. 217", hörte McCaffrey die Stimme gemächlich sagen.

„Ja stimmt, verdammt noch mal! Beeilt euch!"

Mit starrem Blick sah Joe auf eine Abdeckung am Boden des Raumes, die sich plötzlich zu heben begann. Das Gesicht eines Mannes erschien. Er hatte eine Waffe im Anschlag. Joe sah wie sich die Lippen des Mannes bewegten, aber er konnte seine Worte nicht mehr verstehen. In seinen Ohren hörte er nur mehr ein Dröhnen und ein Schwall wohliger Wärme durchflutete ihn. Der Beamvorgang hatte eingesetzt. Der Wachmann feuerte einen Schuss auf McCaffrey ab, doch der Laserstrahl durchdrang die flimmernden Konturen von Joes Körper ohne Schaden anzurichten. In allerletzter Sekunde hatte er sich entmaterialisiert und war verschwunden.

„Verflucht noch mal, der ist weg!", schimpfte der Wachmann und steckte seine HLP-9000 in den Halfter.

Etwa dreitausend Kilometer nordöstlich von *Terranico*, inmitten der *Segatolischen Tiefebene*, befand sich die Außenstelle der BdG. Diesmal nicht im Inneren eines Berges, wie es die BdG so gerne bevorzugte, sondern am Rande eines uralten zusammengefallenen Vulkankraters. Die blockartigen Häuser waren aus dem dunklen Gestein des Kraters errichtet worden und deshalb kaum von der Umgebung zu unterscheiden. Nur die staubige Zufahrtsstraße und ein abgestellter Anti-G waren Anzeichen von Zivilisation. McCaffreys Körper materialisierte im Transporter des Hauptgebäudes. Ein schlaksiger älterer Mann mit den Abzeichen eines Unteroffiziers schaute ihn grimmig an.

„Was schauen Sie denn so dämlich?", fragte Joe aufgebracht. „Um ein Haar hätten die mich erwischt. Wenn ich einen Notruf zum Beamen absetze, dann haben Sie auch die verdammte Pflicht, so schnell wie möglich zu reagieren."

„He, mal langsam Bürschchen! Was glaubst du eigentlich wer du bist? Jeder Beamvorgang braucht eben seine Zeit und muss genauestens vorbereitet werden. Das nächste Mal lass' ich dich vor die Hunde gehen, du Vollidiot!", schrie der Unteroffizier mit zornesrotem Kopf.

„Ach leck' mich", zischte McCaffrey leise hervor und stieg von der Beamfläche des Transporters. Doch der Alte schien noch ganz gut zu hören. Mit einer Schnelligkeit, die man ihm gar nicht zugetraut hätte, war er bei McCaffrey und packte ihn am Kragen.

„Jetzt hör' mal gut zu Freundchen, wenn du noch einmal dein dreckiges Maul aufmachst, brech' ich dir so viele Knochen, dass dich deine Mama als Bettvorleger verwenden kann."

„T'schuldigung...", presste Joe nach Luft ringend hervor und machte sich schleunigst davon, nachdem ihn der Mann angewidert von sich gestoßen hatte.

Durch eine automatische Schiebetür erreichte Joe einen Nebenraum. Dicker Zigarettenqualm schwebte in der Luft. Einige Männer und zwei Frauen saßen an einem Tisch und unterhielten sich. Keiner der anwesenden hatte den ehemaligen HokoTiR-Schüler bemerkt. Erst als Joe, vom dichten Zigarettenrauch gereizt, ein paar Huster von sich gab, sahen sie zu ihm.

„He, Kleiner! Hast du dich verlaufen oder suchst du deine Mama?", lachte ihn einer der Männer an. Er machte einen kräftigen Zug aus seiner Zigarette und ließ den Rauch aus seiner Nase entweichen. Joe kochte vor Wut, als auch noch alle anderen in das Gelächter einstimmten. Aber er wollte sich nicht schon wieder mit jemand anlegen und antwortete cool: „Weder ... noch, was mich interessieren würde wäre, wie ich am schnellsten nach *Tepek* kommen könnte."

„Vielleicht genauso wie du hergekommen bist", schlug eine der Frauen vor.

Das jedoch wollte Joe tunlichst vermeiden, denn dann müsste er wieder zurück zu diesem alten Trottel im Transporterraum.

„Gibt es denn keine andere Möglichkeit? Ich verstehe mich nämlich mit dem Kollegen da draußen nicht besonders gut", sagte Joe und deutete zur Tür hinter ihm.

Wieder brach Gelächter aus.

„Ja, der alte Tanner ist ein etwas seltsamer Typ. Da bist du nicht der einzige, der sich nicht so gut mit ihm versteht“, meinte ein junger Mann mit Glatze.

„Du könntest morgen mit mir nach *Tepek* fliegen“, schlug plötzlich ein anderer vor. „Ich habe dort zufällig was zu erledigen. Mit dem Anti-G wird es wohl an die zwei Stunden dauern, aber dafür müsstest du dich nicht mit Tanner herumärgern.“

„Das würde mich einen Tag kosten“, überlegte McCaffrey. „Doch der Typ hat Recht, lieber einen Tag verlieren, als bei diesem alten Spinner um eine Beamerlaubnis zu betteln.“

„Okay Mann, es wäre super wenn du mich mitnehmen würdest“, sagte Joe schließlich und streckte dem Kollegen seine Hand entgegen. „Joe McCaffrey... freut mich dich kennen zu lernen.“

„Gleichfalls, Irfan Begic mein Name“, stellte sich Joes Gegenüber ebenfalls vor und beide schüttelten sich die Hände.

„Komm‘, setz dich zu uns“, sagte Begic und rückte einen Stuhl zurecht. „Von wo kommst du denn so plötzlich her?“

„Das ist eine längere Geschichte“, antwortete Joe, während er sich auf den Stuhl neben Begic setzte und begann zu erzählen. Er begann damit, wie er mitbekommen hatte, dass sich an Bord des Schulraumschiffes *Proconsul* Professor Wu, ein von Ax-La-Can gesuchter Teilchenphysiker, befand. Er erzählte auch vom misslungenen Versuch den Professor zu entführen. Doch von der Aktion hatte Begic schon gewusst. Desweiteren berichtete McCaffrey, dass er die Luftqualle des Professors aus dem Zoo der *Proconsul* gestohlen hatte, um ihn damit aus der Obhut der Polizei zu locken. Er griff mit der rechten Hand in die Seitenttasche seiner Hose und zog ein glitschiges Teil hervor. Begic wich ein Stück zurück.

„Was hast du denn da grausiges!?", rief er angeekelt.

„Na, die Luftqualle. Du brauchst keine Angst zu haben, die ist bewusstlos", meinte McCaffrey.

„Sei vorsichtig, Joe! Du weißt nicht, ob dieser schleimige Lappen ein Gift absondert."

„Du hast Recht. Ich brauche einen Behälter oder ein Gefäß, oder so etwas Ähnliches", gab McCaffrey seinem neuen Kumpel Recht. „Hast du ne Ahnung, wo ich so etwas bekomme?"

„Komm mit, ich finde in meiner Unterkunft sicher etwas Geeignetes", schlug Begic vor, während er aufstand. „Außerdem, wo willst du übernachten? Hast du dich darum schon gekümmert?"

„Nein, wann denn? Ich wusste vor wenigen Minuten ja noch nicht, dass ich hier landen würde."

„Kannste bei mir pennen, wenn du willst. Ich habe eine aufblasbare Matratze, auf der du schlafen kannst. Ist vielleicht nicht so bequem, aber zur Not wird es reichen."

„Das wäre super!", rief McCaffrey erleichtert.

Die Unterkunft von Irfan Begic war klein aber fein und sehr ordentlich aufgeräumt.

„Nett hast du's hier", meinte Joe zustimmend. „Bist du ständig auf diesen Stützpunkt?

„Für die nächsten Monate schon. Ich bin für den Warentransport im Gebiet des Großen Sees zuständig", antwortete Begic und begann in einer Schublade zu kramen.

„Ah, da ist das Teil ja."

Mit beiden Händen zog er einen rechteckigen Kunststoffbehälter in der Größe eines Schuhkartons aus der

Lade hervor. „Das müsste für das kleine Schleimmonster reichen."

„Schaut gut aus", meinte Joe und nahm den Behälter entgegen. „Darin kann ich das Vieh sicher verwahren.

„Du solltest etwas Wasser hineingeben", schlug ihm Begic vor. „Das Tier sieht aus, als könnte es leicht vertrocknen."

Tatsächlich war die Luftqualle bei weitem nicht mehr so schwabbelig. An manchen Stellen schien sie schon Sprünge zu bekommen, ähnlich der Oberfläche verdorrter Erde.

„Eigentlich ist es mir egal, ob das Ding verreckt oder nicht", entgegnete Joe kalt. „Hauptsache ich bekomme den Professor zu fassen."

„Da würde ich mir aber nicht so sicher sein, ob sich der Mann auch mit einem toten Tier in die Falle locken lässt", sagte Begic.

„Stimmt auch wieder. Wo hast du denn Wasser?"

„Im Badezimmer. Die Tür raus, rechts und dann links", erklärte ihm sein Kumpane.

McCaffrey füllte einige Zentimeter Wasser in den blauen Behälter und warf dann Sami hinein. Er lag wie ein nasser Sack da und rührte sich nicht.

„He, was ist los? Bist du schon krepiert?"

Als wolle Sami McCaffrey zeigen, dass dem nicht so sei, begann er sich im kühlen Nass zu räkeln und zu wälzen.

„Na also, scheinst ja noch okay zu sein."

McCaffrey verschloss den Behälter und ging damit zurück zu Begic ins Wohnzimmer.

„So, der wäre soweit versorgt", sagte er und stellte die Box am Fußboden ab. „Jetzt werde ich mir gleich mal den Professor vorknöpfen."

McCaffrey griff nach seinem Telepathiekontakt unter dem Ohr und stellte eine Verbindung her.

An den raschen Pupillenbewegungen konnte man erkennen, dass er sich angeregt mit Professor Wu unterhielt. Langsam machte sich ein Grinsen in McCaffreys Gesicht breit. Begic sah wie Joe wieder seinen Finger von dem *Ide-Tel-Chip*-Kontakt nahm und fragte sogleich neugierig: „Und, wie ist es gelaufen?"

„Prima, hätte nicht besser sein können. Der Mann ist lammfromm geworden als ich ihm mitteilte, dass ich sein Tierchen trocken lege wie eine Dörrpflaume, wenn er nicht die Pläne für die Waffe samt dazugehöriger Software herausrückt. Morgen treffen wir uns im >ehrlichen Ganoven<".

Begic grinste.

„Ich dachte du wolltest den Professor entführen? Jetzt sprichst du wieder von einer Waffe."

„Ich habe meinen Plan geändert. Den Professor zu entführen ist vielleicht doch nicht so einfach. Der BdG geht es ja eigentlich nur um eine spezielle Waffe, die er erfunden hat. Deshalb wird es einfacher sein, nur die Baupläne dafür zu erpressen", meinte McCaffrey zuversichtlich.

„Wie stellst du dir das Ganze eigentlich vor? Der Professor hat schon den Can hinters Licht geführt, er wird es bei dir erst recht versuchen."

„Das soll er einmal probieren, dann kann er seine Qualle als Fußabstreifer verwenden", sagte Joe böse.

„Schlage vor, wir hauen uns gleich mal aufs Ohr. Morgen geht's früh los", wechselte Begic das Thema. „Du kannst auch auf dem Sofa pennen, wenn dir das lieber ist."

McCaffrey ließ sich der Länge nach auf das Möbelstück fallen.

„Super, ist ja bequemer als ich gedacht habe. Ja, ist mir lieber als deine aufgeblasene Matratze."

Begic wünschte noch eine gute Nacht und begab sich ins Schlafzimmer.

Joe entledigte sich seines Overalls, legte ihn zu einer Rolle zusammen und verwendete ihn als Kopfkissen. Schnell war er eingeschlafen. Im Raum war es totenstill. Nur hin und wieder war ein leises Plätschern zu hören, wenn sich Sami im Behälter bewegte.

Die beiden Sonnen des *Prokyon*-Systems waren soeben über dem fernen Horizont aufgegangen und überfluteten die spiegelglatte Fläche des Großen Sees mit grünlichem Licht. Etwa elftausend Meter darüber flog ein Anti-G der BdG in Richtung Norden. Die beiden Insassen, Joe McCaffrey und Irfan Begic, unterhielten sich über ihre Arbeit.

„Dein Job würde mir auch gefallen. Wie bist du denn dazu gekommen?", wollte Joe wissen.

„Ganz einfach, ich habe mich beworben und nach zirka einem halben Jahr wurde ich genommen."

„Was, das geht so schnell?"

„Fairer Weise muss ich noch dazu sagen, dass mein Vorgänger bei einem Einsatz ums Leben kam und ich seinen Job bekam."

„Also Glück gehabt?"

„Ja, ich schon. Der Kollege nicht."

Nach etwa zwei Stunden waren sie im Sinkflug auf *Tepek*. Die vielen Bauten aus Glas und Stahl funkelten hinter der gläsernen Sphärenkuppel. Ein großes Transportschiff legte gerade am Hafen an, als der Anti-G mit

Begic und McCaffrey vor einem flachen Gebäude aufsetzte.

„So, da wären wir. Du kannst von hier mit der U-Bahn ins Zentrum fahren. Gleich um die Ecke ist eine Station. Das Polizeipräsidium hat eine eigene Haltestelle.“

„Vielen Dank, Irfan. Das war sehr nett von Dir, dass du mich mitgenommen hast. Bis zum nächsten mal. Tschüss!“, verabschiedete sich Joe von seinem neuen Freund. „Alles klar! Wir laufen uns sicher wieder mal über den Weg. Ich wünsche dir noch alles Gute bei deinem Auftrag.“

Begic verschwand in dem flachen Gelände und McCaffrey marschierte mit seinem Behälter zur U-Bahnstation. Argwöhnisch beobachteten ihn dort die wartenden Leute.

„Keine Angst, da sind nur ein paar Fische für mein Aquarium drin“, wollte er die Gaffer um sich beruhigen.

„Ich finde den Behälter etwas ungewöhnlich“, meinte ein älterer Herr.

Joe zuckte als Antwort nur mit den Schultern.

Er musste nicht lange warten, bis die nächste U-Bahngarnitur einfuhr. Keuchend stellte er die Wanne auf einen der Sitze ab. Auch wenn sie nur ein paar Kilo wog, war das Ding nicht zuletzt wegen seiner Unhandlichkeit sehr schwer zu tragen.

Eine Viertelstunde später erreichte die U-Bahn das Polizeipräsidium. McCaffrey und zwei Uniformierte waren die einzigen, die den Zug verließen.

Das Polizeipräsidium war, wie die meisten anderen Gebäude, ein moderner, mehrstöckiger Bau aus getöntem Glas. Längs des Haupteingangs standen mehrere Polizeifahrzeuge und Polizei-Anti-Gs fein säuberlich aufgereiht. McCaffrey schaute sich aufmerksam um. Am anderen Ende der Straße konnte er die Gaststätte *„Zum ehrlichen*

Ganoven" erkennen. Zum Glück hatte McCaffrey einen Arbeitsoverall an, weshalb er mit dem Behälter in der Hand nicht sonderlich auffiel. Während er die Straße entlang ging, durchdachte er noch einmal sein weiteres Vorgehen. Joe überlegte sich die möglichen Szenarien:

„Entweder der Professor schaltet die Polizei ein und ich wandere hinter Gitter. Was ich mir nicht vorstellen kann, denn er würde davor noch die Luftqualle töten, und das kann Professor Wu ja wirklich nicht wollen. Oder möglich wäre aber auch, dass er mir nutzlose Pläne der Antimateriewaffe übergibt. Das könnte ich als Laie gar nicht überprüfen. Egal, wird schon schiefgehen."

McCaffrey grinste und begann gut gelaunt ein Liedchen zu pfeifen.

Das Gasthaus „*Zum ehrlichen Ganoven*" passte vom Aussehen her so gar nicht in seine Umgebung. Mit den roten Ziegelwänden, den kleinen Fenstern und dem formschönen Satteldach war es zwar sehr hübsch anzusehen, doch wirkte es zwischen den modernen Glasbauten, als hätte man vergessen es zu entfernen. Tatsächlich war es das älteste Gebäude der Stadt und stand deshalb unter Denkmalschutz. Früher diente es einmal als Raststation der intergalaktischen Armee. Von hier aus wurde von den Militärs der Planet erkundet.

McCaffrey blickte auf seine Armbanduhr. Es war kurz vor zehn Uhr vormittags. Noch hatte er über eine Stunde Zeit bis zum vereinbarten Zeitpunkt. „Egal", dachte er, „ich werde mir halt ein oder zwei gemütliche Biere genehmigen."

Pauli, der ja auch noch immer in der Brusttasche von McCaffreys Overall steckte, war am Ende seiner Kräfte. Was hat dieser Idiot bloß mit ihm vor? Warum hat er ihn nicht im Zoo liegen gelassen oder ihn gleich getötet? In der Brusttasche war es warm, eng und stickig. Da Mc-Caffrey schwitzte, konnte er genügend Feuchtigkeit über die Haare aufnehmen und sich so laufend mit Wasser versorgen. Das darin enthaltene Salz wurde dabei herausgelöst, sodass sein Pelz bereits stark verkrustet war. Wie die Borsten einer Drahtbürste standen seine Haare in allen Richtungen ab. Doch das war kein Problem für Pauli. Schlimm war nur, dass es in seinem „Gefängnis" viel zu dunkel war und er zu wenig Licht abbekam. Infolgedessen schwanden seine Kräfte immer mehr und mehr. Bald würde er ohnmächtig werden. Er musste jetzt schnell handeln, bevor es zu spät war. Da hatte Pauli eine Idee. Er drückte sich gegen die Innenseite der Brusttasche. Dabei stachen seine borstigen Haare wie Bartstoppeln durch den Stoff. Er hoffte, so seinen Entführer dazu bewegen zu können, ihn heraus zu nehmen. Sein Versuch hatte Erfolg.

„Verdammt! Das Ding sticht ja wie ein Igel", fluchte er und zog den Reißverschluss genervt auf. Doch mit Pauli's Reaktion hatte er absolut nicht gerechnet. Noch ehe er sich versah, flitzte Pauli wie ein behaarter Kugelblitz aus der Tasche und war auch schon in einer Seitenstraße verschwunden.

„Hey, komm sofort zurück, du kleine, dreckige Fellkugel!!!", brüllte McCaffrey hinterher.

„Scheiße, der ist weg", musste er ärgerlich erkennen. „Aber egal, irgendwie werde ich es Fiep Makundo schon heimzahlen. Dazu brauche ich dieses dämliche Knäuel nicht. Hauptsache ich habe die Qualle noch."

Als McCaffrey das Gastzimmer des „ehrlichen Ganoven" betrat, war kein einziger Gast anwesend. Der Gasthof hatte gerade mal geöffnet. Auch von Professor Wu war noch weit und breit nichts zu sehen. Naja, er war schließlich auch viel zu früh dran. Eine junge, eigenartig gekleidete Kellnerin, nahm die Bestellung auf.

„Dauert hier in *Tepek* der Fasching länger?“, erkundigte sich Joe als ihm die Frau ein Bier auf den Tisch stellte.

„Falls Sie auf meine Kleidung anspielen, das ist eine traditionelle Tracht aus dieser Gegend, Sie Witzbold“, antwortete sie etwas eingeschnappt.

„Entschuldige, warum denn gleich so empfindlich? War doch nur ein Späßchen.“

Säuerlich lächelnd ging die Kellnerin wieder davon, nicht ohne einen neugierigen Blick auf den Behälter zu werfen, den McCaffrey neben sich auf einen Stuhl gestellt hatte. Einen anderen Gast hätte sie wahrscheinlich um den Inhalt dieses Bottichs gefragt, doch der junge Mann da war ihr unsympathisch, und deshalb hatte sie auch keine Lust mit ihm zu sprechen.

Es war genau Punkt zwölf Uhr, als ein alter Mann das Gastzimmer betrat. Er war mit einem dunklen Anzug bekleidet. Die auffallend bunte Krawatte wirkte äußerst unpassend. Unter seinem Arm hatte er eine Aktentasche geklemmt. McCaffrey war sofort klar, dass es Professor Wu war.

„Hallo Herr Professor!“, rief Joe ihm zu und winkte mit der Hand. Wu kam zu ihm an den Tisch und streckte ihm die Hand entgegen. Dabei warf er einen Blick auf den blauen Behälter.

„Sie sind Joe McCaffrey? Ich habe Sie mir anders vorgestellt, vor allem älter“, sagte der Professor ohne ein Wort des Grußes. „Wie ich sehe, haben Sie Sami bereits mitgebracht.“

„Wenn Sie mit Sami dieses schleimige Ding meinen ... ja gewiss, der ist hier drin.“

Er öffnete den Behälter. Erschrocken schlug er den Deckel wieder zu, als er sah, dass sich Sami mit einem kräftigen Satz in Richtung Behälterrand aus dem Staub machen wollte. „Hallo Freundchen, wo willst du denn hin? So haben wir nicht gewettet."

Professor Wu grinste.

„Ja, ja, Sami mag es gar nicht, wenn er eingesperrt ist."

„Der soll froh sein, dass er nicht mehr in meiner Hosentasche steckt", entgegnete Joe verärgert.

„Was, Sie hatten Sami in ihre Hosentasche gesteckt? Das wird er Ihnen nie verzeihen", sagte Wu grimmig.

„Er hat's ja überlebt", erwiderte McCaffrey nur. „Aber kommen wir zur Sache. Ich hoffe, Sie haben alles was ich haben möchte in Ihrem Täschchen."

„Sicher doch, Herr McCaffrey. Natürlich konnte ich hier in *Tepek* keine Waffe zusammenbauen, dazu fehlten mir die technischen Mittel. Aber ich habe sämtliche Pläne für die Hard- und Software, die zum Bau einer Antimateriewaffe notwendig sind mitgebracht."

Professor Wu nahm gegenüber McCaffrey Platz und legte die Aktentasche auf den Tisch.

„Mehr habe ich auch nicht verlangt", sagte Joe zufrieden und zündete sich eine Zigarette an.

Professor Wu öffnete die Tasche und schob McCaffrey zwei Mappen vor die Nase.

„Sehen Sie, hier haben Sie alles Schwarz auf Weiß, nur um sich ein grobes Bild darüber zu machen. Selbstverständlich ist das Ganze auch auf Datenträgern gespeichert", meinte Professor Wu. Er nahm zwei kleine, in Folie geschweißte Chips und reichte sie Joe.

„Sehr gut ... Ausgezeichnet", murmelte Joe, während er die Mappen durchblätterte. „Ich kann zwar mit diesem

Zahlen- und Formelngewirr nichts anfangen, aber ich denke mal, dass ich Ihnen vertrauen kann."

„Kann ich jetzt meine Luftqualle haben?"

„Sicher, hier bitteschön", sagte Joe und stellte den Behälter mit Sami vor Professor Wu auf den Tisch. Hastig hob er den Deckel herunter. Fröhlich quickend schwebte Sami heraus und begann sich wie verrückt im Kreis zu drehen. Wie der Schmutz von einem rotierenden Autoreifen spritzte das Wasser rund um Sami weg.

„Aaaah", brüllte McCaffrey und wich erschrocken zurück – „Der bespritzt mich ja von oben bis unten. Sagen Sie ihm sofort, dass er damit aufhören soll"

„Ist schon gut Sami, du bist ja wieder bei mir", lachte der Professor und setzte sich die Luftqualle auf seine Schultern.

McCaffrey wischte sich mit den Händen sein Gesicht trocken. „Spaßvogel", presste er zynisch hervor.

Wu blickte auf seine Uhr und meinte: „Ich habe noch einen wichtigen Termin und muss mich leider verabschieden."

„Schad, ich hätte gerne mit Ihnen auf unseren kleinen Deal angestoßen", beteuerte McCaffrey heuchlerisch.

„Vielleicht ein anderes Mal, Herr McCaffrey. Ich muss jetzt los. Auf Wiedersehen!"

„Brauchen Sie den Behälter nicht?", wollte Joe dem Professor noch nachrufen, doch dieser war bereits, mit Sami auf seiner Schulter bei der Ausgangstür angelangt.

Erst jetzt fiel Joe auf, dass er noch immer alleine in der Gaststube saß, obwohl Mittagszeit war. „Komischer Laden", dachte McCaffrey. Und noch bevor er sich bei der Kellnerin erkundigen konnte, wo denn die ganzen Gäste seien, brach das Desaster los.

„Was hast du denn Pauli? Suchst du irgendetwas?“, fragte Fiep seine Hauskugel genervt. „Was soll die Rumhopserei vor dem Fenster?“

Als die Zuggarnitur in die nächste Station einfuhr, flitzte Pauli zur Tür und, als sich diese öffnete, hinaus auf den Bahnsteig.

„Halt Pauli! Wo willst du hin?“, rief Fiep nach. „So warte doch!“

Die Freunde hatten Mühe ihm zu folgen. Als sie es endlich alle auf den Bahnsteig geschafft hatten und der Zug sogleich wieder losgefahren war, hatte Pauli bereits den Ausgang der Station erreicht.

„Pauli, mach mal langsam! Ein alter Mann ist kein Schnellzug“, scherzte Fiep und stolperte mit seinen Freunden Pauli hinterher. Pauli hielt für einen Moment inne. Kaum waren sie wieder zusammen, rollte die Kugel auch schon wieder los.

„Da bin ich aber neugierig, wohin du willst“, schnaufte Gerry, als sie eine Straße überquerten.

Schließlich standen die sechs Freunde vor dem Tor eines großen Gebäudes.

POLIZEIPRÄSIDIUM TEPEK

war über dem Eingang zu lesen.

„Was um alles auf der Welt willst du denn bei der Polizei, Pauli?“, fragte Klerila verwundert. Pauli rollte eine Umdrehung nach vorn und dann wieder zurück.

„Aha, du willst uns etwas sagen“, bemerkte Fiep. „Aber dazu brauchen wir natürlich einen Gedankenumwandler, den es hier im Polizeipräsidium sicher gibt.“

Pauli rollte wieder vor und zurück.

„Kluger Junge", lobte Fiep, „hören wir uns gleich mal an, was du uns zu sagen hast."

Zunächst wollten die Beamten nicht verstehen, dass sie wegen einer Hauskugel ihren Gedankenumwandler einsetzen sollten. Der Betrieb des Gerätes war nämlich nicht gerade billig. Doch als Gerry erwähnte, dass Pauli aus dem Zoo der *Proconsul* kam, wurden die Leute hellhörig.

„Das Tier kommt von Bord der *Proconsul*? Warum haben Sie das nicht sofort gesagt? Gestern wurde von dort ein Überfall auf eine Tierärztin gemeldet", sagte einer der Polizisten. „Dann sollten wir uns unbedingt sofort anhören, was uns die Hauskugel zu sagen hat."

Ein Polizist nahm Pauli und legte ihn vor ein Gerät, das aussah wie ein Parabolspiegel.

„So Pauli, nun erzähle uns bitte was du über den Vorfall weißt", sagte der Polizist freundlich.

Er schaltete das Gerät ein und sogleich begann eine blecherne Computerstimme monoton zu erzählen:

„Also, das war so. Ich war gerade mit der Pflege meines Fells beschäftigt, als To-Pan und der junge Mann in unser Gehege kamen. Zunächst schien alles friedlich. Die beiden unterhielten sich über etwas. To-Pan nahm meinen Freund Sami aus seinem Versteck, als der Mann sie mit so einem komischen Ding bewusstlos machte. Er griff nach Sami und setzte ihn ebenfalls mit dem Gerät außer Gefecht. Darauf steckte er den armen Sami in die Brusttasche seines Overalls. Jetzt konnte ich nicht mehr länger zusehen. Ich musste handeln. Mit einem Elektroschockimpuls wollte ich den Unmenschen zur Strecke bringen. Doch der Strahlenschutzschild des Mannes hat einen Teil der Energie zurückgeworfen und mich kampfunfähig gemacht. Als ich wieder aufwachte, steckte ich in einer seiner Overalltaschen. Später konnte ich eine Unterhaltung mit seinem Kollegen mithören. Dem verriet er, dass er einen Professor im *ehrlichen Ganoven* treffen möchte, um mit Hilfe von Sami etwas zu erpressen. Nach endlos langen Stunden gelang mir schließlich die Flucht. Ich konnte dann ganz schwach ein *Ide-Tel*-Signal meines Herrchens empfangen. Ich bin dem Signal gefolgt, bis ich mein Herrchen und seine Freunde entdeckt hatte. Sie waren soeben dabei, an Bord eines Ausflugsschiffes zu gehen. Ich bin dann sofort zu meinem Herrchen und habe es begrüßt. Da kam so ein kleiner Dicker und meinte, dass ich auf dem Schiff nichts verloren hätte und brachte mich von Bord. Ich musste dann über zwei Stunden im Hotel warten...“

„Brav Pauli, das hast du gut gemacht“, unterbrach in Fiep, „ aber den Rest der Geschichte kennen wir ja.“

Fiep setzt seinen Liebling wieder sanft auf den Fußboden und der Polizist schaltete den Gedankenumwandler wieder ab.

„Sehr gut gemacht, Leute. Wir werden jetzt sofort Professor Wu informieren und gemeinsam einen Plan ausarbeiten, wie wir diesen McCaffrey schnappen können“, sagte ein älterer Polizeibeamter in Zivil.

„Bedanken Sie sich bei Pauli, ohne ihn wären wir jetzt nicht hier“, meinte Fiep.

„Ja sicher, vielen Dank Pauli.“

Der Beamte bückte sich zu Pauli und kraulte sein weiches Fell. Pauli schnurrte wie ein Kätzchen und drehte sich im Kreis, als wolle er vor Freude tanzen.

„Das ist aber ein lustiges Kerlchen“, lachte der Mann.

„Okay, kommen wir zur Sache. Ich bin Kriminaloberinspektor Stefan, Wilhelm Stefan“, stellte sich der Zivile vor. Ich werde die Ermittlungen zu dem Vorfall auf der

Proconsul leiten. Da ja dank Pauli der Überfall geklärt ist, müssen wir eigentlich nur mehr den Täter festnehmen. Und dabei soll uns Professor Wu behilflich sein."

Stefan drückte seinen *Ide-Tel-Chip* und führte ein Gedankengespräch. Dann wandte er sich wieder den Freunden zu.

„Hört zu, ich habe mit Professor Wu folgenden Plan...", begann er und alle spitzten die Ohren.

*

Mit einem lauten Knall wurde die Eingangstür aufgerissen. Zwei vermummte, mit Helmen und kugelsicheren Westen ausgerüstete Männer einer Spezialeinheit, stürmten in das Gastzimmer. Hinter McCaffreys Tisch wurden Fenster aufgerissen und es sprangen auch hier zwei vermummte Männer in Schutzkleidung in das Gastzimmer. McCaffrey, der just in dem Moment von seinem Bier trinken wollte, schüttete sich vor Schreck den kalten Gerstensaft über die Brusttasche seines Overalls. Noch bevor er einen klaren Gedanken fassen konnte, wurde er auch schon von einem der Polizisten zu Boden gerissen.

Hart knallte er auf die Dielen des Holzbodens, wo sich der Inhalt des Bierglases verteilt hatte. Seine Wange klebte unangenehm auf dem nasskalten Boden. Joe brachte außer krampfhaftem Gestöhne keinen Ton mehr hervor. Er merkte, wie ihm seine Arme mit Handschellen am Rücken zusammengebunden wurden.

„Lasst ihn aufstehen", hörte er eine rauchige Stimme über sich. Joe wurde hochgezogen.

„Junger Mann, ich verhafte Sie wegen Raubes, schwerer Körperverletzung und Erpressung streng geheimer Unterlagen", sagte die rauchige Stimme. Erst jetzt sah

Joe, dass dieser Mann keine Kampfuniform trug, sondern einen hellen Nadelstreifanzug.

„Sie sind wohl der Oberfuzzi dieser wildgewordenen Herde?", presste Joe zornig hervor.

„Abführen!", bellte der Mann nur.

Mit groben Griffen an seinen Oberarmen zogen ihn die Uniformierten fort. Joe warf dem Zivilen einen verächtlichen Blick zu.

„Wie ein blutiger Anfänger bin ich denen in die Falle gelaufen. Aber freut euch nicht zu früh, meine Leute werden mich bald wieder rausholen", dachte McCaffrey verärgert.

Er wurde zu einem Einsatzwagen der Polizei geführt und unsanft hinein gestoßen. Joe saß zwischen zwei Polizisten im Fond und der Beamte im Nadelstreif vorne beim Fahrer. Das wasserstoffbetriebene Polizeifahrzeug, das eine Kombination aus Anti-G und Amphibienfahrzeug war, also in der Luft, an Land und zu Wasser unterwegs sein konnte, setzte sich leise in Bewegung und fuhr die paar hundert Meter zum Polizeipräsidium zurück.

Gerade als McCaffrey über die Treppen zum Eingang geführt wurde, kamen Gerry, Klerila, Max, Elli, Iwo, Fiep und Pauli aus dem Gebäude.

„Du hast mir gerade noch gefehlt, Affengesicht", zischte Joe gereizt. „Haste auch was ausgefressen?"

„Nein, McCaffrey, zum Unterschied von dir sind wir freiwillig hier. Genauer gesagt sind wir hier, weil du hier bist", antwortete Fiep amüsiert.

Joe sah Fiep verwundert an.

„Bevor du weiter so dämlich schaust will ich es dir kurz erklären. Dass sie dich geschnappt haben hast du Pauli zu verdanken. Er hat uns verraten was du mit Professor Wu vor hattest. Die Polizei konnte dann mit dem

Professor kurzerhand einen Plan ausarbeiten, der, wie du sicher schon bemerkt hast, zu deiner Festnahme führte", feixte Fiep.

„Diese verdammte Hauskugel. Ich hätte sie sofort töten sollen, anstatt sie mit mir herumzuschleppen", fluchte Joe. „Was bin ich doch für ein Idiot!"

„Endlich hast du einmal was richtig erkannt", sagte Fiep. „Pauli ist halt einmal sehr nachtragend, wenn man ihm mit einem Laser den Pelz versengt." (Nachzulesen im 1.Teil: *Die Waffe des Teufels*)

Pauli hüpfte in die Luft und begann sich bei der Landung wie ein Kreisel zu drehen. Dabei gab er schrille Quietschlaute von sich. Alle bis auf McCaffrey mussten lachen. Dem war das Lachen vergangen.

„Halt's Maul, du dämlicher Wollknäuel! Irgendwann krieg ich dich schon!", schrie McCaffrey vor Wut kochend und trat nach Pauli. Doch die beiden Beamten packten ihn an den Oberarmen und stießen ihn weiter, sodass sein Fußtritt ins Leere ging.

„Vorwärts, Ihr Plauderstündchen können Sie später mit dem Staatsanwalt führen", sagte einer der Männer.

Die Polizisten verschwanden mit dem Ex-Hoko-TiR-Schüler in dem Gebäude.

Im Hotel machte die Geschichte von McCaffreys Verhaftung schnell die Runde.

7. KAPITEL

DER ANSCHLAG

Am nächsten Morgen stand die *Admiral Münster* schon um sieben Uhr startklar an der Anlegestelle. Die Crew hatte die Zeit genutzt, das Luftkissenboot wieder auf Vordermann zu bringen. Schmutz und Staub waren verschwunden und das Sonnenlicht funkelte an den blank geputzten Fenstern. Die Gesichter des Personals strahlten mit dem verchromten Geländer der Reling um die Wette, als die Schüler an Bord gingen. Ein leichtes, laues Lüftchen wehte.

„Ein herrlicher Tag!", sagte Gerry zu Klerila. „Ich freue mich schon auf die *Petlangschlucht*."

„Ich auch", meinte Klerila, „dagegen ist euer Grand Canyon auf der Erde ein bescheidenes Rinnsal."

„Na, na, na, so angeben brauchst du mit deiner Schlucht auch wieder nicht. Dafür gibt es bei uns richtig große Meere, nicht zwei so mickrige Tümpel wie ihr sie habt", konterte Gerry.

Die *Admiral Münster* glitt mit einem leisen Surren der beiden Triebwerke in einen eleganten Bogen aus dem Hafenbecken hinaus auf den *Rio Isadora*. Unterirdisch ging es wieder unter der Sphärenkuppel ab nach draußen, auf die weite Fläche des Großen Sees. Die *Admiral Münster* fuhr jetzt auf dem Wasser, in etwa fünf Kilometer Entfernung, die Küste entlang. Weil hier die Berge steil zum Ufer abfielen, war eine Weiterfahrt am Ufer nicht mehr möglich. Die gewaltige Gebirgskette der *Roten Berge* hatte an der Steilküste ihr Ende. Die Schienen einer Magnetschwebebahn schwangen sich wie silberne Bänder in zirka einhundert Meter Höhe entlang der Felsen, nur manchmal durch den Berg führende Tunnels unterbrochen. Das Dach des Luftkissenbootes war zu einer Aussichtsterasse ausgebaut, die mit Tischen und Bänken ausgestattet war. Alle Schüler hatten sich dort oben versammelt und warteten auf To-Pan. Die Ex-Bi-Lehrerin wollte einen Vortrag über die Tier- und Pflanzenwelt halten. Der Fahrtwind wehte warm und spielte mit den Haaren der Anwesenden. Alle trugen sie wieder ihre Gesichtsmasken.

„Die Fauna und Flora der *Roten Berge* ist einzigartig auf *Alpha CMi IV*", begann To-Pan und klopfte dabei mit der flachen Hand auf einen Tisch, um die Aufmerksamkeit der Schüler auf sich zu lenken. Die Unterhaltungen verstummten.

„Sie ist nicht nur auf diesem Planeten einzigartig, sondern auch im ganzen uns bekannten Kosmos. Da gibt es zum Beispiel intelligente Pflanzen, die *Negalodondren*. Das sind Fleischfresser, die vom Aussehen her den Seerosen ähneln und flach auf dem Boden wachsen. Sie lassen sich ihre Beute quasi servieren. Mit einem ganz besonderen Botenstoff betören sie eine Insektenart, die mit den Ameisen auf der Erde verwandt ist. Der Botenstoff wirkt wie ein Halluzinogen und veranlasst diese Insekten, Maden, Raupen, Fliegen und ähnliches Getier zu fangen, zu töten und den *Negalodondren* zum Fraß vorzuwerfen. Und es gibt dort tatsächlich so etwas wie kleine Drachen. Genauer gesagt sind es feuerspeiende Leguane, die *Demijanos*. Aus ihren Mäulern können sie bis zu 600° C heiße und bis zu fünfzehn Meter lange Flammen schleudern. Schon so manches verheerendes Buschfeuer wurde von den gefährlichen Tieren ausgelöst. Zwar setzen sie ihren Flammenwerfer nur beim Beutefang und zur Verteidigung ein, doch wenn das Buschland am Fuße der Berge nach längeren Regenpausen sehr trocken ist, kann es sich dabei natürlich leicht entzünden. Aber kein Schaden in der Natur, wo nicht auch ein Nutzen ist. Durch das Abbrennen alter Vegetation bildet sich wieder fruchtbarer neuer Nachwuchs.

„Aber der Mensch gehört nicht zufällig zur Beute dieses Wesens?", fragte Elli einmal vorsichtshalber.

„Nein, es lebt in kleinen Gruppen und ist ein eher scheues Tier. Seine bevorzugte Jagdbeute sind kleine Nager, aber auch Blätter und Gräser frisst es gerne."

„Praktisch ist, dass es sich seine Beute gleich grillen kann. Medium oder ganz durch, je nach Geschmack", meinte Iwo, worauf lautes Gelächter ausbrach.

Auch To-Pan grinste.

„Manchmal kommt es aber vor, dass sich ein Tier von der Gruppe absondert und zum Einzelgänger wird. Diese *Demijanos* sind dann unberechenbar und extrem gefährlich. Da ist es aus mit lustig, seht selbst."

To-Pan projizierte mittels eines kleinen Apparates, den sie vor sich auf dem Tisch abgestellt hatte, ein Bild in die klare Seeluft über den Köpfen der Kinder. Eine Steppenlandschaft war darauf zu sehen.

„Hier seht ihr die Hochebene von *Santa Leone*, wo der *Demijanos* zu Hause ist", fuhr To-Pan fort.

„Aber auf diesem Bild sind doch nur Büsche. Wo ist denn jetzt der *Demijanos*?", unterbrach sie Klerila.

„Ja, das ist auch eine Sache, die diese Kreatur so gefährlich macht. Sie weiß sich perfekt zu tarnen. Wie ein Chamäleon nimmt es die Farben der Umgebung an, nur noch ungleich besser. Würdest du das Tier zum Beispiel vor dein Gesicht halten, Klerila, so würde seine Haut an der dir abgewandten Seite genau die Konturen und Farben sowie deine Gesichtszüge wiedergeben. Sein Körper scheint dann durchsichtig zu sein. Man kann es dann nicht mehr sehen. Darum kannst du auf diesem Bild auch nur Landschaft sehen." Da taucht am Bildrand ein gazellenartiges Tier auf. Spontan hält es inne und blickt misstrauisch in alle Richtungen, als hätte es irgendetwas bemerkt. Und plötzlich ein gelbroter Feuerstrahl. Er war aus dem Nichts aufgetaucht und traf das arme Wesen mit voller Wucht. Wie trockenes Heu ging das Fell des Tieres in Flammen auf. Kurz hüpfte der lodernde Feuerball noch wirr umher, bevor er funkensprühend zu Boden stürzte. Das mitleiderregende Geschöpf starb einen qualvollen Tod. Jetzt erst sah man, wie sich ein drachenartiges Wesen dem langsam erlöschenden Kadaver näherte.

„Seht ihr, der *Demijanos* hat seine Tarnung abgelegt und wir können es gut erkennen."

Die Schüler beobachteten wie der *Demijanos* mit seinem langen Schwanz Staub auf die Gazelle schleuderte und so die letzten Flammen erstickte. Dann machte er sich über seine Beute her.

„Habt ihr gesehen wie schnell so etwas geht? Aber normaler Weise geht der *Demijanos* dem Menschen aus dem Weg. Wie schon gesagt, gefährlich wird es nur bei Einzelgängern, die sind unberechenbar und können so gut wie alles und jeden angreifen."

„Sind die Tiere nicht eine ständige Gefahr für Wanderer und Besucher der Schlucht?", fragte Elli die Lehrerin.

„Nein, jetzt nicht mehr. Die Einzelgänger wurden vor einigen Jahren gechipt und können so von der Nationalparkaufsicht stets beobachtet werden. Es ist seither zu keinem Zwischenfall mehr gekommen."

„Mich würde interessieren, wie ein Organismus eine solche Stichflamme erzeugen kann. Ich habe mich das schon als Kind bei den Drachen in den Märchen gefragt. Aber bitte, das sind halt Märchen. Dass es so etwas tatsächlich gibt, hätte ich mir nicht gedacht", meinte Max verwundert.

To-Pan schaltete den Luft-Overhead wieder ab.

„So etwas gibt es auch nur hier. Anderswo im Universum ist ein solches Tier nicht bekannt. Aber zu deiner Frage, Max. Der *Demijanos* hat in seiner Kehle zwei kleine sehr harte Plättchen, die er durch Muskelkontraktion einander kurz reibt. Der dabei entstehende Funke entzündet eine brennbare Flüssigkeit aus den Magensäften, die mit hohem Druck aus dem Maul gepresst wird. Ich nenne es gerne ein biologisches Feuerzeug. Die Flamme kann das Zehnfache der Körperlänge erreichen und sehr zielgenau eingesetzt werden."

„Schützt uns eigentlich unser Strahlenschutzschild vor dem Feuer?", fragte eine kleine blonde Schülerin aus einer anderen Klasse. „Ja, natürlich. Es könnte höchsten sein, dass es ein bisschen wärmer um dich herum wird", antwortete To-Pan schmunzeln. „Darum immer den Schutzschild aktivieren, wenn ihr im freien Gelände unterwegs seid."

Es war schon Nachmittag als sich die *Admiral Münster* einer weiten fjordähnlichen Bucht näherte. Die Felsen führten hier besonders steil nach oben, sodass man den Eindruck bekam am Eingang eines Canyons zu sein. Die *Petlangschlucht* war erreicht. Die Schüler hatten das Mittagessen auf der Dachterrasse eingenommen. Als die Teller abserviert waren gab, Dr. Kaufmann das weitere Programm bekannt.

„Da wir hier so schön beisammen sitzen, möchte ich Ihnen sogleich das weitere Programm des Tages ankündigen", begann Dr. Kaufmann. „Wir werden jetzt in die *Petlangschlucht* ungefähr fünf Kilometer weit hineinfahren. Dort gehen wir an der sogenannten *Bucht der Gestrandeten* vor Anker. Ab hier bringt uns ein Lift bis auf das zweitausend Meter hoch gelegene *Petlang-Plateau*. Von einer eindrucksvollen Aussichtsplattform haben wir dann einen atemberaubenden Rundblick über das Gebiet."

„Klingt interessant!", rief Gerry begeistert.

„Das klingt nicht nur so. Das ist es auch ganz sicher", versprach Dr. Kaufmann lächelnd.

Die *Admiral Münster* zog ein weißes Band durch die grünliche Wasseroberfläche der imposanten Bucht. Wie die Säulen des Himmels wirkten die steil aufragenden Felsen links und rechts des Luftkissenbootes. Kein Sonnenlicht erreichte den Grund dieser einzigartigen Wasserstraße. Die Landschaft war in dämmrigen Halbschatten getaucht. Das Surren der Motoren wurde an den steilen Wänden vielfach reflektiert und erfüllte die Schlucht mit monotonem Brummen. Die Anlegestelle für die Besucherschiffe war eine große in den Felsen geschlagene Bucht. Ein Ausflugsschiff lag bereits an einem der Landestege vor Anker. Es war einer dieser historischen Raddampfer, wie sie normalerweise auf dem *Rio Isadora* in *Tepek* eingesetzt wurden. Die *Admiral Münster* gesellte sich neben den Raddampfer. Die Landbrücke wurde ausgefahren und die Schüler verließen in ordentlichen Reihen das Luftkissenboot. In der großen Aufzugkabine hatten beinahe alle Kinder Platz, nur eine kleine Gruppe musste mit der nächsten fahren. Geräuschlos und mit hohem Tempo ging es die zwei Kilometer senkrecht durch den Felsen auf das Plateau. Das Wetter war noch immer gut, nur hin und wieder verdeckte eine Wolke die wärmende Doppelsonne. Ein kaltes Lüftchen blies über die Hochebene.

„Wir warten hier noch auf den Rest der Leute", sagte Dr. Kaufmann, als sie ausgestiegen waren, „dann begeben wir uns gleich zur Aussichtsplattform."

Die Plattform war riesig. Sie hatte mehrere hundert Quadratmeter Standfläche. Ihr Boden war aus Glas und ließ einen Blick in die Tiefe zu. Auch die Umrandung war aus Glas und fast drei Meter hoch. Ein überklettern war unmöglich. Es wäre ohnehin nur ein potenzieller Selbstmörder auf eine solche Idee gekommen. Der Zugang zur Plattform war mit einem Zaun abgesperrt. Ein kleines Häuschen mit der Aufschrift „KASSA" befand sich neben einer drehbaren Stahlgittertür. Dr. Kaufmann wechselte mit der Dame im Kassahäuschen ein paar Worte und drückte seinen *Ide-Tel-Chip*. Dann winkte er die Schüler zu sich.

Am schnellen Rattern der Drehtür merkte man, dass es die Leute ziemlich eilig hatten auf die Plattform zu gelangen. Einige hüpften und trampelten auf der Glasfläche herum, als würden sie die Bruchfestigkeit testen wollen. Andere wiederum zeigten Respekt vor der großen Höhe und traten vorsichtig auf. Dann jedoch geschah etwas Unerwartetes. Ein Mädchen taumelte am ganzen Körper zitternd nach hinten und musste sich benommen am nebenstehenden Schulkameraden abstützen. Unerwartet deshalb, weil es sich bei dem Mädchen um Klerila handelte.

„Unsere kleine Klon-Schönheit schwächelt wohl ein bisschen“, lästerte eine weibliche Stimme. „Hat der große Professor Okic in punkto Höhenangst womöglich in seiner Trickkiste nach dem falschen Gen gegriffen?!“

Klerila funkelte ihr Gegenüber mit bösem Blick an. Doch war ihr im Moment nicht nach einem Streit zumute und sie wandte sich angewidert ab.

Francisca Garcia Torres-Schneider war eines der Mädchen, die ständig auf Klerilas perfektes Aussehen eifersüchtig waren. Natürlich versuchte sie jede ihrer sehr wenigen Schwächen und Makel an den Pranger zu stellen.

Torres-Schneider war ebenfalls ein sehr hübsches Mädchen und zudem auch noch steinreich. Oder besser gesagt ihre Eltern. Einer ihrer Vorfahren aus dem 22. Jahrhundert, Michael Albert Schneider, gründete die gleichnamige deutsche Firma *Schneider-Navigation*. Waren es anfangs Unfalldatenspeicher (Black Box) für Anti-Gs, macht der mittlerweile kosmosweit agierende Konzern heute hauptsächlich mit Software für Steuer- und Navigationscomputer von Raumschiffen Milliardengewinne.

Zu Klerilas großer Erleichterung ging Francisca Garcia Torres-Schneider wenigstens nicht in ihre Klasse. Lachend und mit ein paar weiteren spöttischen Bemerkungen über Klerila zu ihren Freunden, betrat Torres-Schneider die gläserne Plattform.

„Mach dir nichts daraus, Klerila, die ist ja nur neidisch, weil ihr IQ nur einen Bruchteil von deinem beträgt“, tröstete Elli ihre Freundin.

Klerila lächelte etwas säuerlich und fragte dann Elli mit flehendem Blick:

„Würdest du bitte mit mir hier am Eingang warten, Elli? Ich kann beim besten Willen nicht auf diese Plattform gehen“.

„Aber sicher, ich steh ohnehin nicht auf eine solche Art von Touristenattraktionen. Auch ich habe lieber festen Boden unter meinen Füßen", gab sich Elli kameradschaftlich.

Gerry und Iwo hatten sich auf den Glasboden gekniet und drückten ihre Nasen gegen die Panzerglasscheibe. Der Blick war atemberaubend. Senkrecht ging es zweitausend Meter in die Tiefe. Der *Petlangfluss* war nur mehr als schmales, dunkles Band zu erkennen. Ganz winzig konnte man die Anlegestelle mit den Booten sehen.

„Komm, schauen wir hinüber zu Fiep und Max", schlug Iwo vor, der die beiden am Plattformrand stehen sah. „Vielleicht kann man von dort bis zur Flussmündung sehen?"

Aber auch am äußersten Rand der Platte konnte man die Bucht nicht ausmachen, weil eine leichte Krümmung der Schlucht die Sicht versperrte. Dafür war ein Blick bis weit schluchtaufwärts möglich.

„Toll!", rief Gerry begeistert über die grandiose Aussicht. „Kaum zu glauben, dass dieser Planet eine solche Landschaftsvielfalt bietet."

In der allgemeinen Aufregung bemerkte keiner das kleine, rote Pünktchen, dass neben Gerrys Füßen am Glasboden eine dünne, helle Linie hinter sich herzog. Kleine Rauchwölkchen stiegen von dem sich rasch bewegenden Pünktchen hoch.

„Was ist das?", fragte Max plötzlich und rümpfte seine Nase.

„Was soll denn sein?", meinte Gerry, sich umsehend.
„Dieser Geruch nach Verbranntem."
Auch die anderen schnupperten jetzt um sich.
„Das riecht wie geschmolzenes...", sagte Gerry.

„...**GLAS!!!**“, unterbrach Fiep schreiend Gerrys Satz und stieß ihn mit einem Hechtsprung zur Seite. Im selben Moment hörte man das Bersten von Glas. Ein Kreischen ging durch die Menge. Gerry merkte noch kurz wie der Boden unter ihm nachgab, dann wurde er von Fieps Stoß umgerissen. Keine Sekunde zu früh.

Dort, wo Gerry soeben noch gestanden hatte, klaffte ein rundes Loch. Durch den gläsernen Boden sah er das ausgebrochene Stück in die Tiefe stürzen. Entsetzt liefen alle in Richtung Ausgang. Nur Gerry und Fiep blieben geschockt liegen und stierten dem, immer kleiner werdenden, gläsernen Bruchstück nach, bis es von der gähnenden Tiefe verschluckt wurde.

„Bitte bewahren Sie Ruhe, es besteht kein Grund sich Sorgen zu machen“, hörte Gerry eine beruhigend wirkende Stimme durch die Lautsprecher sagen. „Die Plattform ist vollkommen intakt und nur an einer Stelle leicht beschädigt. Aus Sicherheitsgründen muss die Plattform jedoch geräumt werden. Bitte begeben Sie sich langsam und geordnet zum Ausgang.“

Keiner der Leute hatte das Flugobjekt bemerkt, das sich gerade noch einhundert Meter über ihren Köpfen befunden hatte und blitzschnell zum Horizont hin verschwand.

Angestellte des Naturparks geleiteten die letzten Besucher von der Aussichtsplattform, bevor sie die Schadensstelle begutachteten. Die Freunde sahen, wie einer der Männer den Kopf schüttelte. Anscheinend waren sie ratlos.

„He Alter, dir ist aber schon klar, dass dir Fiep soeben das Leben gerettet hat?“, fragte Iwo aufgeregt.

„Ja, das hat er wohl“, antwortete Gerry mit belegter Stimme und wie in Trance zur Unglücksstelle starrend. „Danke Fiep!“

Fiep winkte ab.

„War doch selbstverständlich, oder sollte ich dich in die Tiefe stürzen lassen?"

„Ich meine, diese Reaktion von dir, das war schon Klasse", meinte Gerry, wieder halbwegs bei der Sache.

„Ach was, das hätte jeder gemacht", gab sich Fiep bescheiden.

Vor dem Eingang warteten Klerila und Elli. Schon von Weitem winkten sie die Freunde aufgeregt zu sich.

„Was ist denn passiert? Stimmt es, dass ein Schüler beinahe in den Canyon gefallen ist?!", rief Klerila aufgebracht.

„Dieser Schüler war ich", bemerkte Gerry kleinlaut.

„Um Gottes Willen! Was machst du denn für Sachen?"

„Ich kann nichts dafür. Plötzlich brach der Boden unter mir weg. Wenn Fiep nicht gewesen wäre, läge ich jetzt zerschmettert zweitausend Meter tiefer."

Klerila nahm Gerry wortlos in die Arme und bedeckte seinen Mund mit Küssen.

„Ich lasse dich nie, nie wieder auf eine solche dämliche Plattform", schluchzte sie. Tränen rollten über ihre Wangen.

Die beiden bemerkten nicht, dass sich Dr. Kaufmann, To-Pan und zwei weitere Männer näherten.

„Wer von Ihnen war bei dem Zwischenfall dabei?", fragte einer der Männer.

Sie trugen Uniformen der Nationalparkaufsicht.

Gerry hob seine Hand: „Ich wäre beinahe abgestürzt."

„Nach ersten Erkenntnissen wurde der Teil des Glasbodens, auf dem Sie standen, mit einem extrem gebündelten Hochenergie-Laserstrahl herausgeschnitten", sagte der ältere der Männer ihm trocken. „Haben Sie eine Ahnung, wer Sie da beseitigen wollte?“

„Mich beseitigen? Sie glauben doch nicht im Ernst, dass mich jemand töten wollte?“

To-Pan legte sanft ihre Hand auf Gerrys Schulter und sagte beruhigend:

„Gerry, das Ganze muss natürlich nicht dir gegolten haben. Und auch keinem anderen von euch“, fügte die junge Lehrerin, kurz in die Runde blickend, schnell hinzu. „Konnte vielleicht irgendwer etwas Auffälliges beobachten?“

„Nein, nicht das Geringste“, versicherte Gerry achselzuckend.

Auch Fiep, Max und Gerry schüttelten ihre Köpfe.

„Der Laser muss aber von irgendwoher abgefeuert worden sein“, meldete sich jetzt auch der jüngere der Männer. „Über Ihren Köpfen ist Ihnen nichts aufgefallen? Ein kleiner Flugkörper oder so etwas Ähnliches?“

„Das Einzige was wir bemerkt haben war dieser Geruch nach Verbranntem. Aber das ist ja logisch, wenn einem der Boden unter den Füßen weggeschmolzen wird“, fügte Fiep hinzu.

„Dazu möchte ich auch noch bemerken, dass auf einer Aussichtsplattform über einer Schlucht eher nach unten als nach oben geschaut wird“, entgegnete Gerry etwas zynisch.

„Das ist schon klar, aber wir vermuten, dass der Laserstrahl von einer *Butterfly-Sonde** abgefeuert wurde. Damit könnte ein Laser durchaus punktgenau aus der näheren Umgebung gesteuert worden sein“, bedeutete der Mann.

„Butterfly-Sonde", murmelte Iwo nachdenklich, „ja, das wäre schon möglich. So'n kleines Ding bemerkt definitiv keiner."

Während die Nationalpark-Leute noch weitere Schüler befragten, näherte sich ein Anti-G der Polizei. Es landete direkt vor dem Eingang zur Plattform, sodass einige Leute zurückweichen mussten. Zwei Polizisten in Zivilkleidung stiegen aus. Sie begaben sich sofort zur Plattform und begutachteten die Schadensstelle. Die beiden Aufsichtsorgane waren ihnen gefolgt und die vier unterhielten sich jetzt neben dem klaffenden Loch. Gerry sah, wie sich die Beamten bückten und an der Bruchstelle etwas untersuchten.

„Was machen die da?", fragte er Walter, der eben auch zu den Freunden hinzugetreten war.

„Weiß' auch nicht so genau. Wahrscheinlich kann man auf Grund der Schmelzspuren am Glas die Schussrichtung feststellen", vermutete Walter.

Anschließend kamen die Polizisten auf Gerry zu.

„Sind Sie Kadett Mayer?", fragte einer der Zivilpolizisten.

Mit seinen weit zusammenliegenden kleinen, dunklen Augen und der gewaltig abstehenden Hakennase erinnerte er Gerry an den Kopf eines Geiers.

„Ja, der bin ich. Und das ist mein Freund Fiep Makundo. Er hat mich im letzten Moment vor dem Absturz bewahrt", stellte Gerry auch Fiep vor.

„Da haben Sie großes Glück gehabt. Das Ganze scheint nämlich sehr hinterhältig geplant gewesen zu sein. Soweit wir nach bisherigen Erkenntnissen sagen können, wurde der Laser aus etwa fünfzig bis zweihundert Meter Höhe senkrecht abgefeuert. Dafür kann nur eine Butterfly-Sonde in Frage kommen. Ein solches Gerät kann noch aus mehreren Kilometern Entfernung punktgenau gesteuert werden“, erklärte der junge Polizist.

„Aber bitte, wer soll das gemacht haben?“, fragte Gerry aufgebracht. „Mir fällt einfach niemand ein, der mich so hasst, dass er mich töten möchte.“

Der Polizist machte eine Geste der Ratlosigkeit.

„Sicher ist nur Eines“, bemerkte er, „das war ein gezielter Anschlag auf Ihre Person und dafür muss wer einen guten Grund gehabt haben.“

Die Beamten nahmen noch die Daten von verschiedenen Personen, die sich zum Zeitpunkt des Vorfalles in der Nähe des Unglücksortes aufgehalten hatten, auf. Dafür konnten sie, nach dem Einverständnis der Betroffenen, mit einem speziellen Modem die Daten von deren *Ide-Tel-Chips* abrufen.

Die Freunde versprachen, sich sofort bei der Polizei zu melden, falls ihnen zu dem Vorfall noch etwas einfallen sollte. Darauf bestiegen die Polizisten wieder ihren Anti-G und machten sich vom Acker.

Die Schüler sammelten sich und fuhren mit dem Aufzug wieder hinab zu den Landestegen. Am Grund der tiefen Schlucht war die Dämmerung schon hereingebrochen. Die Bucht wurde von großen Flutlichtscheinwerfern erhellt. Entlang der Landestege waren Lichterketten angebracht. Die Lehrer mahnten zur Eile, um noch den Sonnenuntergang am Großen See erleben zu können. Wegen des häufigen Nebels über dem See ein seltenes Schauspiel. Es dauerte keine zehn Minuten, bis alle an Bord waren und die *Admiral Münster* ablegen konnte. Sie schafften es just noch rechtzeitig aus der Flussmündung in den offenen See. Als das Luftkissenboot, einen silbrigen Schweif an der glitzernden Wasseroberfläche hinter sich herziehend, aus der grandiosen Bucht in die Weite des Sees hinaus glitt, versanken die beiden Sonnen des *Prokyon*-Systems gerade am Horizont. Ein Farbenspiel aus grünem und violettem Licht überflutete die Landschaft.

„Wunderschön", schwärmte Elli, „ich hätte nie gedacht, dass ein Sonnenuntergang auf *Alpha CMi IV* so romantisch sein kann."

„Stimmt, obwohl hier ganz andere Farben im Spiel sind als auf der Erde", gab ihr Max Recht. „Es ist eine nahezu groteske Schönheit. Eben die einer fremden Welt."

Alle standen sie am Geländer der Aussichtsplattform und schauten verträumt über das funkelnde Wasser, bis der helle Streifen am Horizont allmählich verschwand. Kaum waren die wärmenden Sonnen am Horizont versunken, wurde es auch schon empfindlich kalt. Schnell stiegen die Passagiere hinab in die unteren Decks.

Im Morgengrauen des nächsten Tages erreichte die *Admiral Münster* die Bucht von *Hydronia*. Es war ein kleines, modernes Städtchen mit zahlreichen Parks und Grünanlagen. Viele suchten hier Erholung und Ausgleich vom Alltag. Sie kamen mit Ausflugsschiffen und Anti-Gs aus der weiteren Umgebung angereist. Die meisten aus der Hauptstadt *Terranico*, die sich genau am gegenüber liegenden Seeufer befand. Selbstverständlich hatte auch *Hydronia* eine Sphärenkuppel, um die Spaziergänge in den Parks ohne Sauerstoffmaske genießen zu können. Im Hafen von *Hydronia* lagen alle möglichen Schiffe vor Anker. Luftkissenboote und Schiffe der PRAS Coop. (**P**rokyon-**R**ailway-**A**ir and **S**paceflight **Coop**eration), derselben Gesellschaft, der auch die *Admiral Münster* angehört, sowie Raddampfer und private Yachten.

Die *Admiral Münster* hatte an einem Landesteg zwischen zwei anderen Luftkissenbooten Platz gefunden. Nach einem kurzen Fußmarsch erreichten die Hoko-TiR-Schüler mit ihren Lehrern und Ausbildern einen großen Parkplatz für Anti-Gs. Direkt daneben befand sich das Stationsgebäude der U-Bahn in die Stadt. Die Garnituren waren von der gleichen Bauart wie die in *Terranico*, nur die Tunnel und Stationsanlagen schienen neuer zu sein. An der Haltestelle „Stadtpark" stiegen die Hoko-TiR-Leute aus und sammelten sich im Eingangsbereich. Dr. Kaufmann stellte sich auf eine Stufe des Stationsaufganges, um seine Schüler überblicken zu können.

„Es ist bereits 22 Uhr und wir werden für heute Schluss machen. Das heißt, dass wir sofort zur Nachtruhe übergehen werden."

Ein Protest aus Pfiffen und Gemurre brauste auf.

"Ruhe bitte!"

Die Menge verstummte allmählich wieder.

„Ich habe auch eine gute Nachricht für Sie", fuhr er fort. „Es war nicht möglich, für diese Nacht eine Unterkunft in *Hydronia* zu bekommen, daher haben wir ein Zelt-Camp am Rande des Stadtparks organisiert. Na, was sagt ihr dazu?"

Diesmal brach Jubel los und Dr. Kaufmann schmunzelte zufrieden zu To-Pan. Das mit dem Zeltlager war ihre Idee gewesen.

„Hoch lebe Dr. Kaufmann!!", hallte es durch die U-Bahnstation.

Nachdem sich die Gemüter wieder beruhigt hatten, bat To-Pan noch einmal um Aufmerksamkeit.

„Hört bitte noch einmal kurz zu. Wie Dr. Kaufmann bereits erwähnte, ist sofort nach Erreichen des Lagers Nachtruhe. Eine Möglichkeit zu Duschen gibt es leider nicht, aber ihr könnt morgen zum Hafen fahren und dort selbstverständlich die sanitären Anlagen der *Admiral Münster* benützen. Toiletten gibt es auch im Park. Morgen steht euch der ganze Tag zur Verfügung. Ihr könnt euch die Stadt ansehen oder sonst was unter nehmen."

Wieder brauste Applaus auf.

„Aber bitte merkt euch", fuhr To-Pan fort, „spätesten um 17 Uhr wieder am Hafen zu sein, denn um 17 Uhr 30 legen wir ab. Wer zu spät kommt, kann selber schauen wie er nach *Prokyon 11* kommt."

Gleich über der Straße befand sich der Stadtpark und nur ein kleines Stück weiter waren schon die bunten Zelte des Camps zu erkennen.

Die Farben der Zelte entsprachen den verschiedenen Schulklassen. Die 1b hatte rot. Obwohl die 6-Personen-Zelte komplett gleich ausgestattet waren und sich in Größe und Form nicht unterschieden, kam es zu kleineren Streitereien, wer denn welches nehmen sollte. Schließlich schritt Dr. Kaufmann ein und teilte die Zelte einfach zu.

Der Campingplatz wurde von großen Scheinwerfern beleuchtet und in den Zelten waren auch Lampen angebracht, sodass es in der Nacht an Licht nicht fehlen sollte. Der Zeltboden wurde von sechs dünnen Matratzen mit einer Decke und einem Kopfkissen fast vollständig ausgefüllt. Wahrscheinlich waren die Zelte nur für vier Personen ausgelegt, doch hatten die Schüler ja kein Gepäck und deshalb war Platz für zwei weitere Schlafstellen.

Gerry ließ sich auf eine der Matratzen fallen und meinte: „Ganz bequem die Dinger. Mit Klerila wäre es zugegeben noch um einiges gemütlicher."

Dummer Weise hatten die Lehrer Buben und Mädchen getrennt. Die Vergangenheit hatte gezeigt, dass solche Maßnahmen durch aus sinnvoll waren. Mit Gerry im Zelt waren außer Iwo, Fiep und Max noch Adrian Springfield und Walter. Dieser hatte als Zeltkommandant für Ruhe und Ordnung zu sorgen.

„Ich würde mal sagen, wir hauen uns gleich aufs Ohr", sagte Walter und zog den Reißverschluss am Eingang zu. „Heute war ein aufregender Tag, nicht wahr Gerry?"

„Du hast Recht, mir zittern jetzt noch die Knie, wenn ich an den Abgrund unter mir denke", gab Gerry zu. Draußen hörten die Freunde noch eine Zeit lang Stimmengewirr und Gelächter, bis letztendlich ein schriller Befehl von Dr. Kaufmann dem Treiben ein Ende setzte. Bald waren sie alle eingeschlafen. Nachdem das Licht auch im Lehrerzelt erloschen war, breitete sich gespenstische Ruhe über der kleinen Zeltstadt aus. Die Lichter der Stadt drangen nur spärlich durch das Geäst der Bäume am Rand des Parkes. Niemand bemerkte das aufleuchtende Flimmern in einem der Zelte. Es war nur ein kleiner strahlender Fleck, geräuschlos und nur wenige Sekunden lang. Und doch war das der Beginn jenes Ereignisses, das später als der Fall „Halim-La-Can" in die Kriminalgeschichte von *Alpha CMi IV* eingehen sollte.

Am nächsten Morgen weckte Gerry ein dumpfer, kurzer Schmerz an seinem Unterschenkel auf.

„Entschuldigung" hörte er jemand sagen.

Gerry riss die Augen auf und blickte auf ein Hosenbein. Es gehörte Iwo, der ihm soeben auf sein Bein getreten war.

„Sorry, aber hier ist so wenig Platz", rechtfertigte Iwo sich.

„Nicht so schlimm, es wird sowieso Zeit aufzustehen. Eigentlich hätte mich Klerila wecken sollen; die ist eine Frühaufsteherin“, meinte Gerry, auf seine Uhr blickend.

„Wird wohl verpennt haben“, glaubte Iwo.

„Das kann ich mir nur schwer vorstellen. Du kennst Klerila, was sie ausmacht, hält sie auch ein.“

„Stimmt auch wieder“; überlegte Iwo, die Lippen schürzend, laut.

„Ich schaue mal zu ihr rüber ins Zelt“, sagte Gerry, während er sich anzuziehen begann.

Das Zelt von Klerila lag an der gegenüberliegenden Seite des Lagers. Überall herrschte schon emsiges Treiben und Aufbruchsstimmung.

„Guten Morgen Mädels! Wo ist denn Klerila?“, fragte Gerry, seinen Kopf durch den Spalt am Zelteingang steckend.

„Klerila? Die war schon weg als wir wach wurden. Ich dachte sie wäre bei dir“, antwortete ihm Elli.

„Nein, ich habe sie seit gestern Abend nicht mehr gesehen.

„Vielleicht ist sie joggen gegangen. Klerila ist doch sehr sportlich und im Park lässt es sich wunderbar ein paar Runden drehen“, glaubte ein blondes Mädchen aus der 1c.

„Sicher nicht“, sagte Gerry, „das hätte sie mir gegenüber erwähnt. Außerdem hätte sie gar keine Klamotten zum Laufen mit.“

„Komisch, ihre Decke scheint auch verschwunden zu sein“, bemerkte Elli und starrte auf Klerilas leere Schlafstelle.

„Sie wird sich doch nicht zu einem anderen ins Zelt gelegt haben“, kicherte die Blonde. „Ich meine, wohin sollte sie sonst mitten in der Nacht verschwinden?“

„Sehr witzig", zischte Gerry mit zornigem Blick.

„Entschuldigung, sollte nur ein Späßchen sein", presste das Mädchen kleinlaut hervor, nachdem sie alle vorwurfsvoll anstarrten.

Gerry fragte von Zelt zu Zelt, bis er sie alle durch hatte. Aber niemand hatte Klerila an diesem Morgen gesehen.

„Ich werd' noch verrückt, das gibt's ja nicht", wetterte Gerry, als er wieder in seinem Zelt zurück war. „Keiner will Klerila gesehen haben. Ich gehe jetzt zu Dr. Kaufmann und melde ihm, dass sie verschwunden ist."

Energischen Schrittes stapfte Gerry zu den beiden Lehrerzelten. Dr. Kaufmann unterhielt sich gerade mit To-Pan.

„Entschuldigung", unterbrach Gerry die Plauderei der beiden.

„Ja, was gibt es, Kadett Mayer?", wandte sich Dr. Kaufmann Gerry zu.

„Klerila ist heute Nacht aus ihrem Zelt verschwunden", sagte er aufgeregt.

Dr. Kaufmann und To-Pan sahen Gerry verdutzt an.

„Was meinst du mit verschwunden?", fragte schließlich To-Pan.

„Sie hatte sich gestern schlafen gelegt und war heute Morgen nicht mehr da. Ich habe mich schon im gesamten Camp umgesehen, keiner weiß wo sie ist", erzählte Gerry.

„Nun beruhigen Sie sich erst mal, Kadett Mayer. Betuma wird schon noch auftauchen."

„Ich will mich aber nicht beruhigen! Klerila ist seit mindestens einer Stunde spurlos verschwunden ohne sich bei irgendjemand abzumelden. Das passt absolut nicht zu ihr. Da muss etwas passiert sein", erboste sich Gerry.

„Gut, machen wir es so", lenkte Dr. Kaufmann ein, wenn Kadett Betuma innerhalb der nächsten Stunde nicht auftaucht, verständige ich die Polizei."

„Einverstanden", seufzte Gerry.

Als der Junge wieder zwischen den Zelten verschwunden war, fragte To-Pan nachdenklich: „Ist dir eigentlich auch schon etwas aufgefallen?"

„Was soll mir denn aufgefallen sein?", antwortete Dr. Kaufmann mit einer Gegenfrage und forschendem Blick.

„Naja, zuerst die Sache mit Springfield. Dann gerät Mayer durch eine seltsame Verkettung von Umständen beim Orientierungslauf in große Schwierigkeiten. Später entgeht er einem missglückten Anschlag nur knapp und jetzt wird auch noch Klerila Betuma vermisst."

„Mal langsam, To-Pan, Kadett Betuma gilt noch lange nicht als vermisst. Aber du hast schon Recht, das alles kann wirklich kein Zufall mehr sein", stimmte Dr. Kaufmann seiner jungen Kollegin zu.

„Gibt es eigentlich schon irgendwelche Ergebnisse der technischen Untersuchung von Gerrys Waffe und seiner Landkarte?", erkundigte sich To-Pan bei Dr. Kaufmann.

„Nein, das werden wir wohl erst bei unserer Rückkehr in die Schule erfahren."

„Wetten, dass daran manipuliert wurde."

Geschlagen wie ein junger Hund war Gerry zurück zum Zelt gegangen.

„Eine Stunde warten, so ein Blödsinn. Da verstreicht nur wertvolle Zeit", dachte Gerry. „Ich werde gleich nach Klerila suchen und meine Freunde bitten mir zu helfen."

Iwo, Fiep, Elli und Max, alle erklärten sich sofort bereit Gerry bei der Suche zu unterstützen.

„Ich schlage vor, wir durchkämmen zuerst die nähere Umgebung des Parks", meinte Gerry. „Wir teilen das Gebiet in fünf Sektoren ein und suchen es einzeln ab. Es gibt hier im Park zahlreiche Bewässerungsgräben. Die müssen wir besonders genau unter die Lupe nehmen. Vielleicht ist Klerila im Dunkeln gestürzt und hat das Bewusstsein verloren."

„...und sich deshalb noch nicht gemeldet", ergänzte Iwo.

„Genau, oder ihr Chip funktioniert nicht. Wie bei mir damals beim Orientierungslauf. Womöglich liegt sie irgendwo verletzt und kann nicht weiter."

„Mal doch nicht gleich den Teufel an die Wand, Gerry. Klerila ist bestimmt wohlauf und nur irgendwo hin, wo sie sich verspätet hat", wollte Elli beruhigen.

„Nein, Elli", entgegnete Gerry scharf, „das glaube ich einfach nicht. Klerila ist die Zuverlässigkeit in Person. Niemals würde sie einfach so weggehen, ohne sich abzumelden."

„Okay, machen wir uns auf die Suche", entgegnete Elli kurz.

Die Freunde schwärmten in verschiedenen Richtungen um das Zeltlager aus. Die künstlichen Wassergräben waren in einem Raster im Park angelegt. Einer durchzog auch das Lager und lieferte Frischwasser. Die Gräben vereinigten sich am Rande des Parks zu einem Kanal, der in den *Großen See* mündete. An diesem wollten sie sich wieder treffen.

*

Klerila spürte wie ihr plötzlich warm wurde. Ein heißer Strom durchfloss ihren Körper. Dann wurde es hart und kalt unter ihr. Schlaftrunken öffnete sie die Augen und blickte in ein rötliches, flimmerndes Licht. Was war da los? Träumte sie? Hastig rieb sie die Augen und sah sich irritiert um. Es war weit und breit nichts von ihren Schulfreundinnen zu sehen. Da war nicht das Zelt, in das sie sich vor wenigen Stunden schlafen gelegt hatte. Vorsichtig tastete sie mit der rechten Hand unter ihre Beine und fühlte eine kalte, harte Platte. Dann wurde es ihr schlagartig bewusst: Sie wurde soeben gebeamt und lag am Boden eines Transporters.

„Was soll das? Wo bin ich hier?!", rief Klerila in den halbdunklen Raum.

Stille.

Langsam stand das Mädchen auf und stieg vom Sockel des Transporters.

„Hallo ist hier jemand?"

„Guten Morgen schönes Fräulein", ertönte die tiefe Stimme eines Mannes aus dem Dunkel des Raumes. Klerila zuckte zusammen. Diese Stimme hatte sie schon einmal gehört.

„Ich hoffe ich habe dich nicht zu sehr erschreckt, aber diese kleine Entführung..., oder nennen wir es besser Blind Date, das klingt schöner, war einfach unumgänglich", sagte der Unbekannte. Ein unheimliches Lachen folgte.

„Was wollen Sie von mir?", fragte Klerila mit zittriger Stimme.

„Das Lustige an der Sache ist, dass ich von dir ja gar nichts will, aber an dich war es leichter ran zu kommen."

„Ran zu kommen? An wen wollen Sie denn ran kommen?"

Klerila war verwirrt. Fieberhaft überlegte sie, von wo sie die Stimme kannte.

„An deinen dämlichen Freund. Dieser Idiot hat ja mehr Glück als Verstand", zischte die tiefe Stimme. „Aber jetzt ist meine Geduld zu Ende. Du wirst staunen, wie schnell der vor mir steht, wenn er erfährt, dass du in meiner Gewalt bist."

„Gerry!?", rief Klerila entsetzt und überrascht zugleich. „Was wollen Sie denn von Gerry?"

„Rache!!!", donnerte die Stimme markerschütternd aus dem Dunkeln.

„Rache? Für was wollen Sie sich denn an Gerry rächen? Er hat niemanden etwas getan. Wer zum Teufel sind Sie?"

Langsam glaubte sie, dass es sich hier um einen Irrtum handelte. Oder sprach sie mit einem Verrückten?

„Niemanden etwas getan???!!!", brüllte die Stimme so laut, dass Klerila erschrocken zusammenfuhr. „Dieses kleine Arschloch hat aus meinem Vater eine Jammergestalt gemacht und das wird er mir büßen."

Ein schwarz gekleideter Mann trat in den Lichtschein des Transporters. In seinem Gesicht stand der blanke Hass. Klerilas Kinnlade klappte nach unten.

„Du?", war ihr letztes Wort, bevor sie ohnmächtig zu Boden sank.

Gerry begann seine Suche gleich an dem Graben, der sich durch das Lager zog. Er hatte irgendwie das Gefühl, dass Klerila nicht weit war und dringend Hilfe brauchte. Die Gräben waren zur Winterzeit nur sehr spärlich mit Wasser gefüllt. Die Uniformschuhe an Gerrys Füßen waren hundertprozentig wasserdicht und deshalb konnte er sorglos durch die Mitte des Grabens waten. Von hier hatte er den besten Überblick. Aufmerksam beobachtete er die beiden Uferböschungen, um ja nichts zu übersehen, was auf das Verschwinden von Klerila hindeuten könnte. Genau in dem Moment, als er sich gerade Gedanken darüber machte, warum Klerilas *Ide-Tel-Chip* nicht funktionierte, hörte er ein eigenartiges Knacken. Und dann eine leise Mädchenstimme:

„Gerry! ... Hilfe! ... Arachnoterrarium! ... Bitte hilf mir! ... Schnell!"

Er drückte wie besessen den *Ide-Tel-Chip*.

„Hallo Klerila, bist du das? Wo bist du?"

Schweigen.

„Klerila, so melde dich doch. Klerila!!!"

Keine Reaktion.

8. KAPITEL

DIE MONSTERSPINNE

„Verdammt, was ist da los“, fluchte Gerry und Tränen traten in seine Augen. „Was soll das bedeuten, Arachnoterrarium? Wo bist du blos, Klerila!?“, schluchzte er verzweifelt.

Gerry telepathierte mit seinen Freunden und wies sie an, sofort zum Zelt zurückzukehren. Er hätte einen wichtigen Hinweis für sie. Stolpernd hastete er über die Böschung und lief zurück zum Lager. Dort sah er auch schon die anderen herbei eilen.

„Was ist los Gerry? Du klangst mächtig aufgeregt!“, rief ihm Iwo von weitem zu.

„Klerila hat sich bei mir gemeldet“, keuchte Gerry außer Atem.

„Was?! Wo steckt sie denn?“, fragte Elli beunruhigt.

„Keine Ahnung, die Verbindung ist sofort wieder abgebrochen“, berichtete Gerry seinen Freunden. „Sie rief mich um Hilfe und sagte Arachnoterrarium.“

„Arachnoterrarium? Das ist ein Gehege für Riesenspinnen. Was soll das bedeuten?“, sagte Elli verwirrt. „So etwas gibt es auf *Alpha CMi IV* gar nicht.“

„Gibt es schon“, überlegte Iwo, „und zwar im Zoo an Bord der *Proconsul.* Wir müssen sofort To-Pan verständigen.“

„Nein, das nehmen wir selbst in die Hand“, sagte Gerry. „Sonst verlieren wir nur unnötig Zeit.“

„Was willst du denn machen? Wie sollen wir denn so schnell zu *Proconsul* kommen, ohne zu beamen?", fragte Iwo.

„Wir werden beamen", entgegnete Gerry. „Celine soll uns von hier direkt in den Zoo beamen."

„Aber das darf sie doch gar nicht ohne der ausdrücklichen Erlaubnis einer Lehrperson", machte Elli aufmerksam.

„Ich glaube schon, dass Celine das für mich macht", meinte Gerry zuversichtlich. Bei ihrem letzten Zoobesuch mit Frau To-Pan war Gerry aufgefallen, dass Celine ständig seinen Blickkontakt suchte und ihn anlächelte. Doch Gerry wollte nichts von ihr. Erstens hatte er ja Klerila und zweitens war ihm Celine ohnehin zu alt.

„Aha", sagte Iwo forschend, „ist da etwa was im Laufen?"

„Du bist ein Idiot, Iwo. Was soll ich mit so einer alten Tussi, Celine ist zwölf Jahre älter als ich", empörte sich Gerry. „Außerdem bin ich mit Klerila zusammen."

„Okay, okay, alles klar. Ich dachte nur ... weil ... Celine schließlich ein steiler Hase ist und ..." stotterte Iwo.

„Und aus, Iwo. Bitte lassen wir das Thema", unterbrach ihn Gerry genervt. „Wir sollten jetzt keine Zeit mehr verlieren. Ich melde mich gleich mal bei Celine."

Gerry drückte seinen *Ide-Tel-Chip*. Celine meldete sich sofort. Gerry erzählte der Tierpflegerin vom Verschwinden Klerilas und dass sie sich kurz mit einem Hilferuf bei ihm gemeldet hatte.

„Klerila hat was von einem Arachnoterrarium erwähnt. Ein solches gibt es auf diesen Planeten so viel wir wissen nur an Bord der *Proconsul*. Sie könnte sich dort in Gefahr befinden."

„Beruhige dich erst mal Gerry, ich werde dort nachsehen."

„Nein, bitte beame mich und meine Freunde sofort zu dem Spinnengehege. Wir dürfen keine Zeit mehr verlieren."

„Okay Gerry, drückt eure Chips, ich bin in einer Minute beim Transporter" meldete Celine. Durch das Drücken der *Ide-Tel-Chips* konnte der Transporter die genaue Position der Freunde bestimmen und den Beamvorgang direkt vom Zeltlager durchführen. Gerry vergewisserte sich mit einem schnellen Blick, ob auch alle anwesend waren und forderte sie auf, den Chip zu aktivieren. Es dauerte noch fast eine Minute, doch dann begannen die Körper der sechs Leute zu flimmern und verschwanden.

*

Es war stockdunkel und es roch nach irgendwelchem Mist.

„Verdammt, wo hat uns denn die hingebeamt", schimpfte Gerry und stolperte über etwas. Er tastete nach seiner HLP-9000. Die Waffe steckte im Halfter unter seiner Jacke. Mit flinken Händen funktionierte er die Pistole zu einer Lampe um. Dunkelheit war diesbezüglich kein Problem für Gerry, unzählige Male hatten sie das Zerlegen und Umbauen der Waffe mit verbundenen Augen geübt.

„Wo sind wir hier? Kann bitte jemand Licht machen?", hörte Gerry die genervte Stimme Ellis.

„Einen Moment noch bitte", antwortete Gerry, „ich habe die Lampe gleich zusammen." Kurz darauf durchbrach der Lichtstrahl der umgebauten HLP-9000 die Dunkelheit. Auch Fiep, Iwo und Max hatten ihre Waffen

217

umgebaut. Nur Elli, im Umgang mit der Technik nicht so geschickt, hatte es erst gar nicht versucht. Gerry leuchtete an die Stelle, wo er gestolpert war und zuckte zurück.

Ein blutiger Klumpen Fleisch lag auf dem staubigen Boden. Teilweise waren daran noch Reste eines Felles zu erkennen. Auch das Licht der anderen Lampen huschte jetzt über den grausigen Fund. Elli entfuhr ein kurzer, schriller Schrei.

„Was soll das bedeuten?", fragte Iwo angeekelt.

„Das sieht nach einem Tierkadaver aus", stellte Gerry fest, nachdem er das ganze Teil abgeleuchtet hatte.

„Und was soll das arme Tier so zugerichtet haben?", meinte Elli verwundert und ängstlich zugleich.

„Keine Ahnung, Bissspuren oder so etwas ähnliches kann ich nirgendwo sehen" stellte Fiep verwirrt fest.

„Du meinst, dass es als Futter für eines der Zootiere bestimmt war?", meldete sich jetzt auch Max zu Wort.

„Ja genau, aber warum liegt der Kadaver hier herum?"

„Vielleicht ist er von einem Wagen gefallen", vermutete Fiep.

„Nein, glaube ich nicht. Ganz so unberührt sieht das da dann auch wieder nicht aus", sagte Gerry, während er mit der Fußspitze gegen den Klumpen trat. „Als wäre es von einer Säure zersetzt worden."

Auch den anderen fiel jetzt die schwammige Beschaffenheit des Fleisches auf.

„Sieht aus wie vorverdaut und dann wieder ausgespuckt?"

„Du meinst von einer Art Wiederkäuer?", fragte Gerry. „Ja, das wäre denkbar."

„Ist denn hier nirgends ein Lichtschalter? Man muss doch hier irgendwo Licht machen können?", wetterte

Elli, sich zornig umblickend. Doch die Freunde konnten keinen Schalter entdecken.

„Warten wir hier auf Celine, sie müsste jeden Moment hier sein", schlug Gerry vor.

„Ich hoffe nur sie hat uns nicht irgendwo in die Einöde gebeamt", meinte Max.

„Gleich werden's wir wissen", sagte Gerry. Er drückte seinen *Ide-Tel-Chip* und rief Celine an.

„Hallo Celine!", telepathierte er. „Könntest du uns bitte erklären, wo du uns hier hingebeamt hast und wo du so-lange bleibst?"

„Ja seid ihr nicht vor dem Zooeingang?", antwortete Celine.

„Wenn das der Zooeingang ist, dann habt ihr aber schon lange nicht mehr aufgeräumt", scherzte Gerry. „Außerdem ist es stockdunkel hier."

Für einen Moment hörte er nichts mehr von Celine. Dann ein kurzes durchdringendes „**NEIN!!!**"

Gerry runzelte die Stirn: „Celine, was ist los?"

„Ihr befindet euch mitten im Gehege der Riesenspinne Dobrila. Es muss sich beim Beamen ein Positionsfehler eingeschlichen haben."

„Wir können aber keine Spinne sehen. Wo ist das Ding denn?"

Vorsichtig leuchtete Gerry mit seiner Lampe durch die dunkle Halle. Celine wollte gerade melden: „Die kann überall sein", als Gerry in seiner Bewegung erstarrte. Ein gigantisches Ungetüm war an einem seidenen Faden von der Decke geschwebt und schlug mit seinen mächtigen acht Beinen auf den Boden auf, dass der Raum erzitterte. „Seidener Faden" war eigentlich ein Scherz. Das Teil hatte mehr die Stärke eines Schiffstaus.

Ein Aufschrei ging durch die kleine Gruppe.

„Lampen aus!!!“, schrie Iwo verzweifelt.

Doch es war zu spät. Mit einem gewaltigen Satz war das Ungeheuer bei ihnen. Iwo erwischte es als ersten. Noch ehe er sich versah, wurde er von einem klebrigen Strahl zu Boden gerissen. Nur wenige Augenblicke später ereilte Gerry, Fiep und Max das gleiche Schicksal. Wie Fische im Netz zappelten die Jungs hilflos an den klebrigen Fäden. Jetzt war es für Dobrila ein Leichtes, jeden mit einem kurzen Biss zu betäuben. Blitzschnell stieß sie viermal zu. Gerrys letzter Gedanke war: „Celine, bitte hilf uns! Das Monster hat uns erwischt! Wo bist du solange?“ Dann fiel seine Hand vom *Ide-Tel-Chip* kraftlos zur Seite. Dobrila begann jetzt die leblosen Körper zu einem Kokon einzuwickeln. Zuerst Iwo, dann Fiep und Gerry und zuletzt Max.

Elli schien verschwunden zu sein.

Celine war verzweifelt.

„Gerry, was ist passiert? So melde dich doch“, stammelte sie und drückte dabei so fest auf ihren Chip, dass es schmerzte.

Schluchzend, mit Tränen in den Augen, lief sie den langen Korridor, der zum Gehege von der Spinne führte, entlang. Die junge Zoogehilfin ahnte, was passiert sein musste. Die Riesenspinne Dobrila hatte ihre Freunde entdeckt. Plötzlich hielt sie inne und tastete mit beiden Händen über ihren Brustkorb. Vergeblich suchte sie nach ihrer Waffe. Sie spürte nur den leeren Halfter unter der Jacke.

„Oh mein Gott, jetzt habe ich auch noch meine HLP-9000 im Büro liegen gelassen. Ohne Waffe kann ich unmöglich in das Gehege.“

Celine machte wieder kehrt und lief so schnell sie konnte zurück ins Zoobüro. Vielleicht etwas zu schnell.

Sie rutschte auf dem glatten Boden aus und krachte mit dem Kopf so unglücklich gegen die Wand, dass sie das Bewusstsein verlor.

Elli hockte zusammengekauert in einer Ecke der finsteren Halle. Sie konnte sich gerade noch vor der heranstürmenden Riesenspinne in Sicherheit bringen. Da Elli keine Lampe benutzte, hatte das Spinnenmonster sie schlichtweg übersehen. Zwar konnte Dobrila auch Infrarotstrahlung wahrnehmen und so auch im Dunkeln ganz gut sehen, doch sie war bei ihrem Angriff so sehr auf das Leuchten der vier Lampen konzentriert, dass sie Elli nicht bemerkte. Elli vernahm im Dunkeln ein eigenartiges Rascheln und Schmatzen.

„Das Scheusal wird meine Kameraden doch nicht verspeisen?", dachte Elli entsetzt, am ganzen Körper zitternd. Sie könnte mit ihrer HLP-9000 auf die Bestie schießen, doch die Gefahr, dabei einen ihrer Freunde zu töten, war viel zu groß. Andererseits konnte sie auch nicht tatenlos zusehen, oder besser gesagt zuhören, wie die Spinne ihre Freunde auffraß. Wo bleibt denn nur Celine? Die müsste doch eigentlich längst schon hier sein. Elli drückte ihren Chip und rief Celine.

„Celine, bitte komm schnell. Wir sind in tödlicher Gefahr! Uns greift eine Riesenspinne an ... Celine, hörst du mich?"

„... greift eine Riesenspinne an. Celine, hörst du mich?", hallte es in Celines Ohren. Benommen kniff sie die Augen zusammen und schüttelte den Kopf. Sie lag rücklings am Boden des Korridors.

Was war passiert?

„Ach ja, ich bin gestolpert. Gerry und seine Freunde sind in großer Gefahr“, schoss es ihr durch den Kopf.

„Wer ist da?“, fragte Celine, den *Ide-Tel-Chip* drückend.

„Hier ist Elli Rodriguez. Celine, bitte komm schnell und hilf uns. Es ist stockfinster hier und meine Freunde werden von einer Riesenspinne attackiert!“, hörte Celine Ellis Stimme.

„Bleib ganz ruhig, Elli. Dobrila wird deine Freunde nicht töten“, telepathierte Celine.

Es war tatsächlich so, dass die Riesenspinne, wenn sie nicht hungrig war, ihre Beute nur betäubt und zu einem Kokon verspinnt. Danach hängt sie ihre Opfer als Vorrat in ihr Netz. Der Kokon ist luftdurchlässig und so kann sein Inhalt mehrere Tage überleben. Die Spinne, die ursprünglich vom Planeten Croft stammt und dort sehr verbreitet vorkommt, hat gerne frische Nahrung. Aas verabscheut sie.

„Habt ihr denn keine Waffen?“, fragte Celine.

„Nur ich“, antwortete Elli, „die anderen haben ihre Pistolen zu Lampen umgebaut.“

„Okay, unternimm vorläufig nichts, ich bin gleich bei dir.“

Celine rappelte sich auf und lief weiter den Gang entlang zum Büro.

Ihre HLP-9000 lag auf dem Schreibtisch, als würde sie darauf warten abgeholt zu werden. Schnell schnappte sie sich die Waffe, steckte noch ein paar kleine Spritzen ein und rannte los. Nur etwa zwei Minuten später war sie in der Halle des Spinnengeheges und machte als Erstes einmal Licht. Ihren Augen bot sich ein furchterregendes Bild. Sie sah wie Dobrila den schlaffen Körper von Max mit weißer Spinnenseide umwickelte. Neben der Riesenspinne lagen zwei große, frisch gewickelte Kokons. Einige Meter dahinter kauerte Elli an der Wand.

„So Dobrila, jetzt kannst du was erleben. Dir werd ich zeigen was passiert, wenn du meine Freunde zu Konservenfutter verarbeitest!", brüllte Celine zornig und feuerte zwei gezielte Schüsse auf Dobrilas Kopf.

Die Monsterspinne zuckte zusammen, als die zwei Laserstrahlen ihre behaarte Haut durchschlugen und eine graue Rauchwolke aufstieg. Danach sackte sie zusammen als hätte man ihre Beine in der Mitte geknickt. Ein letzter quietschender Schrei und Dobrilas massiger Körper fiel zu Boden. Zum großen Glück für Fiep, ihr tonnenschwerer Körper hätte ihn wie eine reife Pflaume zerquetscht. Staub wirbelte auf und verdeckte für kurze Zeit die Sicht. Celine's HLP-9000 war auf Stufe 5 eingestellt, was bei Dobrila nur tiefe Bewusstlosigkeit auslöste. Schnell eilte Celine zu den umwickelten Körpern der Freunde und schnitt mit einem kleinen, scharfen Messer die Kokons auf. Sie riss die weiße Masse stückweise ab und allmählich kam Gerry zum Vorschein. Auch Elli war jetzt hinzu gekommen und machte sich am nächsten Kokon zu schaffen. Es war Iwo, der darin verpackt war. Schließlich wurde auch noch Max von Celine seiner makabren Ummantelung entledigt. Die Mädchen schnappten sich die Jungs im Rautek-Griff und zogen sie nacheinander aus dem Gehege.

Da lagen sie nun im Flur, mit von den Kokonresten verklebter Kleidung.

„Was ist mit ihnen?", fragte Elli ängstlich. „ Sie sind doch nicht tot, oder?"

„Nein, nein, keine Angst Elli, unsere Freunde sind nur ohnmächtig", beruhigte Celine. „Ich werde den Jungs gleich ein Gegengift spritzen, dann sind sie bald wieder die Alten.“

Celine nahm die Spritzen aus ihrer Manteltasche. Aus einer Phiole zog sie eine klare Flüssigkeit in die erste Spritze und verabreichte sie Gerry. Das Gegenmittel hatten alle Mitarbeiter des Zoos ständig bei sich zu tragen, denn es half nicht nur gegen Spinnengift, sondern auch gegen das von Schlangen und einigen Insekten. Elli sah gespannt zu, wie Celine die Ärmel der Jungs hochkrempelte und ihnen nach der Reihe das Gegengift injizierte. Dann begann sie Gerrys Wangen zu tätscheln.

„Gerry aufwachen, genug gepennt!!“, rief sie aufmunternd.

Ein leises Raunzen war die Antwort.

„Er kommt zu sich“, sagte Elli freudestrahlend.

„Wo bin ich? Was ist los?“, waren Gerrys erste Worte. Er blickte Celine verwirrt an.

„Hallo Gerry, willkommen im Leben.“

„Hallo Celine!“

„Na, wie geht’s dir. Bist du in Ordnung?“

Gerry setzte sich auf und wischte sich mit den Handflächen übers Gesicht.

„Ich denke schon. Nur ein bisschen schwindlig ist mir.“

„Das geht vorüber, Hauptsache du bist wieder okay.“

Neben Gerry rappelten sich jetzt auch Fiep, Max und Iwo hoch.

„Was ist denn passiert? Warum liegen wir hier im Flur herum?“, gab sich Fiep verwundert. „Und was ist das für ein klebriges Zeug?“

Er zupfte sich die restlichen Kokonfäden von seiner Uniform.

„Ihr seid durch einen Biss von Dobrila betäubt worden. Sie wollte euch als Futtervorrat anlegen. Lebend schmeckt ihr eben besser. Das klebrige Zeug, wie du es nennst Iwo, sind die Reste des Kokons, in den euch Dobrila verpackt hat", erklärte Celine.

„Wer ist Dobrila?", fragte Gerry.

„Unsere Riesenspinne", antwortete Celine. „Ich habe dir doch gesagt, dass ich beim Beamen einen Positionsfehler gemacht und euch in das Gehege der Spinne befördert habe."

„Du hast uns ins Gehege dieses Monsters gebeamt? Also das ist schon allerhand", sagte Gerry gespielt empört.

„Ja, dafür möchte ich mich auch entschuldigen. Bitte seid mir nicht böse."

„Ach was, Schwamm drüber, ist ja noch einmal gut gegangen. Was hast du denn mit dem Vieh gemacht?"

„Ich habe ihr eine Laserladung der Stufe 5 an die Birne verpasst, die ist sicher noch'n Weilchen hinüber."

„Bist du sicher?", krächzte Max, noch sichtlich benommen.

„Na klar, schaut sie euch an."

Celine ging zum Gehegeeingang und blickte durchs Türfenster. Die anderen taten es ihr gleich. Dobrila lag im Staub des Gehegebodens als wäre sie tot. Mit ihren kugeligem Körper und den davon abstehenden Beinen erinnerte sie Gerry irgendwie an die alten Mondlandefähren des 20. Jahrhunderts.

„Stimmt, sieht ziemlich bedient aus", meinte Max nickend.

„Okay, kommen wir zur Sache, Gerry", ergriff Celine wieder das Thema. „Wo soll Klerila sein? Im Spinnengehege? Was um alles auf der Welt sollte sie dort machen?"

„Keine Ahnung, aber ich habe ganz genau das Wort Arachnoterrarium von ihr gehört und so eines gibt es nur hier an Bord.“

„Ja, aber das Gehege ist nur für wenige Leute zugänglich. Außer man hätte sie dorthin gebeamt“, mutmaßte Celine.

„Da wäre sie ja nicht die erste gewesen“, sagte Gerry spöttisch, anspielend auf Celines Positionsfehler.

„Nein, im Ernst, ich habe da so eine Vermutung. Folgt mir.“

Im Laufschritt rannten Celine und die Freunde los. „Du hast eine Vermutung?“, rief ihr Iwo hinterher.

„Ich glaube, dass ich an diesem Positionsfehler gar nicht so sehr alleine schuld war. Es könnte sein, dass sich vor mir jemand am Transporter zu schaffen gemacht hat.“

Gerry und Iwo blickten sich achselzuckend an. Wenig später erreichten sie den Transporterraum. Celine tippte etwas in den Positionsrechner.

„Bingo, ich hab’s mir doch gedacht!“

„Was hast du dir gedacht?“ Gerry schaute über ihre Schulter.

„Bevor ich euch beamte wurde an diesem Transporter ein Beamvorgang direkt ins Spinnengehege vorgenommen.“

„Na und?

„Ich habe, um Zeit zu sparen, statt genaue Positionsdaten nur den Befehl „Arachnoterrarium“ eingegeben. Normalerweise ist der Bereich vor dem Eingang im System gespeichert, doch der Computer wählte in diesem Fall die Position des letzten Beamvorganges und so seid ihr direkt im Gehege gelandet.“

„Und das heißt?“, fragte Gerry ungeduldig.

„Ist doch klar", antwortete Iwo für Celine, „von diesem Transporter wurde zuletzt jemand ins Gehege gebeamt."

„Und dieser Jemand war wahrscheinlich Klerila", ergänzte Celine.

„Dass sie das nicht freiwillig mitgemacht hat, liegt wohl auf der Hand", fügte Iwo noch hinzu.

„Moment, ganz langsam", überlegte Celine, „von diesem Transporter haben nur eine Handvoll Personen die Befugnis jemanden oder etwas zu beamen."

„Und wer wäre das?", fragte Gerry.

„Direktor Gudmundsson, Frau To-Pan, Pierre und ich ... ach ja, der Hausmeister und Silvano Esperanza auch noch".

„Was, das sind alle?", wundert sich Elli.

„Ja, dieser Transporter dient hauptsächlich der Versorgung der Gehege mit Frischfutter und Materialien zur Instandhaltung. Den braucht sonst keiner."

„Alles klar, aber dann frage ich mich wozu ein Religionslehrer die Befugnis hat?", fragte Gerry etwas verwundert.

„Esperanza hat sich zu Jahresbeginn für die Wartung der Transporter zur Verfügung gestellt, falls der Hausmeister einmal verhindert sein sollte. Anscheinend kennt er sich damit aus", erklärte Celine. „Aber warum bitte sollte Silvano Klerila in das Spinnengehege beamen? Dann könnte es genauso gut Gudmundsson oder To-Pan oder auch Pierre gewesen sein."

„Habe ich irgendetwas davon gesagt? Ich habe mich doch nur gefragt, warum Esperanza eine Befugnis hat. Warum verteidigt ihr Frauen eigentlich diesen Angeber immer so?", entrüstete sich Gerry.

„Ich verteidige ihn nicht, ich habe nur ...", wollte sich Celine rechtfertigen, doch Iwo unterbrach sie energisch.

„Seid ihr verrückt geworden? Klerila befindet sich vermutlich im Gehege von Dobrila und ihr streitet hier herum. Wir müssen sofort wieder zurück, bevor das Monster sie verspeist."

„Du hast Recht, wir müssen sofort los", sagte Gerry und setzte auch schon zum Lauf an.

Dobrila lag noch immer wie scheintot am staubigen Boden. Am anderen Ende der Halle, neben einem gewaltigen Spinnennetz, hingen in annähernd acht Meter Höhe zwei große Kokons.

„Seht ihr da oben!", rief Celine und zeigte zur Decke. „In einer dieser Kokons müsste sich Klerila befinden."

„Meinst du? Und im anderen?"

„Lebendfutter."

„Lebendfutter?"

„Ja, manchmal bekommt Dobrila ein Schwein oder ein Kalb lebend serviert. Diese spinnt sie sich dann ein und frisst sie innerhalb der nächsten achtundvierzig Stunden, noch bevor das Tier verendet."

„Oh mein Gott, das ist ja Tierquälerei", entsetzte sich Elli.

„Das ist Natur", meinte Celine gleichmütig.

„Ja und habt ihr in den letzten zwei Tagen mehrere solcher armer Kreaturen der Spinne zukommen lassen?", fragte Gerry.

„Nein, soviel ich weiß war es vorgestern nur ein Schwein", antwortete Celine nachdenklich.

„Um Himmels willen, dann ist der zweite Kokon ja Klerila", erstarrte Gerry.

„Sieht ganz so aus", flüsterte Celine bedächtig.

Wir müssen uns beeilen, Dobrila macht schon wieder ihre ersten Wackler."

Tatsächlich zuckten die Beine der Riesenspinne bereits ein bisschen.

„Aber wie bekommen wir das Ding da herunter? Und in welche der beiden Kokons ist Klerila?", überlegte Gerry, während er zur acht Meter hohen Decke blickte.

„Es müsste der größere sein", bemerkte Celine. „Das Schwein war deutlich kleiner als Klerila."

„Okay, dann schieß das Teil mal runter, du hast eine einsatzbereite Waffe", forderte Iwo Celine auf.

„Bist du des Wahnsinns, Iwo? Das sind geschätzte zehn Meter, da bricht sich Klerila sämtliche Knochen, wenn der Kokon aufschlägt."

„Hm, da könntest du Recht haben. Aber wie sollen wir sie denn sonst da auf die Schnelle runter bringen?", fragte sich Iwo.

Die Freunde sahen sich ratlos an. Gerry blickte besorgt zu Dobrila, die immer öfter zuckte.

„Wir müssen uns langsam was einfallen lassen, unser Riesenbaby wird allmählich unruhig." Dann fiel sein Blick auf die aufgeschnittenen Kokons, in denen sie selbst noch vor kurzem verpackt waren.

„Moment mal, ich glaube ich habe eine Idee. Wenn es uns gelingt, eines dieser zerschnittenen Dinger auseinanderzuziehen, könnten wir es vielleicht als Sprungtuch verwenden."

Alle blickten sie zu den Kokonhaufen neben Dobrilas verkrampften Körper.

„Ja, das könnte funktionieren", rief Celine begeistert. „Aber vorher werde ich ihr noch eine Ladung Laser verpassen."

Sie liefen zur bewusstlosen Riesenspinne. Celine zielte auf ihren Kopf und feuerte einmal kurz.

„Ich hoffe nur, das alte Mädchen hält das Ganze auch aus."

Dobrila lag wieder regungslos da.

„So, jetzt aber schnell. Schnappt euch eines der Dinger und versucht es soweit als möglich zu dehnen", bat Gerry seine Freunde um Hilfe. Zu sechst griffen sie sich den Rand der Kokonhülle und zogen mit vereinten Kräften daran, bis allmählich eine sechseckige Fläche entstand. Pustend und keuchend schleppten sie das provisorische Sprungtuch unter die beiden Kokons.

„Es kann losgehen", sagte Celine. „Wenn ich sage *jetzt,* zieht ihr das Teil fest auseinander. Okay?"

„Okay", antwortete Gerry für alle.

Celine umfasste den Knauf ihrer HLP-9000 mit beiden Händen und legte an. Sie visierte den Strang an, an dem der größere der Kokons an der Decke befestigt war.

„Achtung! ... und ... *jetzt!*"

Der rote Laserstrahl durchtrennte den Strang in Sekundenbruchteilen. Der Kokon fiel senkrecht nach unten. Mit vereinten Kräften zerrten die Freunde an den Ecken des provisorischen Sprungtuchs und spannten es nochmals zu einem Sechseck. Der Kokon drehte sich während des Falls waagerecht und machte eine Bilderbuchlandung.

„Perfekt!", rief Celine begeistert. „Ihr solltet euch bei der freiwilligen Feuerwehr melden."

Vorsichtig legten sie den Sprungtuchersatz nieder und Gerry eilte sogleich zu dem Kokon. Mit dem Lasermesser seiner HLP-9000 begann er die Hülle aufzuschneiden. Fiep und Iwo halfen ihm dabei. In der Hektik bemerkte keiner die drohende Gefahr, die sich hinter ihren Rücken heranschlich.

Elli sah das Monster zuerst. Die Riesenspinne hatte sich lautlos bis auf wenige Meter genähert.

„Iiiiih!“, kreischte Elli.

Dobrila hielt für einen kurzen Moment inne. Der schrille Schrei hatte die Spinne irritiert. Celine nutzte ihre Chance. Im Stand wirbelte sie herum und feuerte auf das Ungeheuer. Dobrila erstarrte zwar augenblicklich, doch von Bewusstlosigkeit keine Spur. Aufrecht blieb sie wie angewurzelt stehen. Celine, Iwo, Fiep Max und Elli nutzten die Situation zur Flucht. Nur Gerry stürzte sich schützend über den aufgeschnittenen Kokon. Durch einen Spalt in der Hülle konnte er den gelben Stoff eines Pyjamas erkennen.

„Klerila!“

Mit zittrigen Händen begann er seine HLP-9000 feuerbereit zu machen.

„Keine Angst, mein Schatz, diesem Monster brenne ich ein Loch in sein bisschen Hirn.“

Schweiß bildete sich auf Gerrys Stirn. Dobrila sprang nach vorn und stieß mit einem ihrer kolossalen Beine Gerry einfach zur Seite. Die Laserpistole wurde ihm aus der Hand gerissen und schlitterte über den Boden. Für Gerry unerreichbar blieb sie im Staub liegen. Jetzt machte sich die Monsterspinne über den zerschnittenen Kokon her. Mit ihren zangenartigen Mundwerkzeugen begann sie den Kokon um Klerilas Körper aufzureißen. Gerry rappelte sich hoch und stürzte sich auf eines der Beine von Dobrila. Verzweifelt zerrte er daran, als könnte er das tonnenschwere Tier von seiner Beute wegziehen. Da fiel ihm sein Taschenmesser ein, dass er immer bei Ausflügen bei sich hatte. Wie wild geworden begann er auf das grobborstige Bein der Riesenspinne einzustechen.

„Da ... nimm das ... und das ... und das!!“, kreischte er vor Wut und Verzweiflung, während er mit kräftigen Stößen auf das Bein einstach. Blut spritzte ihm ins Gesicht und auf die Uniform. Bald aber stellte sich heraus, dass Gerrys Attacke nicht nur nichts brachte, sondern auch ein Fehler war. Ein gewaltiger Ruck des Spinnenbeins schleuderte ihn in hohem Bogen meterweit zur Seite. Hart knallte er auf den steinernen Boden auf und verlor das Bewusstsein. Jetzt konnte Dobrila ihr mörderisches Werk fortsetzen. Die Kokonhülle war schon fast ganz von Klerila entfernt. In wenigen Sekunden würden die messerscharfen Mundwerkzeuge der Spinne ihren Körper zerfetzen. Doch dann leuchtete ein roter Strahl auf. Das Monster begann zu schwanken und kippte schließlich wie ein Fels auf Stelzen zur Seite. Der dumpfe Knall des Aufpralls holte Gerry wieder aus der Ohnmacht zurück. Mit verschwommenem Blick konnte er erkennen, wie jemand zu dem im Staub liegenden Kokon hetzte.

In seinem Kopf hämmerte ein pochender Schmerz. Doch das störte ihn in diesem Moment überhaupt nicht. Benommen torkelte er zum Kokon und erkannte Celine, die sich dort zu schaffen machte.

„Gerry, hilf mir bitte! Klerila steckt ganz schön fest“, bat Celine ihn, unterdessen sie versuchte das Mädchen aus den Kokonresten zu ziehen. Ohne ein Wort zu sagen riss Gerry die restlichen Teile der Hülle weg und schnappte sich die Beine seiner Freundin. Mit einem kräftigen Ruck konnten die beiden den verklebten Körper losreißen.

„Geschafft! Jetzt schnell weg bevor Dobrila wieder aufwacht“, keuchte Celine, der die Anstrengung ins Gesicht geschrieben stand. Wie einen nassen Sack schleppten sie Klerila an Händen und Füßen aus der Halle. Vor

der Eingangstür legten sie das Mädchen vorsichtig ab.
Gerry tätschelte Klerilas Wangen und fühlte ihren Puls
am Hals. Er nahm ein schwaches Pochen war. Gott sei
Dank, Klerila lebte.

„Rufe schnell einen Notarzt, Celine", sagte Gerry erleichtert.

„Das haben wir schon", bemerkte Elli aus dem Hintergrund. „Die müssten jeden Moment hier sein."

Und tatsächlich tauchten nur kurz darauf zwei Männer
und eine Frau in weißen Hosen und orangen Jacken flir-
rend aus dem Nichts auf. Nachdem der Beamvorgang ab-
geschlossen war, eilten sie sofort zu Klerila.

„Was ist passiert?", fragte die Frau. Auf dem Rücken-
teil ihrer Jacke war ein großes rotes Kreuz in einem weißen Kreis und die Aufschrift „Notärztin" zu sehen.

„Klerila war mehrere Stunden in einem Spinnenkokon
gefangen, Frau Doktor", antwortete ihr Gerry.

„Okay, in so einem Kokon kann man ohne weiteres
mehrere Tage überleben, wenn man eine gute Kondition
hat. Die Hülle ist luftdurchlässig, gibt aber keine Feuchtigkeit nach außen ab, sodass eine Austrocknung des
Körpers vermieden wird", erklärte die Frau. Mit einem
schmalen Stift tippte die Notärztin hinter das rechte Ohr
der Ohnmächtigen. Dann nahm sie ihn wieder weg und
berührte damit den Desktop eines Notebooks, den einer
der Sanitäter inzwischen aus einer Tasche gepackt hatte.
Auf dem Bildschirm erschien ein Bild Klerilas. Rechts
davon stand ihr vollständiger Name, Adresse des Haupt-
wohnsitzes, Versicherungsnummer und Geburtsdatum.
Darunter sämtliche Gesundheitsdaten wie Krankheiten,
Allergien, Medikamentenverträglichkeit und so weiter.

„Aha, du bist ein Klonmädchen“, stellte die Frau Doktor amüsiert fest. „Darum bist du in einer so hervorragenden Verfassung.“

Sie murmelte etwas und einer der Sanitäter reichte ihr ein pistolenförmiges Ding.

Die Ärztin krempelte den Ärmel von Klerilas Pyjamabluse hoch und hielt das Teil gegen den Oberarm des Mädchens. Von einem Display an der Seite des Gerätes las sie die Diagnose ab.

„Alles klar mit unserer Patientin“, stellte sie wie selbstverständlich fest. „Das Klonmädchen hat nur die Besinnung verloren. Ansonsten sind alle Körperfunktionen normal und der Kreislauf stabil.“

„Gott sei Dank“, war Gerry erleichtert. „Wenn ich den zwischen die Finger kriege, der ihr das angetan hat, dann möchte ich nicht in seiner Haut stecken.“ Behutsam streichelte Gerry die Wange seiner Freundin und strich ihr dabei eine verschwitzte Haarsträhne aus ihrem geröteten Gesicht.

"Ich werde ihr etwas Sauerstoff verabreichen, dann müsste sie bald wieder ihre hübschen Äugelein aufschlagen“, meinte die Notärztin aufmunternd, während sie in ihrem Koffer kramte. Daraus nahm sie eine schwarze Gesichtsmaske, ähnlich denen wie man sie auf *Alpha CMi IV* für die Frischluftzufuhr tragen musste. Mit leichtem Druck hielt die Ärztin die Maske über Klerilas Mund und Nase. Es dauerte nicht lange und Klerila öffnete ihre Augen. Verwirrt zuckten ihre Pupillen hin und her.

„Wer sind Sie“, waren ihre ersten Worte.

„Ich bin Dr. Angela Di Bora, diensthabende Notärztin an der HokoTiR. Sie waren im Kokon einer Riesenspinne gefangen und bewusstlos. Aber keine Angst, Sie sind wohlauf. Meine Untersuchung ergab, dass Sie bei bester

Gesundheit sind", lächelte die Frau und reichte Klerila die Hand zum Gruß.

„Danke Frau Doktor, ich fühle mich auch schon wieder ganz fit", erwiderte Klerila.

„Sehr gut, dann wäre ich aber noch neugierig, wie Sie in diese gefährlich Lage kommen konnten."

„Ihr werdet es mir wahrscheinlich nicht glauben, aber schuld an dem Ganzen ist ein alter Bekannter", sagte Klerila mehr zu ihren Freunden, als zu der Notärztin.

„Jetzt mach es nicht so spannend. Wem haben wir also diese ganze Scheiße hier zu verdanken", sagte Gerry ungeduldig und mit aufkeimenden Zorn.

„Halim-La-Can", antwortete Klerila kurz.

„Was? Wem? Kenn ich nicht", war sich Gerry sicher.

Auch die anderen blickten Klerila verständnislos an. Nur Dr. Di Bora legte entsetzt die flache Hand über ihren Mund, als wolle sie einen Aufschrei unterdrücken.

„Der Sohn des Can", presste sie schockiert hervor.

„Richtig. Halim-La-Can alias Silvano Esperanza ist der Sohn von Ax-La-Can", sagte Klerila fast andächtig.

„Was, Esperanza ist der Sohn dieses Verbrechers!? Und der unterrichtet an der HokoTiR. Was soll das alles?", war Gerry fassungslos. „Kannst du uns das bitte vielleicht auch mal erklären?"

„Kann ich", sagte Klerila, ein wenig amüsiert über die langen Gesichter der Anwesenden. Also, die Geschichte beginnt schon am ersten Schultag nach den Weihnachtsferien. Könnt ihr daran erinnern, dass Adrian Springfield plötzlich zusammengebrochen war?"

„Natürlich können wir uns erinnern. Jemand hatte seine Bürste mit Gift präpariert", antwortete Iwo. „Was hat das mit dem Lehrer zu tun?"

„Sehr viel, das war nämlich sein erstes, wenn auch un-
gewolltes, Opfer bei seinem Rachefeldzug", fuhr Klerila
fort.

„Rachefeldzug? Was'n für'n Rachefeldzug?", fragte
Gerry.

„Halim-La-Can möchte sich an dir rächen."

„Was soll denn der für einen Grund haben sich an mir
zu rächen?"

„Naja, ich sehe darin eigentlich auch keinen Grund,
aber er gibt dir die Schuld, dass sein Vater verblödet ist."

„Ja sicher", sagte Gerry zynisch. „Und warum bitte soll
ausgerechnet ich daran schuld sein?"

„Nach seiner Vorstellung hast du seinen Vater in den
Wahnsinn getrieben, indem du die Kinder nach Rei-Ma-
les Tod zum Weitersingen motiviert hast. Er meint, dass
sein Vater jetzt im Kloster sitzt und wirres Zeug predigt,
hat er dir zu verdanken. Dafür sollst du sterben."

„Na prima, dafür dass er einen Idioten als Vater hat
gibt er mir die Schuld. Schwachsinn muss bei denen in
der Familie liegen", empörte sich Gerry.

„Ax-La-Can ist noch nie ganz rund gelaufen. Er wurde
nur von irre böse auf irre gut umgepolt", brachte es Iwo
auf den Punkt.

„Trotzdem verstehe ich nicht ganz", überlegte Gerry,
„warum Esperanza … also Halim-La-Can den armen
Springfield vergiften wollte."

„Wollte er auch nicht!", sagte Klerila energisch. „Da
muss etwas beim Aufkleben der Namensschilder schief
gelaufen sein. Die Geschenke wurden einfach verwechselt. Und so kam Springfield zum Handkuss."

„Das ist ja Wahnsinn! Wir müssen sofort die Polizei
verständigen", meinte Gerry bestürzt.

„Moment, das ist noch nicht alles. Auch dein lebensge-
fährlicher Auftritt beim Orientierungslauf geht auf sein
Konto“, unterbrach Klerila Gerry, als er seinen *Ide-Tel-
Chip* drücken wollte.

„Was?!“, rief Gerry und nahm die Hand wieder vom
Ohr.

„Ja, du hast richtig gehört. Zuerst manipulierte er deine
elektronische Landkarte, das war für ihn als Mitorganisa-
tor des Laufs kein Problem. Deshalb funktionierte sie
auch nicht sofort, als Dr. Kaufmann sie dir gab, wenn du
dich noch erinnerst. Dann schaffte er es irgendwie, deine
Waffe unbrauchbar zu machen. Du kannst dich sicher
noch an die Waffenausgabe an der Bahnstation erinnern.“

„Als Professor Harnisch meine HLP-9000 nicht an
ihrem Platz auf dem Anhänger vorfand?“

„Ja genau! Er muss sie von dort genommen und manipuliert haben. Dann gab er sie auf den falschen Platz zurück. Schließlich setzte er noch ein paar dilettantisch vor-
bereitete Orientierungspunkte auf der Strecke. Du weißt
schon, etwa die primitive Box mit der Zange.“

Gerrys Gesicht, und auch das der anderen, wurde immer länger.

„Er wusste wahrscheinlich genau, dass sich dort draußen ein *Saurus Saccharosus* herumtrieb und auf das
Schlüpfen seines Jungen wartete. Da die ansonsten fried-
lichen Tiere während dieser Zeit extrem aggressiv sind
und alles angreifen was ihnen gefährlich erscheint, hoffte
er dass es dich tötet.“

„Was ja beinahe aufgegangen wäre“, unterbrach Gerry
kurz Klerilas Redeschwall.

„Wie es ihm gelingen konnte deinen *Ide-Tel-Chip* unbrauchbar zu machen, bin ich noch nicht dahinter gekommen“, fuhr sie fort. „Und letztendlich ging auch die von

einer Butterfly-Sonde zerschnittene Plattform auf seine Rechnung. Ganz zu schweigen von meiner Entführung ins Spinnengehege. Er wollte dich damit erpressen, dich ihm endlich auszuliefern."

„So, jetzt reicht's, der soll mich kennen lernen", zischte Gerry und griff zu seinem Chip. Mit einem leichten Kopfnicken bestätigte er den anderen, dass er die zuständige Stelle bei der Polizei erreicht hatte. Gespannt blickten alle auf Gerry, der mit mimikreichem Gesichtsausdruck aufgeregt telepathierte.

„Jetzt geht's ihm an den Kragen", sagte Gerry, nachdem er die Gedankenübertragung beendet hatte. Ich habe Kommissar Kolping persönlich erreicht und er hat mir versprochen Halim-La-Can sofort verhaften zu lassen."

„Den können sie dann gleich zu seinem Vater in die Klapsmühle stecken, der Apfel fällt ja doch nicht weit vom Stamm", schlug Iwo vor.

„Gut, dann wäre ja soweit alles klar", meldete sich die Notärztin wieder zu Wort. „Wir machen uns dann wieder auf den Weg. Sollten bei Ihnen irgendwelche Beschwerden auftreten, wie Kopfschmerzen oder Schwindel, so melden Sie sich bitte beim Schularzt der HokoTiR, Frau Betuma."

„Danke, das werde ich machen Frau Doktor, aber ich glaube ich bin wieder in Ordnung", sagte Klerila.

Das Ärzteteam ließ sich wieder wegbeamen und die Freunde machten sich auf in Celines Büro.

„Bitte beam uns sofort wieder zurück ins Zeltlager, wir müssen das alles Dr. Kaufmann und Frau To-Pan erzählen", bat Gerry Celine. „Die werden Augen machen."

Im Lager angekommen liefen die beiden sofort zum Lehrerzelt. Doch das sollte sich sogleich als Fehler herausstellen. Kaum waren die Freunde beim Zelteingang angekommen, da stürmte Silvano Esperanza heraus, stieß Klerila und Gerry, die voran gegangen waren, nieder und spurtete geradewegs zum Ausgang des Lagers.

„Verdammt noch mal!", fluchte Gerry, am staubigen Boden hockend, die Hände nach hinten gestützt.

„Haltet ihn!"

Neben ihm rappelte sich Klerila hoch.

„Was sind wir auch für Idioten", stammelte sie zu Gerry und klopfte dabei den Schmutz von ihrer Hose. „Is' ja logisch, dass Esperanza das Weite sucht, wenn er mich mit dir hier aufkreuzen sieht. Für ihn müsste ich ja eigentlich schon tot sein."

„Stimmt, nach seinem Plan solltest du schon Spinnenfutter sein", war auch Gerry verärgert. „Es war dumm, dass auch du hier hergekommen bist."

Iwo, Fiep und Max hatten bereits die Verfolgung aufgenommen, als auch Gerry und Klerila losrannten. Halim-La-Can war jung und durchtrainiert. Mit einem kraftvollen Sprung setzte er locker über den drei Meter breiten Bewässerungsgraben, von wo er seine Flucht in einem mit Büschen durchsetzten Geländeteil fortsetzte. Iwo und Fiep schafften den Sprung über den Graben ebenfalls, doch Max landete mit einem Aufschrei im Wasser. Schimpfend und pitschnass kroch er das Ufer wieder hoch. Iwo und Fiep hielten an und schauten sich um. Halim-La-Can war nirgends mehr zu sehen.

„Wo ist der Bursche?", fragte Iwo zu Fiep blickend.

„Keine Ahnung", war die knappe Antwort.

Da erschien über ihren Köpfen ein Anti-G der Polizei.

„Jungs, ihr kommt leider zu spät", dachte sich Fiep, während er weiter in Richtung der Büsche lief.

„Der kann hier überall sein“, keuchte Max, der zu Iwo und Fiep wieder aufgeholt hatte. Auch Gerry und Klerila hatten mittlerweile ihre Freunde erreicht.

„Wir teilen uns auf“, meinte Iwo, „dann haben wir die größere Chance ihn zu finden.“

„Iwo, vergiss es. Du glaubst doch nicht im Ernst, dass der sich hier irgendwo versteckt und wartet bis wir ihn entdecken. Der ist längst über alle Berge. Find‘ dich damit ab, dass er uns entwischt ist“, sagte Gerry resignierend.

„Wir sind ja selber schuld. Die Polizei wird uns für die Flucht dieses Bastards verantwortlich machen“, wetterte Klerila.

Abgekämpft und mit hängenden Köpfen machten sich die Freunde auf den Weg zurück zum Lager. Aus der Ferne sahen sie schon mehrere Leute um das Lehrerzelt herum stehen. Auch Uniformierte waren darunter.

„Wir sagen einfach wir hätten geglaubt, dass Esperanza schon verhaftet worden wäre“, meinte Klerila.

„Gute Idee“, antwortete Gerry kurz.

„Hallo Leute“, grüßte To-Pan die Freunde, „wie ich sehe, konntet ihr Halim-La-Can nicht mehr fassen. Ist auch vielleicht besser so, der Kerl scheint ja extrem gefährlich zu sein.“

Die Freunde schauten sich verwundert an. Mit keinem Wort erwähnte auch nur irgendwer, dass sie die Festnahme des Banditen verbockt hätten. Lediglich einer der Zivilpolizisten meinte zu Klerila: „Er konnte sich wahrscheinlich vorstellen, dass etwas schiefgelaufen sein musste, nachdem er Sie hier auftauchen sah.“

„Ja, wahrscheinlich“, sagte Klerila kleinlaut.

„Während des Überfluges über das Lager hatte das Strahlenerfassungssystem unseres Bordcomputers einen

Beamvorgang registriert. Vermutlich hatte sich der Verdächtige wegbeamen lassen“; erklärte der Zivile.

„Klerila, bist du verletzt? Ich habe gehört, dass dich Halim-La-Can ins Spinnengehege entführt hat“, fragte To-Pan besorgt.

„Nein, keine Sorge, so ein kleiner Abenteuerausflug haut mich nicht so schnell um“, lächelte Klerila.

„Na Gott sei Dank, das hätte auch böse ausgehen können. Kommissar Kolping möchte, dass du ihm alles genau erzählst“, sagte To-Pan sichtlich erleichtert.

„Kommissar Kolping? Ist der auch hier?“

„Ja, er unterhält sich mit Dr. Kaufmann im Zelt.“

Klerila betrat das Lehrerzelt.

Dr. Kaufmann und Kommissar Kolping saßen auf Klappstühlen in der Mitte des Zeltes. Eine große, metallene Kiste diente als Tisch. Darauf stand ein aufgeklappter Laptop. Die beiden schienen sich über den am Bildschirm gezeigten Text zu unterhalten.

„Aha, Frau Betuma! Guten Tag! Wie geht es Ihnen? Bitte setzen Sie sich doch kurz einmal zu uns“, begrüßte sie Kommissar Kolping und zeigte auf einen leeren Stuhl neben ihm. Klerila reichte ihm ihre Hand zum Gruß und nahm Platz. Dr. Kaufmann lächelte ihr zu.

„Es ist wirklich sehr bedauerlich, dass uns der Gauner entwischt ist“, seufzte Kolping und zog die Unterlippe über die Oberlippe. „Den Mann werden wir nicht mehr so schnell zu fassen bekommen, die BdG ist eine gut organisierte Bande mit hervorragenden Verstecken. Er könnte praktisch in jede Ecke des Universums geflohen sein. Ich mache jetzt mal eine Niederschrift. Bitte erzählen Sie mir genau was sich ereignet hat. Versuchen Sie sich an jedes noch so kleine Detail zu erinnern.“

„Sie fühlen sich doch in der Lage das Erlebte zu schildern?“, erkundigte sich Dr. Kaufmann vorsichtshalber. „Immerhin haben Sie einiges durchgemacht. Kommissar Kolping kann Ihre Aussage auch später aufnehmen. Oder, Herr Kommissar?“

„Gewiss“, nickte Kolping, obwohl er die Sache schon gerne sofort erledigt hätte.

„Nein, nein, machen Sie ruhig, ich habe kein Problem damit.“

Der Kommissar drückte eine Taste am Laptop und Klerila begann zu sprechen. Am Bildschirm wurde automatisch Wort für Wort mitgeschrieben.

„Ich habe wahrscheinlich tief geschlafen, denn von dem Beamvorgang habe ich Null mitbekommen. Ich wurde erst wach als ich kalten, harten Boden unter mir spürte...“

Klerila konnte Dank Ihres fotografischen Gedächtnisses natürlich alles ganz genau erzählen. Sie ließ nichts unerwähnt und beendete Ihre Geschichte erst mit dem Eintreffen der Notärztin.

„Also das war die genaueste Niederschrift meiner Dienstzeit. Wie konnten Sie sich das nur alles merken?“, sagte Kommissar Kolping kopfschüttelnd zu Klerila.

„Frau Betuma ist ein Klon und hat unter anderen lobenswerten Eigenschaften auch ein fotografisches Gedächtnis“, antwortete Dr. Kaufmann für Klerila.

„Unglaublich! Aber sicher praktisch für Sie...und für mich“, meinte Kommissar Kolping. „Diese Niederschrift lässt keine Fragen offen.“

„Wie werden Sie jetzt weiter vorgehen?“, wollte Dr. Kaufmann wissen.

„Halim-La-Can ist schon lange zur Fahndung ausgeschrieben. Es wurde bereits eine Spezialeinheit zur Ergreifung des Mannes einberufen", erwiderte der Kommissar.

„So, Frau Betuma, das war's auch schon", wandte sich Kolping wieder an Klerila. „Bitte halten Sie sich zu meiner Verfügung. Wenn Ihnen noch etwas einfällt ... hier ist meine Karte." Kolping steckte Klerila ein kleines weißes Kärtchen entgegen.

„Schicken Sie mir bitte jetzt Ihren Freund herein, Gerald Mayer ist doch Ihr Freund?"

„Ja stimmt, Gerry ist mein Freund. Auf Wiedersehen."

„Auf Wiedersehen."

Vor dem Zelt warteten noch immer Klerilas Freunde. Gerry hockte am Boden und spielte mit einem Hölzchen. Schnell sprang er auf, als Klerila aus dem Zelt trat.

„Du warst lange da drinnen. Was wollte denn der Kommissar alles von dir?"

„Er wollte alles über meine Entführung wissen und hat davon eine Niederschrift gemacht. Jetzt sollst du noch zu ihm reinkommen", antwortete ihm Klerila.

„Ich?"

„Natürlich du, schließlich bist es doch du, der getötet werden sollte."

„Klerila, bitte sprich nicht von töten, da läuft es einem ja ganz kalt über den Rücken", sagte Elli schaudernd.

„Aber es ist nun mal so, Gerry könnte schon längst über den Jordan sein", stichelte Max um Elli zu ärgern. Er erntete dafür einen finsteren Blick von Elli. „Was habt ihr denn, ich lebe ja und habe das auch noch die nächsten Jahrzehnte vor", sagte Gerry. „Und jetzt höre ich mir mal an, was Kommissar Kolping von mir will. Wartet ihr hier auf mich?"

„Sicher", antwortete Klerila für alle.

Als Gerry das Zelt betrat, stand Dr. Kaufmann gerade auf und verabschiedete sich von Kommissar Kolping. „Sie werden mich dann ja nicht mehr brauchen, Herr Kommissar.“

„Nein, danke für Ihre Hilfe und dass Sie sich Zeit genommen haben. Schönen Tag noch.“

„Keine Ursache, ich möchte ja auch, dass der Kerl so bald als möglich gefasst wird. Ebenfalls schönen Tag noch und auf Wiedersehen“, sagte Dr. Kaufmann, derweil er an Gerry vorbei aus dem Zelt schlüpfte.

„Hallo Herr Kommissar“, grüßte Gerry und nahm ohne Aufforderung am Stuhl neben Kolping Platz.

„Grüß Sie, Herr Mayer! Ich habe mit Ihrer Freundin bereits gesprochen. Sie konnte mir einige wichtige Hinweise geben“, begann der Kommissar das Gespräch. „Details hat sich das Mädchen gemerkt, unglaublich.“

„Tja, was das Merken betrifft ist Klerila unschlagbar“, grinste Gerry.

„Frau Betuma‘s Schilderungen haben mich in dem Fall schon ein ganzes Stück weitergebracht. Wenn Sie mir jetzt noch Ihre Geschichte erzählen, dann könnte ich vielleicht die Ereignisse der letzten Tage und Wochen rekonstruieren.“

Also erzählte Gerry dem Kommissar seine Geschichte. Er begann damit die ganzen seltsamen Vorfälle während des Orientierungslaufes zu schildern und endete mit seinem Fast-Absturz auf der Aussichtsplattform.

„Und Ihnen ist nie die Idee gekommen, dass da etwas faul sein könnte“, fragte Kolping und spitzte dabei die Lippen.

„Eigentlich nicht. Ich dachte an eine Verkettung unglücklicher Zufälle. Obwohl,“ er machte eine kurze

Pause, „der historische Kartenentwerter beim Orientierungslauf kam mir schon sehr seltsam vor."

„Okay, sei's drum, ich werde noch ein paar andere Zeugen, wie etwa Major Harnisch, vernehmen. Ich hoffe, mir dann ein genaueres Bild über den Sachverhalt machen zu können", meinte Kolping noch abschließend.

Gerry verabschiedete sich und verließ das Zelt. Seine Freunde lungerten vor dem Eingang herum.

„Na endlich bist du fertig", seufzte Iwo.

„Es ging nicht schneller, der Kommissar wollte alles ganz genau wissen. Leider habe ich nicht so ein Gedächtnis wie Klerila", sagte Gerry und schmunzelte seine Freundin an.

Gemeinsam machten sie sich auf den Weg zu ihren Zelten. Die Jungs verbrachten den Nachmittag mit Fußballspielen im Park, indessen eine Gruppe Mädchen, der sich auch Klerila anschloss, mit dem Obus in das Zentrum der Stadt zum Shoppen fuhren.

Nachdem Mitte des 21. Jahrhunderts die Obusse allmählich aus den Städten verschwanden (der Betrieb wurde auf Grund steigender Wartungs- und Instandhaltungskosten der Oberleitung schlicht und einfach zu teuer) gab es 150 Jahre später ein Déjà-vu-Erlebnis mit diesem umweltfreundlichen Verkehrsmittel. Die Obusse der neuen Generation benötigten keine Oberleitung im herkömmlichen Sinne und deshalb auch keine Stromabnehmer mehr. Etwa zehn Meter über den Straßen wurde ein sehr leichter und dünner Fahrdraht geführt. Dieser sendete ständig einen Strom energiegeladener Teilchen linear nach unten. Diese Transionen genannten Teilchen haben die Eigenschaft, elektrische Energie, ähnlich wie Radiowellen zum Austauschen von Nachrichten dienen, drahtlos zu übertragen. Ein im Bus montierter Teilchenumformer erzeugt den zum Betrieb des Fahrzeuges erforderlichen Strom. Die Aufgabe, die früher die Stromabnehmerstangen übernahmen, wird jetzt sozusagen per Funk erledigt. Der dünne Fahrdraht ist so gut wie wartungsfrei. Durch die große Montagehöhe ist er nicht anfällig für Beschädigungen durch Dritte. Ein zentraler Rechner sorgt dafür, dass die einzelnen Kurswagen auf die richtigen Fahrtrouten geschaltet werden. Wie *Terranico* war auch *Hydronia* eine sehr moderne Stadt. Futuristische Gebäude prägten das Bild. Im Zentrum befand sich das sternenförmig angelegte „Shopping Center Hydronia". Über einhundert Geschäfte aller Branchen waren darin untergebracht.

Mit Klerila und Elli waren noch vier weitere Mädchen unterwegs. Dionne, Maja, Daria und Paloma. Alle aus der 2c Klasse.

Gleich am Eingang zum Center betraten sie ein Geschäft für Sportbekleidung. Die junge Verkäuferin war eine Romulanerin vom Planeten *Romulus*. Ihre Haut war mausgrau und die pechschwarzen Haare hingen in Rastalocken kerzengerade bis über ihre Schultern. Romulaner hatten schwarzes Blut und ihre Lippen und Nagelbetten waren deshalb schwarz beziehungsweise dunkelgrau. Nur die Handflächen und Fußsohlen waren, genau wie bei dunkelhäutigen Menschen, hell.

„Wie kann ich den jungen Damen helfen", fragte die mit einer tadellosen Figur ausgestattete Außerirdische.

„Ich möchte mir gerne ein paar Jogginganzüge ansehen", antwortete Klerila.

„Sehr gut, da haben wir gerade die neuesten Kollektionen hereinbekommen."

Sie musterte Klerila und fragte: „Konfektionsgröße 34?"

„Stimmt, ich habe Größe 34", bestätigte Klerila. Sie nahm sich kurz entschlossen zwei Stück und verschwand damit in einer der Umkleidekabinen. Ihre Freundinnen sahen sich inzwischen im Geschäft um. Nach wenigen Minuten kam Klerila wieder aus der Kabine. Sie trug eine enganliegende, pinkfarbene Jogginghose mit lila Streifen an den Beinrändern. Dazu eine weiße Jacke mit Zippverschluss. Am Rücken prangte ein großes Raumschiff in Form eines langgezogenen „S". Es war das Logo der Herstellerfirma und hatte dasselbe Lila wie die Streifen der Hose. An der Brusttasche der Jacke war das Symbol in kleiner Form ebenfalls zu sehen.

„Ich glaube das Teil nehme ich", sagte sie, und sah dabei an sich runter.

„Wow! Super, der passt perfekt!", rief ihr Elli begeistert entgegen.

„Finde ich auch", meinte die Verkäuferin, ...und die Marke *Seevetal* sicher eine gute Wahl."

Seevetal war einer der größte Sportartikelhersteller des Planeten und für seine hervorragende Qualität im ganzen Universum bekannt.

„Was soll der denn kosten", fragte Klerila.

„Für Sie nur 199 Galaxos!", rief die Romulanerin entzückt. Ein schneller Blick Klerilas auf das Preisschild am Ärmel der Jacke verriet ihr, dass der Jogginganzug ohnehin 199 Galaxos kostet.

„Okay, sagen wir so, weil ich es bin 180 und die Sache ist geritzt", schlug Klerila vor.

„Aber ich bitte dich, das Teil ist purer High-Tech und obendrein topmodern, da sind doch 199 Galaxos ein Schnäppchen", meinte die Außerirdische ins „Du" verfallend. „Aber gut, sagen wir 190."

„High-Tech?", mischte sich Dionne fragend ein.

„Ja sicher, das sind Textilien, die quasi mitdenken. Je nach Temperatur beginnt sich der Stoff abzukühlen oder zu erwärmen. Der Schweiß wird zu einhundert Prozent nach außen abgeleitet. Über eingewebte Sensoren werden alle Körperfunktionen ständig überwacht. Sollte es zu einer Überlastung des Kreislaufes oder einem sonstigen gesundheitlichen Problem kommen, wird über den *Ide-Tel-Chip* eine Warnung an das Gehirn weiter geleitet. Bei Bewusstlosigkeit wird automatisch ein Notruf abgesetzt. Er ist lässt dich, wie ein guter Freund, niemals im Stich. Ganz abzusehen von der ausgezeichneten Qualität", rechtfertigte die Romulanerin den Preis.

„Okay, du hast mich überzeugt", sagte Klerila, der die überzeugende Argumentierung der jungen Frau gefiel, schmunzelnd.

„Also gut, 190, dann aber schön verpackt in einer Tüte."

„Perfekt, du wirst es nicht bereuen. Bitte nur im *Molekularzerstäuber-Reiniger** säubern, da ansonsten die Elektronik der Sensoren beschädigt oder gar zerstört wird. Regen, aber auch ein kurzer Sturz ins Wasser machen ihm nichts aus. Nur länger Schwimmen oder Tauchen solltest du nicht mit ihm", lachte die Romulanerin.

„Das habe ich auch nicht vor, dafür habe ich geeignetere Sachen", meinte Klerila. Sie nahm die Tüte mit der Aufschrift „Deep Space – Intergalactical Sportswear", so der Name des Shops, entgegen und verließ gut gelaunt mit ihren Freundinnen den Laden.

„Viel Spaß beim Joggen!", rief ihr die freundliche Verkäuferin noch nach.

Den restlichen Nachmittag zogen die Mädchen noch durch das große Gebäude und besuchten dabei beinahe die Hälfte der Geschäfte. Alle sechs waren sie kurz nach Fünf wieder an der Obushaltestelle vor dem Shopping-Center.

Gerry stand im provisorisch mit Ästen abgesteckten Tor und wartete gespannt auf den Elfmeterschuss. In einer leichten Hocke-Position wippte er konzentriert von einem Bein auf das andere. Gerry kannte den Elfmeterschützen nur flüchtig und überlegte deshalb fieberhaft, in welche Ecke er wohl schießen würde. Dann ein schriller Pfiff. Der Junge, er trug als Zeichen der gegnerischen Mannschaft eine rote Armbinde, spurtete los. Gerry fixierte das runde Leder mit starrem Blick. Genau als das rechte Bein des Spielers den Ball wuchtig traf, ertönte abermals ein Pfiff. Irritiert blickte Gerry in Richtung des Schrilltons. Der Ball zischte haarscharf an seinen Fingerspitzen vorbei. Er hatte zwar richtig, jedoch zu spät reagiert.

„Verdammt", fluchte er leise mit sich selbst. Bei der gegnerischen Mannschaft brauste Jubel auf. Jetzt erkannte Gerry die Ursache des Übels.

Am Spielfeldrand stand Dr. Kaufmann, eine Trillerpfeife im Mund.

„Bitte hören Sie einen Moment zu!", rief er zu den Spielern.

„Aber Herr Major", protestierte Gerry, „jetzt haben wir wegen Ihnen ein Tor bekommen. Was soll die dämliche Pfeiferei?"

„Tut mir leid wenn ich Sie bei Ihrem Spiel gestört habe, aber wir müssen langsam die Zelte abbrechen und uns auf die Abfahrt vorbereiten. In einer guten Stunde legt die *Admiral Münster* ab."

„Gut, auch recht", meinte einer der Spieler der gegnerischen Mannschaft, „dann haben wir 3:2 gewonnen."

„Hallo, hallo, so geht's nicht!", empörte sich ein großer, schlaksiger Siebzehnjähriger aus Gerrys Mannschaft. „Dieses Tor wird annulliert und wir setzen das Spiel in der Schule fort."

„Halt, Moment! Was hier annulliert oder fortgesetzt wird, entscheidet immer noch der Schiedsrichter", meldete sich sofort ein Junge mit schwarzer Armschleife zu Wort. „Und ich entscheide, dass das Spiel mit der Wiederholung des Elfmeters beim Stand von 2:2 in der Sporthalle der HokoTiR fortgeführt wird."

Das schien ein fairer Kompromiss und die Jungs waren einverstanden.

Beim Zeltabbau halfen sie alle zusammen und der kleine Zwist war schon wieder vergessen. Als Gerry und Iwo die letzten Säcke mit Zeltstangen verschnürten, kamen die Mädchen von ihrer Shoppingtour zurück.

„Ihr habt euch ja wieder elegant vom Zeltabbauen gedrückt!", rief Iwo der Gruppe Mädchen zu, deren Geschnatter schon von weitem zu hören war.

„Also Iwo, das ist ja nun wirklich Männersache", feixte Klerila lachend zurück.

„Weiber", zischte Iwo leise.

Als der Zeltplatz wieder gesäubert (dabei halfen jetzt auch die Mädchen mit) und die Säcke mit der Ausrüstung auf eine Art Caddy verladen waren, machten sich die Schüler und Lehrer auf den Weg zur Schiffsanlegestelle am Ende des Parks. Hauptgesprächsstoff während des zwanzigminütigen Marsches war natürlich Silvano Esperanza alias Halim-La-Can. Viele, die mit Esperanza sympathisierten, wollten die Geschichte gar nicht glauben.

„Wenn es mir der Mistkerl nicht selbst erzählt hätte, ich würde es auch nicht für möglich halten“, sagte Klerila mit zornigem Blick zu Elli.

„Das hast du jetzt von deinem Silvano“, stichelte Gerry, „der hätte dich beinahe ins Jenseits befördert. Du kannst froh sein, dass Dobrila gerade keinen Hunger hatte.“

„Ach was, du warst ja nur eifersüchtig. Du hast genau so wenig vermutet, dass Esperanza ein getarnter Verbrecher ist wie wir alle“, verteidigte sich Klerila.

„Nein, so kann man das nicht sagen. Mir kam der Kerl immer schon suspekt vor. Und jetzt weiß ich auch, warum ich glaubte ihn schon einmal gesehen zu haben. Er schaut seinem Vater verdammt ähnlich.“

„Okay, ist ja auch egal. Reden wir über was anderes“, sagte Klerila, um vom Thema abzulenken.

Die *Admiral Münster* lag an der kleinen Bucht vor Anker und wirkte, als gehöre sie nicht dorthin. Ein kleines Fischerboot hätte besser an den kleinen Landesteg gepasst. Die ausgefahrene Gangway schien den Steg fast zu erdrücken.

Kapitän Tamo-Tua und ein Steward empfingen die Schüler beim Einstieg.

„Na, wie war euer Zeltlager?“, fragte der Kapitän freundlich.

„Aufregend, wirklich sehr aufregend“, antwortete ihm Klerila.“Vor allem für mich. Sie können sich nicht vorstellen, was sich in der kurzen Zeit alles abgespielt hat.“

Der Kapitän sah sie ratlos an.

„Wir werden Ihnen die Geschichte noch ganz genau erzählen, Herr Kapitän!“, sagte Gerry, der hinter Klerila auf die Gangway getreten war. „Sie werden es nicht glauben.“

„Da bin ich aber schon neugierig“, meinte der Kapitän lächelnd. Kapitän Tamo-Tua hatte den Schülern erzählt, dass er sich in seiner Freizeit gerne mit Kriminalistik befasste und Kommissar Kolping schon einmal in einem Mordfall helfen konnte. Ja sogar mit seinem kriminalistischen Instinkt maßgeblich an der Aufklärung des Falles beteiligt war.

„Worum geht es denn? Etwa gar um einen Mord?“, fragte Tamo-Tua interessiert.

„Nein, um Mord nicht, aber um Mordversuch“, antwortete Gerry. „Und zwar an mir und Klerila.“

„Was!?“, entfuhr es dem Kapitän.

Von hinten drängten die Schüler nach und jeder wollte so schnell als möglich an Bord gehen, als gebe es dort etwas geschenkt.

„Geht denn da vorne nichts weiter!“, rief einer.

„Aber Hallo, wir gehen ja schon. Also bis später Herr Kapitän.“

9. KAPITEL

DAS UNWETTER

Als die Freunde an Bord waren, sahen sie noch, wie die Zeltausrüstungen von zwei Männern der Crew in einer kleinen Kammer verstaut wurden.

„Ihr habt das Zeug sehr sauber zurückgebracht. Das ist nicht bei allen Schulen so, die es sich ausleihen", lobte einer der beiden die Schüler.

„Bitte sagen Sie das Direktor Gudmundsson, vielleicht gibt es dann einen freien Tag für uns", meinte Iwo zu dem Mann.

Sofort nachdem sie alle an Bord waren, legte die *Admiral Münster* ab. Das Wasser des großen Sees war ruhig und die zwei Sonnen spiegelten sich auf der glatten Wasserfläche. Ganz am nördlichen Horizont kündigte jedoch ein dunkler Streifen das Herannahen einer Schlechtwetterfront an.

Die Überfahrt zur Hauptstadt dauerte knapp drei Stunden. Auf halben Weg begegnete ihnen die *Fakira*, ein Schwesterschiff der *Admiral Münster* von derselben Reederei. Sie begrüßten sich mit einem lauten Konzert ihrer Signalhörner. Die Schüler und die Passagiere der *Fakira* winkten sich mit lautem Gejohle zu.

Die *Admiral Münster* ging im Hafen von *Terranico* am selben Landesteg, an dem sie vor sieben Tagen abgelegt hatte, wieder vor Anker. Trotz der hereinbrechenden Nacht war doch noch zu erkennen, dass eine dichte Wolkendecke den Himmel überzogen hatte. Fernes Leuchten und leises Donnergrollen kündigten ein Unwetter an. Der Wind hatte stark aufgefrischt.

„Da kommt ganz schön etwas daher", befürchtete Iwo, in diese Richtung zeigend.

„Der Wetterwarndienst meldete starke Gewitter aus Norden", sagte Dr. Kaufmann, der Iwos Worte gehört hatte.

Auf Grund des Fehlens großer Ozeane erfolgte auf *Alpha CMi IV* kein so massiver Austausch von kalten und warmen Luftmassen, der das Entstehen von Unwettern begünstigte, wie es auf der Erde der Fall war. Deshalb waren Gewitter ein eher seltenes Naturereignis und bildeten sich, wenn überhaupt, nur in der Nähe großer Wasserflächen.

„Geil!", rief Iwo fasziniert. „Für so ein zünftiges Gewitterchen bin ich immer zu haben."

Dr. Kaufmann blickte Iwo mit heruntergezogenen Augenbrauen finster an. „Ich glaube Sie haben nicht richtig verstanden. Ich meinte damit schwere Unwetter und kein zünftiges Gewitterchen, wie Sie es nennen. Das bedeutet für Sie, dass Sie die Gebäude der HokoTiR beziehungsweise die Sphäre der Stadt nicht verlassen werden."

„Spielverderber", murmelte Iwo leise in sich hinein.

Wahrscheinlich hatte es Dr. Kaufmann gehört, denn er sagte darauf mit warnendem Unterton: „Unwetter auf *Alpha CMi IV* können extrem heftig niedergehen, mit Sturmböen, Hagelschlag, Überflutungen und allem was sonst noch dazu gehört. Glauben Sie mir, Kadett Ekkart, das ist nicht lustig."

Mit der U-Bahn ging es zurück zur HokoTiR. Inzwischen lag stockdunkle Nacht über dem Gebäudekomplex von *Prokyon 11*.

Die Blitze wurden heller, der Donner lauter. Die Front rückte rasch näher. Iwo und Gerry hatten sich vom Abendessen abgemeldet und sich zum Gemeinschaftsraum in der obersten Etage begeben. Das Panoramafenster des Raumes bot einen wunderbaren Blick über das Areal der Raumstation. Schwere Regentropfen wurden von böigen Windstößen unrhythmisch gegen die Scheiben geklatscht. Grelle Blitze ließen Gebäudeumrisse für Sekundenbruchteile erkennen. Die Gewitterfront hatte die Hauptstadt erreicht.

„Voll cool, was?", sagte Iwo zu Gerry, der neben ihm am Fenster stand.

„Ja, solange man hinter der Scheibe steht schon", antwortete Gerry.

„Ach, was soll denn schon sein, außer dass wir ein wenig nass werden."

„Dich könnte zum Beispiel ein Blitz treffen oder eine Sturmbö könnte dich erfassen und dich irgendwo dagegen schleudern."

„Ich bitte dich, Gerry, laut Statistik ist eine Sechs im Lotto wahrscheinlicher als vom Blitz getroffen zu werden."

„Aber nicht wenn man es herausfordert. Was nützt mir deine Statistik, wenn es genau mich erwischt?"

„Seit wann bist du so ein Angsthase? Komm, wir machen einen kleinen Abenteuerausflug an das Seeufer. Dort spielt es sich sicher mächtig ab", schlug Iwo vor und schaute Gerry erwartungsvoll an.

„Du bist verrückt, Iwo. Wir können die HokoTiR ja gar nicht verlassen, ohne dass Dr. Kaufmann davon erfährt. Die Ausgänge werden permanent videoüberwacht. Hast du das vergessen?"

„Nein, habe ich nicht. Aber dafür weiß ich etwas, was du nicht weißt", grinste Iwo. „Und das ist grau."

„Hä, spinnst du?"

Gerry schaute Iwo mit großen Augen an.

„Ich habe beobachtet, dass jeden Abend um Punkt 19 Uhr vor der Lagerhalle die leeren Kühlboxen für die Fleischanlieferung zu einer Firma am Hafen gebeamt werden. Und die sind nicht nur grau, sondern auch groß genug, um zu zweit darin Platz zu finden."

„Möchtest du dich tiefkühlen lassen, oder was? Also du hast Ideen. Ein bisschen Sturm und ein paar Blitze sind das doch nicht wert", versuchte Gerry Iwo die Schnapsidee auszureden.

„Ich finde die Idee nicht schlecht", meldete sich plötzlich eine Mädchenstimme.

Klerila war hinter ihnen aufgetaucht. „So ein Naturschauspiel hat schon was. Das wäre sicher einmal ein Erlebnis der besonderen Art."

„Klerila, wo kommst du denn her? Bist du nicht beim Abendessen?", fragte Gerry überrascht.

„Keinen Hunger", war die knappe Antwort.

„Du bist also auch der Meinung dieses Fantasten, dass es cool wäre, da raus zu gehen?"

„Sicher, so etwas erleben wir hier nur selten", stimmte Klerila Iwo zu.

„Na gut, meinetwegen, ihr gebt ja doch keine Ruhe", gab Gerry schließlich auf.

„Klasse!", rief Iwo begeistert. „Ich habe ja gewusst, dass du kein Spielverderber bist. Es ist halb Sieben. Treffen wir uns in zwanzig Minuten vor der Lagerhalle. Klerila, du hast sicher auch noch in der Kühlbox Platz."

„In Ordnung", seufzte Gerry, „ich hoffe nur, dass alles gut geht."

*

Joe McCaffrey blickte gedankenverloren auf die mit Gitterstäben abgesicherten Fenster seiner kleinen Zelle. Schwere Regentropfen prasselten lautstark gegen die Scheibe. Er soll heute dem Haftrichter vorgeführt werden. Dazu musste man ihn zum Polizeipräsidium in die Hauptstadt bringen. Das Stadtgefängnis von *Terranico* befand sich, ganz nach dem Vorbild des berüchtigten Hochsicherheitsgefängnisses Alcatraz im historischen San Francisco, auf einer vorgelagerten Insel. Der einzige wirkliche Unterschied war, dass es ein moderner Bau war, mit all den Sicherheitsstandards des 24. Jahrhunderts. Eine Flucht war deshalb noch schwieriger als bei seinem berühmten Vorbild. Ein Strahlenschutzschild, das wie eine unsichtbare Käseglocke die Insel abschirmte, verhinderte einen Beamvorgang von beziehungsweise zu der Anlage. Auch eine Landung von Luftfahrzeugen durch diesen Schutzschild war nicht möglich. Deshalb konnte man nur mit Wasserfahrzeugen von oder zur Insel gelangen. Im Gegensatz zu Alcatraz war seit Bestehen des Gefängnisses noch niemand die Flucht gelungen, ja nicht einmal der Versuch unternommen worden.

Ein metallisches Klicken riss McCaffrey aus seinen Gedanken. Die Zellentür wurde geöffnet und eine korpulente, fast zwei Meter große, dunkelhäutige Wachebeamtin betrat den Raum. An der rechten Hüftseite ihrer Uniform steckte eine Laserpistole in einem Halfter. Links, neben einem Schlagstock aus Hartgummi, baumelten ein paar Handschellen.

„Mach' dich fertig, es ist soweit!", befahl sie mit strengem Ton.

257

„Von mir aus kann's losgehen", sagte McCaffrey und wollte an der Frau vorbei durch die Tür treten.

„Halt, nicht so stürmisch. Zuerst legst du diese hübschen Armreifen an. Deine Hände, bitte!"

McCaffrey streckte sofort seine Arme brav der Frau entgegen. Die rauchige, energische Stimme und das resolute Auftreten der Beamtin ließen keinen Widerspruch zu.

„Die Hände auf den Rücken, du Pfeife!", fuhr sie ihn schroff an.

McCaffrey tat wie ihm geheißen und schon klickten die Handschellen zu. Die Wachebeamtin ging mit Joe zum Ausgang, wo sie ein Kollege erwartete.

„Hey George, wir sollen dieses Früchtchen hier an Land bringen. Keine Ahnung, warum wir für den Spagetti-Sultan zu zweit sein müssen.", meinte sie zu dem Wachmann. Tatsächlich konnte man den Eindruck gewinnen, dass die hünenhafte 150-Kilo-Frau mit dem jugendhaften McCaffrey sehr gut alleine fertig werden konnte. Zumal der Kollege ebenfalls eine schmächtige Erscheinung war und ihr im Ernstfall keine große Hilfe sein würde.

„Vorschrift ist nun mal Vorschrift", erwiderte der Mann. An der Ausgangstür wurden die drei über ihren *Ide-Tel-Chip* identifiziert und mit einem „Überprüfung positiv" schwang die Tür zur Seite. Draußen peitschte ihnen der Wind den kalten Regen entgegen. Es war bereits finster geworden. Ein schwarzes Polizeifahrzeug stand direkt vor dem Eingang im Lichtkegel einer Neonlampe. Am Steuer saß ein finster dreinblickender Uniformierter, die Schildmütze tief ins Gesicht gezogen. Der hagere Kollege öffnete die Rücktür der Limousine, schubste McCaffrey hinein und nahm neben ihm Platz. Als sich die gewichtige Wachebeamtin auf den Beifahrersitz fallen ließ, bekam das Fahrzeug eine bedenkliche Seitenlage.

„Hey Sam, wie wär's wenn du mal eine andere Miene aufsetzt. Ich kann ja schließlich nichts dafür, dass es so ein Sauwetter hat", meinte die Frau mit herber Stimme zu dem Fahrer.

Ohne seine Kollegin auch nur anzublicken, fuhr der Uniformierte schweigend los. Die Wischerblätter zuckten mit höllischem Tempo über die Scheibe und konnten dennoch kaum für bessere Sicht sorgen. Der Regen hatte sich jetzt zu einem gestandenen Wolkenbruch ausgewachsen. Dazu zuckten ständig Blitze durch die tiefhängenden Wolken, begleitet vom ununterbrochenen Krachen des Donners. Die schmale Straße führte steil über die felsige Uferböschung hinab zur Küste.

„Ich kann mir nicht vorstellen, dass Bookmaker bei dem Unwetter ablegt", murmelte plötzlich der Fahrer unter seiner Schirmmütze hervor. Bookmaker war Steuermann jener Fähre, die Mensch und Material von der Insel zum Festland brachte. Sie lag an einem kleinen Anlegeplatz am Ufer der Steilküste vor Anker.

„Wenn ich sage er soll ablegen, dann legt er ab und wenn der Planet auseinander bricht!!", donnerte die Beamtin und schlug dabei mit der Faust auf das Armaturenbrett. Der Fahrer zuckte zusammen, sodass ihm seine Schirmmütze noch tiefer ins Gesicht rutschte.

„Ist ja schon gut, Samantha. Du musst ja deshalb nicht gleich mein Auto demolieren."

Als sie die Parkfläche vor der Anlegestelle erreichten, tauchten in den Lichtkegeln der Scheinwerfer die Umrisse der Fähre auf. Hinter einem vom Sturm zerzausten Regenschleier tanzte das Schiff heftig in der starken Brandung. Der Landungssteg war bereits ausgefahren und sein Ende rutschte unruhig am Asphalt hin und her.

„Fahr schon rauf auf den Kasten! Auf was wartest du noch?", röhrte die dicke Samantha ungeduldig.

„Ja siehst du denn nicht, wie der Steg in Bewegung ist? Wenn ich da im falschen Moment hinauf fahre, reißt es die Radaufhängung ab", stammelte Sam.

Mit den Worten „Dir werd' ich gleich was ganz anderes abreißen", stieg Samantha aus dem Wagen. Verdutzt blickte Ihr der Fahrer nach. Die bullige Frau lief um die Front des Fahrzeuges herum, riss die Fahrertür auf und stieß Sam grob an.

„Mach mal Platz da, Junge, jetzt zeige ich dir wie man Auto fährt."

Sam kroch hastig auf den Beifahrersitz. Mit quietschenden Reifen jagte Samantha die Limousine über den Landesteg. Sam schloss die Augen und betete, dass die Radaufhängung das aushielt. Samantha stellte den Wagen direkt vor dem Eingang zur Brücke ab.

„So geht das", sagte sie, zog den Schlüssel ab und warf ihn ihrem Kollegen zu.

„Da hast du deine Karre wieder."

Am Eingang zum Deck öffnete ein dunkelhäutiger Mann in Matrosenuniform den vier Leuten die Tür.

„Hi Samantha! Du glaubst aber nicht im Ernst, dass ich bei diesem Seegang eine Überfahrt riskiere!?", rief er ihr entgegen.

„Nein, glaube ich nicht, ich weiß, dass du ein Angsthase bist, Alan. Aber du riskierst vielleicht etwas anderes: Nämlich eine saftige Ohrfeige, wenn du nicht augenblicklich den Anker lichtest und diesen Kahn in Bewegung setzt", fluchte Samantha und packte den Mann am Kragen. „Ich habe nämlich frei, sobald ich diese Rotznase beim Untersuchungsrichter abgegeben habe. Und mir wäre es ganz recht, wenn das noch vor Mittag wäre." Sie deutete mit straff ausgestrecktem Arm und spitzen Zeigefinger auf McCaffrey.

„Okay, Samantha, auf deine Verantwortung. Aber was nützt dir dein freier Tag, wenn du Fischfutter bist?", stammelte der Mann und richtete sich seine Krawatte wieder zurecht, nachdem ihn die schwergewichtige Kollegin wieder losgelassen hatte.

„Wenn hier jemand Fische futtert, dann bin das ich und nicht umgekehrt", meinte Samantha auf die Anspielung, dass die Fähre im Sturm sinken könnte.

Ohne weitere Worte hastete Alan Bookmaker nach draußen, um die Haltetrosse von den Pollern zu lösen. Nach kurzer Zeit kam er schimpfend und patschnass wieder zurück. Samantha, die auf einer der ledergepolsterten Sitzbänke Platz genommen hatte, warf er einen bösen Blick zu.

„Hey, was hast du? Das ist dein Job", meinte sie nur gelassen. Sam saß ihr gegenüber und grinste, während McCaffrey finster auf die Handschelle blickte, die seine rechte mit Sams linker Hand verband.

Alan begab sich zum Steuerrad und betätigte einen Hebel. Daraufhin verkündete ein Poltern und Rasseln, dass die Landebrücke eingezogen wurde. Nach dem Bedienen eines weiteren Hebels setzte sich die stählerne Ankerkette in Bewegung und hob den schweren Anker langsam aus der aufgewühlten Flut. Kaum war der Anker gelichtet, schaukelte die Fähre noch stärker in der Brandung. Mittlerweile waren auch die Motoren angesprungen und der Kapitän begann heftig am Steuerrad zu drehen. Mit versteinerter Miene schlug er das Kreuzzeichen über seine Brust. Alan kannte die sieben Kilometer lange Strecke bis zum Festland wie seine Westentasche. Jede Strömung, jede Klippe, jede Untiefe. Bei gutem Wetter kein Problem. Bei gutem Wetter, wohlgemerkt. Er hatte auch bei schlechtem Wetter die Strecke schon öfters bewältigt. Jedoch bei einem derartigen Unwetter noch nie. Die Fähre wurde meterhoch auf und ab gehoben. Der Kapitän musste das Steuerrad mit aller Kraft packen, um es festzuhalten. Mit beiden Händen klammerten sich Sam, George und McCaffrey an der Sitzbankkante fest um nicht herunter zu rutschen. Selbst Samantha hatte ihren selbstsicheren Gesichtsausdruck verloren und starrte ängstlich zu Sam am Steuerrad. Plötzlich ein metallisches Quietschen. Samantha stand auf und wankte wie eine Betrunkene über den schwankenden Boden zum Fenster. Dort, wo sie das Polizeifahrzeug abgestellt hatte, war nichts mehr. Der Sturm peitschte den Regen über die leere Fläche.

„Ach du verdammte Scheiße!", fluchte sie. Ihr Blick ging entlang des Oberdecks Richtung Achtern. Gewaltige Wellen schlugen über die Reling und nahmen teilweise die Sicht. Irgendwo hinter dem Regenschleier glaubte sie den Streifenwagen zu erkennen. Er schien zwischen zwei Deckaufbauten festzustecken.

„Jetzt brauche ich eine gute Idee, um das meinem Boss zu erklären", dachte Samantha. Ein greller Lichtschein, gefolgt von einem ohrenbetäubenden Knall, riss die stämmige Frau aus ihren Gedanken. Ein Blitz hatte irgendwo auf Deck eingeschlagen. Gleich darauf rammte eine gewaltige Welle die Fähre backbord. Das Schiff wurde in eine extreme Schräglage gehoben und drohte zu kippen. Samantha verlor den Halt und wurde quer durch den Raum genau auf Sam und weiter auf den Boden geschleudert. Sam verlor durch den heftigen Aufprall der

150-Kilo-Frau das Bewusstsein. Wie eine losgelassene Marionette sackte er in sich zusammen und wäre auch noch von der Bank gerutscht, hätte ihn nicht die Handschelle an seinem linken Handgelenk mit McCaffrey verbunden. Dieser rüttelte wie wild an den Dingern, um sich von dem Ohnmächtigen loszureißen.

„Bitte machen Sie mich los!", brüllte McCaffrey zu Samantha, die, auf allen Vieren am Boden kriechend, vergeblich versuchte sich aufzurichten.

„Das täte dir so passen", keuchte Samantha.

„Aber wenn wir kentern, reißt mich der Körper des Mannes mit in die Tiefe!", versuchte Joe seine Situation zu erklären.

„Keine Angst, der wird schon wieder", presste die Wachebeamtin hervor, während sie sich an der Bank hochzog. „Und kentern werden wir sicher nicht."

Tatsache jedoch war, dass die kleine Fähre kurz vor dem Untergang stand. Da konnte auch eine noch so optimistische Samantha nichts ändern.

Genau in dem Moment, als Sam wieder kopfschüttelnd zu sich kam, überrollte die nächste Monsterwelle das Schiff steuerbord. Die unbändige Kraft des Wassers ließ die Fensterfront der Brücke zersplittern, als wäre sie aus Zuckerguss. Die Wucht des hereinstürzenden Wassers schleuderte die fünf Menschen wie Stoffpuppen durch den Raum. Die aneinander gehängten Körper von Sam und McCaffrey durchschlugen das Fenster an der Backbordseite und wurden über Bord gespült. Alan krachte gegen die Bordwand und wurde durch die Stahlstreben der Rettungsringaufhängung in Brusthöhe durchbohrt. Mit beiden Händen umklammerte er noch den stählernen Stift, der aus seinem Leib ragte, als wolle er ihn heraus ziehen. Dann sank sein Kopf nach vorne. Der

Blick wurde starr und Blut quoll aus seinem Mund. Der Fährmann war tot. Auch George war plötzlich verschwunden. Wahrscheinlich ist auch er über Bord gespült worden. Und auch Samantha erging es nicht viel besser. Sie wurde an die Bordwand geschleudert. Zu ihrem Glück prallte sie gegen eine glatte Fläche und verlor nur kurz das Bewusstsein. Der nächste Wasserschwall spülte sie weiter in Richtung Bug, wo sie wieder zu sich kam. Fluchend und prustend wollte sie sich an der Ankeraufhängung hochziehen. Es war aber das Letzte was die Wachebeamtin in ihrem Leben tat. Das Einsatzfahrzeug, das soeben noch zwischen Deckaufbauten am Heck festgesteckt war, hatte sich gelöst und schlitterte über die gesamte Länge des Decks. Starr vor Todesangst blickte Samantha auf das tonnenschwere Gefährt, das ihr mit enormer Geschwindigkeit entgegen raste. Ein letzter Aufschrei, dann wurde die bullige Beamtin zwischen Auto und Ankeraufhängung erdrückt.

Manövrierunfähig, wurde das Schiff zum Spielball der Naturgewalten. Eine weitere Riesenwelle warf die Fähre um, sodass sie mit dem Rumpf nach oben auf der tosenden Wasserfläche trieb. Wie ein Blatt Papier schaukelte das gekenterte Schiff über die meterhohen Wellen. Es dauerte nicht lange, bis es an der felsigen Küste in tausende Trümmer zerschellte. Wenige Minuten später zeugte an der Stelle nichts mehr von der Katastrophe, bei der vermutlich alle an Bord befindlichen Menschen den Tod fanden.

*

Fast gleichzeitig trafen Gerry, Iwo und Klerila vor dem Tor der Lagerhalle ein. Die Kapuzen ihrer Regenmäntel hatten sie tief ins Gesicht gezogen. Die Halle befand sich nur hundert Meter vom Schulgebäude entfernt. Wie von Iwo angekündigt, standen auf einer gekennzeichneten Abstellfläche mehrere graue Boxen auf Rollcontainern.

„Und was sollen wir jetzt machen?", fragte Gerry.

„Wir setzen uns in eine der Boxen. Sie sind nicht verschlossen. Dann warten wir einfach, bis wir zum Hafen gebeamt werden", sagte Iwo fröhlich.

„Na, hoffentlich werden wir auch sicher dorthin gebeamt. Ich habe nämlich keine Lust, irgendwo in der Stadt zu landen", war Gerry skeptisch.

„Nein, das werden wir nicht", meinte Iwo. „Ich habe das Ganze hier, als auch am Hafen beobachtet. Die Boxen werden pünktlich um 19 Uhr von hier zum Hafen gebeamt."

Die Freunde stellten sich in eine Box und klappten die Tür zu. Und tatsächlich, Punkt 19 Uhr verschwanden die Boxen samt ihrem Inhalt flimmernd von der Bildfläche.

Am Hafen schien der Sturm noch etwas heftiger zu sein. Mangels schützender Gebäude peitschte der Wind den Regen ungehindert über die weiten Asphaltflächen des Hafengeländes. Das Areal rund um die Fabrikhallen war unbeleuchtet. Nur das Flimmern der gebeamten Boxen während des Materialisierens erhellte die unmittelbare Umgebung für einen kurzen Moment. Die Freunde öffneten die Tür und kletterten aus ihrem „Käfig". Geduckt liefen die drei unter das Vordach einer der Hallen. Blitz und Donner begleiteten sie dabei.

„Also Iwo, bitte gib zu, dass das eine Schnapsidee war. Wir laufen hier wie die Idioten im Regen herum", schimpfte Gerry, während ihm das Wasser über die Wangen lief.

„Wieso? Ist doch aufregend. Nicht wahr Klerila?"

„Ja, finde ich auch. So etwas muss man schon mal erlebt haben“, bestätigte Klerila Iwos Frage. „Kommt, wir schauen runter zur Küste.“

Das Ufer des großen Sees war nur im Bereich des Hafens befestigt. Danach begann eine mit Felsen durchsetzte Küste. Das Unwetter hatte seinen Höhepunkt erreicht. Der Sturm blies dermaßen heftig, dass sich die Freunde gegen den Wind stemmen mussten, um vorwärts zu kommen. Ununterbrochen zuckten Blitze vom Himmel und schlugen in die Blitzschutzanlagen des Hafens ein. Das ständige Krachen des Donners machte eine verbale Kommunikation über mehr als fünf Meter unmöglich. Deshalb beschlossen sie, sich mittels *Ide-Tel-Chip* zu verständigen. Plötzlich glaubte Gerry ein Geräusch vernommen zu haben, das nicht so recht in die Umgebung passte. Zwischen Donnergrollen und dem Tosen der Brandung waren das Knirschen von Metall und das Bersten von Holz zu hören.

„Habt ihr das auch gehört?“, rief Gerry seinen Freunden zu.

„Ja, als ob ein Schiff auf Grund gelaufen wäre“, mutmaßte Iwo.

„Komm wir sehen uns die Sache genauer an“, schlug Gerry seinen Freunden vor. Die drei liefen zu der Stelle am Ufer, von wo sie das Gedröhn zu hören glaubten. Der starke Regen bot kaum Sicht auf die schäumende Wasserfläche. Doch dann sahen sie die losen Bruchstücke eines Schiffswracks vorbei treiben. Nicht weit vom Ufer tauchte für einen Moment das Heck eines Polizeiautos aus dem Wasser auf.

„Ich werd' verrückt, was ist denn da passiert?“, telepathierte Iwo zu Gerry.

„Ich fürchte, dass hier eine Autofähre gekentert ist. Wir müssen schnell Hilfe holen", antwortete ihm Gerry.

„Da ist meiner Ansicht nach nicht mehr viel zu retten", mischte sich nun auch Klerila ins Gespräch, während weitere Wrackteile an der Küste vorbei trieben. „Es würde nur unsere verbotene Ausflugstour ans Licht kommen, wenn wir jemanden verständigen."

„Aber Klerila, willst du zulassen, dass hier Menschen sterben?", war Gerry über Klerilas Reaktion entsetzt. Doch Klerila war nun mal ein Klon, dem man unter vielen anderen Eigenschaften auch logisches Denken beigegeben hatte. Und die Logik sagte ihr, dass hier jede Hilfe zu spät kam.

„Gerry, was immer das einmal war", sie deutete zu den vorbeitreibenden Trümmern, „dieses Unglück kann keiner überlebt haben." Doch diesmal irrte Klerila.

*

McCaffrey spürte ein Kitzeln an seiner Wange. Erschrocken riss er die Augen auf und starrte gegen den Himmel. Dunkle, tiefliegende Wolken zogen in höllischem Tempo über ihn hinweg. Der Wind heulte. Das Kribbeln an der Wange stellte sich als kleiner Krebs heraus, der schnurstracks über McCaffreys Brust die Flucht ergriff. Angeekelt wischte er das Tier von seinem Hemd. Dann sah er sich verwirrt um. Wo war er hier? In der Ferne hörte er Donnergrollen. Regen und Sturm hatten deutlich nachgelassen. Halb sitzend lehnte er gegen einen Felsen, der nur wenige Meter über die Seeoberfläche ragte. Seine Füße lagen im Wasser. Allmählich kehrte seine Erinnerung zurück. Er war mit einer Fähre der Polizei von der Gefängnisinsel zum Festland unterwegs gewesen. Das Letzte, was er noch wusste, war, dass er mit seinem Bewacher an der Hand durch das Fenster der Brücke geschleudert wurde. Mit seinem Bewacher? Rasch warf er einen Blick zu seiner linken Hand und erstarrte im selben Augenblick. An der Handschelle, mit der er an den Beamten gebunden war, hing ein abgerissener Arm. Panisch versuchte er den fremden Körperteil aus dem Ring der Schelle zu ziehen. Doch es gelang ihm nicht.

„Verdammt noch mal", fluchte McCaffrey und schaute sich nach etwas zum Schlagen um. Außer Steinen sah er nichts auf der winzigen Insel. Er schnappte sich einen faustgroßen, spitzen Stein und begann damit verzweifelt auf die Verbindungskette der Schellen einzuschlagen. Und tatsächlich riss das Teil nach mehreren wuchtigen Schlägen entzwei. Keuchend ließ er den Stein fallen und lehnte sich erschöpft zurück. Der unheimliche Leichenteil trieb noch ein Stück an der Oberfläche und versank dann langsam in den Fluten. McCaffrey überlegte. Jetzt war er in Freiheit und doch wieder nicht. Gefangen auf diesen blöden Felsen. Das Ufer des Festlandes war nur etwa dreihundert Meter entfernt. Man konnte die beleuchtete Hafenanlage deutlich erkennen. Unverletzt wie er war, könnte er die Strecke leicht schwimmend zurücklegen. Doch die See hatte sich nach dem Sturm noch nicht so richtig beruhigt und die Strömung war stark. Obwohl er ein guter Schwimmer war, könnte es gefährlich für ihn werden.

Andererseits konnte er auch seinen *Ide-Tel-Chip* nicht benutzen, weil er dann damit rechnen musste, dass die Polizei auf ihn aufmerksam wurde. Ein kalter Wind wehte. McCaffrey zitterte am ganzen Körper. Er musste eine schnelle Entscheidung treffen, wenn er sich nicht eine schlimme Erkältung holen wollte. „Was soll's, rein in die

Fluten", gab er sich einen Ruck und sprang ins Wasser. Mit kräftigen Kraulbewegungen legte er los. Zunächst glaubte er gut voran zu kommen. Doch schon bald merkte er, dass er nicht so richtig vorwärts kam. Stattdessen trieb er seitwärts ab. Die Hafenlichter entfernten sich immer mehr nach rechts. McCaffrey hatte die Strömung vollkommen unterschätzt.

„Jetzt nur keine Panik", dachte er sich, „ich muss versuchen, so kräftesparend als möglich zu schwimmen." Er ging über zum Brustschwimmen. Trotz kräftiger Tempi trieb er immer mehr seitlich ab.

"Verdammt noch mal, das gibt's doch nicht, diese dämliche Küste kommt einfach nicht näher", fluchte McCaffrey, während er feststellen musste, dass seine Kräfte merklich schwanden.

Das Unwetter war genauso schnell vorüber wie es aufgezogen war. Der Regen hatte fast aufgehört und auch der Sturm hatte sich gelegt. Trotz der Dunkelheit konnte man jetzt ein ganzes Stück weit auf die See hinaus blicken. Gerry, Iwo und Klerila waren bei ihrem Abenteuerausflug bis weit an den nördlichen Rand des Hafens gelangt. Hier endete der beleuchtete Teil und die Straße verlor sich im Dunkeln der Küste.

„Schlage vor, wir gehen wieder zurück, der Spuk scheint ja vorbei zu sein", sagte Klerila und schaute dabei aufs offene Wasser hinaus. Doch plötzlich kniff sie ihre Augen zusammen und sagte leise mehr zu sich selbst: „Moment mal, was ist denn das?"

„Hast du etwas gesagt?" fragte Gerry.

„Da draußen ist was."

Klerila zeigte auf einen Punkt auf der Wasserfläche.

„Hey, da schwimmt jemand. Ich glaube der braucht Hilfe!", rief Gerry, nachdem er erkannt hatte, dass der Punkt ein Kopf war und immer wieder zu versinken schien.

„Du hast Recht, mit dem stimmt etwas nicht", glaubte Klerila. „Ich glaube, der ist am Ende seine Kräfte. Wir müssen ihn retten."

Ohne auch nur eine Sekunde zu zögern, rannten Gerry, Klerila und Iwo ins kalte Wasser. Um den Suchbereich zu erweitern, falls er untergehen sollte, sprangen sie in Fünf-Meter-Abständen ins Wasser. Und tatsächlich verschwand der Kopf von der Wasseroberfläche. Die drei tauchten sofort unter und begannen mit der Suche. Wegen der Dunkelheit war die Sicht nicht besonders gut. Klerila sah den leblosen Körper zuerst. Sie schwamm zu ihm und umfasste ihn mit dem Rautekgriff. Rasch konnte sie so den Besinnungslosen nach oben ziehen. Dann rief sie ihre Freunde zu Hilfe. Sie halfen ihr, den Geretteten an Land zu bringen. Dort legten sie ihn auf den flachen Kiesstrand ab. Erst jetzt erkannten die drei, wen sie vor sich hatten.

„Ich werd' verrückt! Wenn das nicht Joe McCaffrey ist, dann ist es sein Zwillingsbruder!", rief Iwo erstaunt aus.

„Oder ein Klon von ihm", gab auch Klerila ihr Erstaunen kund.

Sie legte zwei Finger an seinen Hals. „Ich fühle einen schwachen Puls. Er ist nur bewusstlos."

Gerry begann McCaffrey zu ohrfeigen, um ihn so wieder ins Leben zurück zu holen. „Hey Mann, aufwachen! Du bist nicht tot."

McCaffreys Mundwinkel begannen zu zucken und seine Augenlider öffneten sich einen Spalt. Wie aus weiter

Ferne hörte er Gerrys Stimme. Verschwommen zeichneten sich drei Köpfe vor ihm ab.

„Was ist hier los? Wo bin ich? Wer seid ihr?", stammelte Joe verwirrt.

„Also langsam und nach der Reihe. Wenn du nicht dein Gedächtnis verloren hast, wirst du hoffentlich bald merken, wer wir sind. Du bist hier am Hafen von *Terranico* angespült worden und wir haben dich an Land gezogen. Was hier los ist, dass musst du uns schon selbst erzählen. Das würden wir nämlich selbst gerne wissen", versuchte Gerry auf die Fragen des Ex-HokoTiR-Schülers einzugehen.

McCaffrey begann sich noch etwas schwerfällig aufzurichten und schüttelte seinen Kopf. Er wischte mit den Ballen seiner Hände über die seine Augen und starrte dann sein Gegenüber an.

„Nein, das gibt's doch nicht. Wo kommt denn ihr her?", fragte McCaffrey schließlich.

„Interessanter wäre wohl, wo du herkommst. Ich habe eigentlich angenommen, die hätten dich eingebuchtet", meinte Gerry. „Und, falls es dir noch nicht aufgefallen ist, wir haben dir soeben das Leben gerettet."

Joe blickte die Freunde nacheinander an und gab ein leises „Danke" von sich.

„Jetzt erzähl schon, warum sitzt du nicht im Gefängnis, sondern treibst hier im Wasser herum?", fragte Iwo ungeduldig, nachdem McCaffrey keine Anstalten machte, mit seiner Geschichte zu beginnen.

„Das kam so" begann er. „Ich sollte heute von der Gefängnisinsel nach *Terranico* gebracht und dem Haftrichter vorgeführt werden. Als wir mit der Fähre von der Insel losfuhren hatte das Unwetter bereits begonnen. Der Kapitän hatte zwar vor dem Sturm gewarnt, doch so eine fette Polizistin, die für meine Überführung zuständig war, wollte unbedingt, dass wir ablegen. Es kam wie es kommen musste. Eine riesige Welle traf das Schiff und ich verlor das Bewusstsein. Als ich wieder zu mir kam, lag ich auf einen winzigen Felsen. Da ich soweit unverletzt war und sich das Unwetter verzogen hatte, wollte ich das Stück zum Festland schwimmend zurücklegen. Doch die Strömung war extrem stark und mich verließen die Kräfte. Den Rest kennt ja ihr", beendete McCaffrey seine Erzählung.

„Da hast du aber Glück gehabt, Alter", meinte Iwo. „Wenn wir nur ein paar Minuten später vorbeigekommen wären, wärst du jetzt über den Jordan."

„Da könntest du Recht haben, so bin ich jedoch endlich..."

Joe beendete seinen Satz nicht, sondern sprang urplötzlich auf und spurtete los.

„Hallo! Was hat dich den gestochen!", rief Klerila und hatte auch schon ihre Waffe gezogen. Mit einem gezielten Schuss auf die Beine stoppte sie den Flüchtenden. Zunächst blieb McCaffrey stehen, bevor er langsam auf seine Knie sank und zur Seite kippte. Nach dem Stufe 1-Schuss hatte er kurz das Bewusstsein verloren.

„Wohin wolltest du denn so eilig? Hast wohl Angst, dass wir dich bei der Polizei abliefern?", fragte Klerila ihren Ex-Schulkameraden, während sie die HLP-9000 wieder in den Halfter schob. Sie streckte McCaffrey ihre Hand entgegen, um ihm aufzuhelfen.

„Ich will nicht wieder ins Gefängnis", seufzte er und ließ sich von Klerila hochziehen.

„Das musst du auch nicht, wenn du uns verrätst, warum Halim-La-Can Gerry töten wollte", erwiderte Klerila.

„Was weiß ich, vielleicht findet er ihn unsympathisch“, antwortete McCaffrey frech.

Jetzt wurde es Iwo zu bunt. Er packte Joe am Hemd und zog ihm den Kragen zu.

„So du Penner, wenn du nicht augenblicklich mit vernünftigen Aussagen rausrückst, dann sitzt du spätestens in einer Stunde wieder in deiner Gefängniszelle, ist das klar!?“

„Aber ich weiß es wirklich nicht so genau. Ich glaube, der Boss gibt ihm die Schuld, dass sein Vater verrückt geworden ist.“

„So viel wissen wir auch schon, aber warum?“ bohrte Klerila weiter.

„Angeblich drehte er erst durch, als Gerry die Kinder aufforderte, weiter zu singen. Ich glaube, er meinte, wenn Gerry das nicht gemacht hätte, wäre es nicht zu dieser Sinneswandlung seines Vaters gekommen, ...oder so“, stammelte McCaffrey nach Luft ringend.

„So etwas idiotisches“, entgegnete Klerila.

„Obwohl es schon stimmt, dass Ax-La-Can erst dann ausflippte, als wir zu singen begannen“, grübelte Gerry.

„Was uns interessieren würde wäre, wohin Halim-La-Can geflüchtet ist?“, fragte Klerila weiter und ahnte zugleich, dass er diese Frage wahrscheinlich auch nicht beantworten kann.

„Das weiß ich doch nicht. Ich nehme an, er hat sich in die Zentrale abgesetzt.“

„Auf Triton?“

„Nein, doch nicht so weit. In die Zentrale auf *Alpha CMi IV*, auch dort ist er vor seinen Verfolgern sicher.“

„Glaubt er!“, erwiderte Iwo. „Aber die Polizei wird sein Nest stürmen und ihn da rausholen.“

„Die Polizei die Zentrale der BdG stürmen?“, lachte McCaffrey gekünstelt. „Wenn das so einfach ginge, hätte man das schon längst gemacht. Das wäre ja, als würde eine Truppe aus dem Kindergarten Fort Knox stürmen. Diese Festung ist so gut wie uneinnehmbar.“

„Okay, aber du könntest der Polizei doch sicher einen Tipp geben, wie sie seiner habhaft werden könnte“, schlug Gerry seinem ehemaligen Mitschüler vor.

„Bist du wahnsinnig? Wenn ich mit den Bullen zusammen arbeite, kann ich mich gleich aufhängen. Außerdem weiß ich nichts über die Aufenthaltsorte von Halim-La-Can im Hauptquartier. Was für einen Tipp könnte ich der Polizei schon geben?“, empörte sich McCaffrey.

„Du könntest uns zum Beispiel helfen, ihn in eine Falle zu locken“, meinte Gerry nachdenklich. „Mir ist da soeben ein Gedanke gekommen.“

„Nein, ohne mich, da bin ich lieber für ein paar Monate im Knast, als für immer tot“, stellte McCaffrey entschieden fest.

„Jetzt sei doch nicht gleich so kontraproduktiv und hör dir mal meinen Plan an.“

„Okay, eigentlich möchte ich eh von dieser Bande loskommen. Nur mit dem Leben zu bezahlen, das wäre mir dann schon ein zu hoher Preis“, gab Joe zu bedenken.

„Musst du auch nicht“, versicherte Gerry und beugte sich ganz nahe an Joe heran. Hör genau zu ...“

*

Etwa zur selben Zeit in der Zentrale der BdG auf *Alpha CMi IV*. Halim-La-Can stürmt in einen der Räume der unterirdischen Anlage und schreit wütend um sich: „Dieser verdammte Bastard ist einfach nicht zu fassen. Jetzt hätten mich auch noch beinahe die Bullen erwischt."

Eine kleine, etwas mollige Schwarze fiel ihm ins Wort: „Wenn du mit Bastard einen gewissen Gerry Mayer meinst, habe ich gute Nachrichten für dich."

„Was? Wie?"

Der Sohn von Ax-La-Can sah die junge Frau entgeistert an. „Was soll das heißen?"

„Na ja, soll heißen, dass sich einer unserer Leute gemeldet hat und behauptet, er wisse wo und wie Gerry Mayer zu schnappen wäre", antwortete die Frau grinsend.

„Tatsächlich! Wer ist der Mann?"

„Einer der Neuen, Joe McCaffrey", antwortete die Farbige.

„Joe McCaffrey ...", grübelte Halim, „ist das nicht der junge Spinner, der sich eingebildet hat, Professor Wu entführen zu können und jetzt im Gefängnis sitzt? Verbinde mich mal mit ihm, vielleicht ist da wirklich was dahinter", forderte er seine Mitarbeiterin auf.

Kurz darauf hörte man McCaffreys Stimme.

„Ja, was gibt's?"

„Der Boss möchte mit dir sprechen", sagte die mollige Frau.

„Hallo McCaffrey!", grüßte Halim. „Ich habe gehört, du hättest interessante Neuigkeiten für mich."

„Ja, ich glaube, das wird Sie schon interessieren. Wie ich weiß, sind Sie hinter dem HokoTiR-Schüler Gerry Mayer her. Und als ehemaliger Schulkamerad von Mayer konnte ich einige Dinge über ihn in Erfahrung bringen."

McCaffrey machte eine Pause um Halim-La-Can's Neugierde auszureizen.

„Na und, weiter", drängte dieser ungeduldig.

„Zum Beispiel weiß ich, dass er des Öfteren mit seiner Freundin einen abendlichen Spaziergang macht, wenn das Wetter schön ist.“

„Ja toll, soll ich mit ihm spazieren gehen oder was?“, fragte Halim zynisch.

„Nein, aber es wäre eventuell eine Gelegenheit, ihn zu erwischen. Die beiden spazieren nämlich immer denselben Weg zu einer abgelegenen Bucht in der Nähe des Hafens von *Terranico*.“

Halim-La-Can überlegte kurz.

„Das wäre eventuell tatsächlich eine Möglichkeit, den Typen zu eliminieren. Hast du eine Ahnung, wann die das nächste Mal unterwegs sind?“

„Ja, habe ich. Da der Wetterbericht für morgen gut ist, werden sie sicher wieder zwischen 18.00 und 19.00 Uhr unterwegs sein. Das habe ich jetzt schon ein paar Tage lang beobachtet.“

„Sehr gut, McCaffrey, dann werde ich mich heute Abend ein wenig um die beiden kümmern. Wenn ich diesen Bastard tatsächlich zur Strecke bringen sollte, könnte eine kleine Belohnung für dich herausspringen“, versprach Halim-La-Can.

„Alles klar Chef, sehr großzügig von Ihnen.“

10. KAPITEL

DIE GEFANGENNAHME DES HALIM-LA-CAN

„Er hat angebissen", sagte McCaffrey zu den Freunden und nahm den Finger von der Kontaktstelle seines *Ide-Tel-Chip* unterm linken Ohr. „Ihr könnt Kommissar Kolping Bescheid geben, dass er die nötigen Schritte zu Halim-La-Cans Festnahme einleitet. Das mit dem Spazierengehen war übrigens eine tolle Idee."

„Ist ja auch von mir", sagte Gerry theatralisch stolz.

Kommissar Kolping war begeistert. Wie versprochen hatte Gerry gegenüber dem Kommissar den Namen McCaffrey nicht erwähnt, sondern nur von einem vertraulichen Informanten gesprochen, der anonym bleiben möchte.

„Sehr gut, Herr Mayer. Ich werde mich dann um die Organisation einer speziellen Einsatztruppe kümmern und hoffe, dass bei der Aktion alles glatt geht", meinte Kommissar Kolping telepathisch zu Gerry.

„Alles klar, dann bis heute Abend ... und glauben Sie mir Herr Kommissar, keiner ist so froh wie ich, wenn dieser Kerl endlich gefasst ist."

Natürlich machten Gerry und Klerila keinen abendlichen Spaziergang am Hafen. Das hätte die Schulleitung ohnehin nicht erlaubt. Gerry erzählte Direktor Gudmundsson von seinem Plan. Dieser war begeistert und sagte Gerry volle Unterstützung zu. In gewisser Weise schadeten die Anschläge ja auch dem Ruf seiner Schule. Gerry hatte auch gegenüber Gudmundsson McCaffreys Namen nicht erwähnt, denn der war auf seinen Ex-Schüler nicht besonders gut zu sprechen und hätte ihn womöglich an die Polizei verraten. Den Direktor interessierten die Hintergründe des Ganzen eigentlich nicht. Ihm war es nur wichtig, dass die Aktion für die beiden Schüler nicht zu gefährlich war. Kolping versicherte ihm jedoch, dass die Sondereinheit der Polizei das Ganze überwachen würde und schon heiklere Fälle gelöst hätte.

„Wir treffen uns um 17 Uhr zu einer kurzen Lagebesprechung bei Ihnen in der Schule", telepathierte Kolping mit Gudmundsson. „Dann können Sie sich ein Bild von der Aktion machen."

„Ist schon okay, Herr Kommissar, ich vertraue Ihnen und Ihren Leuten voll und ganz", beteuerte Gudmundsson.

Die Lagebesprechung fand im Konferenzraum der Direktion statt. Am oberen Ende eines langen Tisches hatten die teilnehmenden Personen Platz genommen.

Diese waren Kommissar Kolping, der als Einsatzleiter fungierte, die acht Männer der Spezialeinheit, sowie Direktor Gudmundsson, Dr. Kaufmann und natürlich Gerry und Klerila. Kommissar Kolping saß an der Front des Tisches, Dr. Kaufmann, der Direktor, Gerry und Klerila rechts von ihm, die restlichen acht Männer links.

„Guten Tag, nachdem wir vollständig sind, möchte ich mit der Einsatzbesprechung beginnen", sagte Kolping sich räuspernd, um die Aufmerksamkeit auf sich zu lenken. „Dieser Raum verfügt über eine spezielle Funkstrahlenabschirmung. Wir können also nicht abgehört werden.

Zunächst zu Ihnen, Herr Mayer und Frau Betuma. Sie sind die Schlüsselfiguren unserer Aktion. Ihre Aufgabe ist es im Grunde keine Aufgabe zu haben. Soll heißen, dass Sie sich einfach so benehmen, als würden Sie nur Ihren abendlichen Spaziergang machen. Angst brauchen Sie keine zu haben, die Einsatzkräfte werden zugriffbereit in Stellung sein."

„Angst brauchen Sie keine zu haben? Aber Hallo, Sie sind gut, Halim-La-Can will mich töten. Was ist, wenn er aus einem Hinterhalt ohne Vorwarnung schießt?", erboste sich Gerry.

„Dafür haben wir selbstverständlich vorgesorgt", beruhigte Kolping. „Sie werden von einem Strahlenschild geschützt, das Sie nicht nur von sämtlichen Schusswaffen abschirmt, sondern auch von allen anderen Attacken."

„Und wenn er uns einfach weg beamt?"

„Natürlich ist auch das nicht möglich. Das wäre dann wohl doch zu einfach", versicherte Kolping mit einem Lächeln. Dann wandte er sich an Sergeant McArthur, dem Leiter der Spezialeinheit und gab ihm Instruktionen, wie der Ablauf der Aktion zu erfolgen hatte. McArthur war ein drahtiger, glatzköpfiger Mittvierziger mit dunklen buschigen Augenbrauen. Mit steinernem Pokerface horchte er den Anweisungen des Kommissars.

„Hat noch jemand irgendwelche Fragen?" Kolping blickte in die Runde. „Niemand? Dann beende ich hiermit die Einsatzbesprechung und wünsche Ihnen allen viel Erfolg."

Die Männer des Einsatzkommandos standen auf, salutierten und begaben sich zum Ausgang. Die Besprechung hatte nur wenige Minuten gedauert. Auch Dr. Kaufmann und Direktor Gudmundsson verabschiedeten sich. Gerry und Klerila blieben noch sitzen, nachdem sie der Kommissar mit einer Handbewegung und den Worten: „Bitte warten Sie noch einen Moment“ dazu aufgefordert hatte.

„Wenn Sie Bedenken haben, können wir die Aktion natürlich bis kurz davor noch abbrechen. Aber es wäre schon eine einmalige Gelegenheit den Schurken dingfest zu machen.“

„Nein, nein, das geht schon in Ordnung. Dieses Risiko gehen wir gerne ein. Wir wollen ja schließlich auch, dass dieser Mensch aus dem Verkehr gezogen wird“, sagte Gerry bestimmt.

„Sehr gut, dann hoffe ich, dass alles reibungslos über die Bühne geht“, meinte der Kommissar.

„Das hoffe ich auch, also bis heute Abend.“

*

Gerry und Klerila wurden von Stunde zu Stunde nervöser.

„Brechen wir die Sache ab, ich habe einfach kein gutes Gefühl“, sagte Gerry schließlich zu Klerila, als sie sich gegen fünf Uhr im Gemeinschaftsraum der Schule trafen.

„Nein, auf gar keinen Fall. Ich will diesen Menschen hinter Gittern sehen“, schimpfte Klerila trotzig.

„Okay, wenn du meinst“, seufzte Gerry. „Dann machen wir uns aber sofort auf den Weg. Diese Warterei nervt.“

Hand in Hand machten sie sich auf den Weg zur U-Bahnstation. Dabei besprachen sie noch einmal den Ablauf der Aktion, wie sie Kommissar Kolping geplant hatte. Sobald Halim-La-Can auftauchte, sollte Gerry versuchen ihn in ein Gespräch zu verwickeln, um ihm ein Geständnis zu entlocken. Über Gerrys *Ide-Tel-Chip* sollte die Unterhaltung aufgezeichnet werden.

„Die Theorie hört sich ja ganz gut an, aber ob es in der Praxis auch so abläuft, steht auf einem anderen Blatt“, sagte Gerry argwöhnisch.

„Ach was, das wird schon gut gehen. Wir müssen nur unsere Nervosität unter Kontrolle bringen, dann werden wir auch keine Fehler machen“, meinte Klerila beruhigend.

Die U-Bahngarnitur fuhr pünktlich in die Station am Hafen ein. Hier war Endstation und es warteten schon eine Menge Leute am Bahnsteig für die Rückfahrt in Richtung Zentrum. Es war kurz nach 17 Uhr und die meisten Hafenarbeiter hatten Feierabend.

„Gut, dann marschieren wir mal los“, sagte Gerry zu Klerila, nachdem sie die Hafenpromenade erreicht hatten. Er legte seinen Arm um ihre Schultern und Klerila ihre Hand um seine Hüfte.

Scheinbar arglos plaudernd schlenderten sie die Uferpromenade entlang. Vom See her wehte eine leichte Brise, und trotz der Atemmasken roch die Luft frisch und rein. Man hätte fast in Versuchung kommen können sie abzunehmen. Doch der Sauerstoffgehalt außerhalb der Sphärenschalen war einfach zu gering, um längere Zeit problemlos atmen zu können. Nicht nur beim Sprechen waren die Masken hinderlich, vor allem das Küssen war damit unmöglich. Die beiden fanden das zwar bedauerlich, doch war es nun mal ein notwendiges Übel. Sie waren zirka zehn Minuten unterwegs, als Gerry unauffällig auf seine Uhr blickte. Sie zeigte eine Minute vor 18 Uhr.

„Ich habe so das komische Gefühl, als würde nichts geschehen. Irgendwie glaube ich, dass der Schuft Lunte gerochen hat. Dumm ist er ja nicht.“

„Ja, mir geht es genauso“, zweifelte auch Klerila am Gelingen des Plans.

Und tatsächlich schienen die beiden Recht zu haben. Eine endlos lange Stunde verging. Obwohl nur sehr langsam unterwegs, hatten sie die vereinbarte maximale Wegstrecke bereits zurückgelegt.

„Lass uns umkehren, Klerila. Wahrscheinlich hat er McCaffreys Angaben nicht getraut.“

Klerila wollte gerade mit „Ja, das ist es wohl“ antworten, als der Boden unter ihnen nachgab. Nach kurzem freiem Fall schlug das Pärchen unsanft auf hartem Untergrund auf. Dann wurde es stockdunkel.

*

McArthur hatte seine Leute in drei- bis vierhundert Meter Abständen postiert. Das felsige Gelände entlang der Küstenstraße war dafür wie geschaffen. Der Kommandant der Spezialeinheit war überzeugt, dass er und seine Leute Halim-La-Can zur Strecke bringen würden, sollte er hier auftauchen. Es war schon dunkel geworden und McArthur hatte sich eine Restlichtverstärker-Brille aufgesetzt. Das High-Tech-Gerät unterschied sich in Form und Aussehen kaum von einer herkömmlichen Sonnenbrille. Neben dem Sehen im Dunkeln konnte man damit auch die Bekleidung von Personen auf Waffen durchsuchen oder sogar durch Wände blicken. McArthur hatte sich als letzter Posten seiner Einheit an einem Felsvorsprung hinter einem kleinen Busch, etwa 30 Meter oberhalb des Weges, verschanzt. Die Zielpersonen müssten jeden Moment auftauchen. Keiner seiner Leute hatte ihm irgendwelche Zwischenfälle gemeldet. Die vorgegebene Planzeit 18.00 Uhr war längst überschritten.

Da sah er sie.

Friedlich schlendernd bewegten sie sich langsam die schmale Straße entlang.

„Was ist mit dir, Halim-La-Can? Wo bist du? Hat dich etwa der Mut verlassen und du hast den Schwanz eingezogen?", flüsterte McArthur, während er seine Laserwaffe im Anschlag hielt, zu sich selbst.

Dann plötzlich geschah etwas vollkommen Unerwartetes. Die beiden observierten Personen verschwanden einfach im Erdboden. An der Stelle, wo sie eben noch spazierten, klaffte ein finsteres Loch. In seiner ersten hektischen Reaktion wollte McArthur auf die entstandene Öffnung feuern, nahm jedoch sofort wieder den Finger vom Abzug. Es war sinnlos. Er würde dabei nur riskieren, die beiden jungen Leute zu treffen. Im nächsten Augenblick war das Loch wieder verschwunden. Hastig informierte McArthur seine Männer über die überraschende Wende des Einsatzes und befahl ihnen umgehend zu ihm zu kommen. Mit einem lässigen Sprung verließ er seine Deckung und eilte zur Straße hinunter. Er drückte seinen *Ide-Tel-Chip* und informierte die Zentrale über die neue Sachlage.

„Was meinen Sie mit, wie vom Erdboden verschluckt?", fragte die Stimme des diensthabenden Offiziers.

„Der Schurke hat es irgendwie geschafft die beiden unter die Erde zu befördern. Wie er das gemacht, hat muss ich mir erst vor Ort genauer ansehen."

„Okay, informieren Sie mich, wenn Sie Näheres wissen. Brauchen Sie Verstärkung?"

„Ich denke, wenn Sie einen Aufklärer über das Gebiet schicken, könnte es nicht schaden. Vielleicht taucht Halim-La-Can mit den Entführten irgendwo in der Umgebung auf. Aber wahrscheinlich ließ er die zwei einfach unter der Erde wegbeamen“, meinte McArthur.

„Gut, ich schicke ein paar Drohnen über das Gebiet. Ich befürchte aber, Sie haben mit Ihrer Vermutung Recht und es wird vergebliche Mühe sein. Zentrale Ende “

„Warten Sie bitte noch einen Moment!“, bat McArthur seinen Kollegen. „Ich erreiche gerade die Stelle, an der die Zielpersonen verschwunden sind.“

Der Einsatzleiter begutachtete den Asphalt der Straße. Es waren jedoch absolut keine Spuren irgendwelcher Besonderheiten zu erkennen.

„Ich befinde mich jetzt etwa an der vermuteten Stelle“, telepathierte McArthur mit der Zentrale. „Es gibt keinen Hinweis auf eine Falltür oder so etwas. Ich glaube, dass sich unter der Straße ein natürlicher Hohlraum befindet und der Boden unter den Beiden einfach weggebeamt wurde.“

„Das wäre denkbar“, antwortete der Mann in der Zentrale. „Ich werde gleich mal einen geologischen Check des Gebietes veranlassen, ob es an diesem Küstenabschnitt ein unterirdisches Höhlensystem gibt.“

„In Ordnung, vielleicht können die Aufklärer etwas entdecken. Wenn die beiden nicht von da unten weggebeamt werden, müssten sie ja sonst irgendwie wieder ans Tageslicht befördert werden“, bemerkte McArthur.

„Schauen wir mal was sich machen lässt. Bis auf Weiteres ... Zentrale Ende“, meldete sich der Diensthabende ab.

„Alles klar … McArthur Ende.“

Nach und nach trafen McArthur‘s Männer von ihren Beobachtungsposten ein. Keiner konnte über besondere Vorkommnisse oder Beobachtungen unbekannter Personen berichten. Der Einsatzleiter ließ seine Leute zum felsigen Ufer ausschwärmen, um eventuelle Grotten- oder Höhleneingänge zu finden. Wenig später waren bereits die ersten Drohnen der Luftaufklärung am Himmel zu sehen.

„Klerila, alles in Ordnung bei dir?", fragte Gerry und tastete mit der Hand nach seiner Freundin. Statt einer Antwort flammte eine starke Halogenlampe auf und erhellte den Raum. Geblendet kniff er die Augen zusammen.

„Ah, so sieht man sich wieder", dröhnte eine rauchige Stimme an Gerrys Ohr. „Ihr hättet mich wohl gerne ans Messer geliefert?"

Erschrocken öffnete Gerry seine Augen. Neben ihm kauerte Klerila am feuchten Boden. Im Lichtschein eines Halogenspots stand Halim-La-Can.

„Aber um mich zu überlisten, müsst ihr schon früher aufstehen. Ich habe gleich geahnt, dass diese Ratte McCaffrey gemeinsames Spiel mit euch macht und mich in eine Falle locken möchte."

„Du wirst nicht weit kommen, die Leute der Spezialeinheit werden in Kürze hier sein", fuhr Klerila, die sich zuerst wieder von ihrem Schock erholt hatte, den Sohn des Can zornig an.

„Du irrst, meine Süße, *ihr* werdet nicht weit kommen. Denn in der nächsten Minute werdet ihr nicht mehr hier sein." Es folgte dasselbe dämliche Lachen, wie man es schon von seinem Vater kannte.

„Was willst du von uns? Wir haben dir nichts getan!", rief Gerry wutschnaubend.

„Herrgott noch mal, ich habe es deiner Freundin doch ausführlich erklärt. Dass mein Vater in der Klapsmühle sitzt ist rein deine Schuld. Aber anscheinend hast du mehr Glück als Verstand. Dich über den Jordan zu schicken, ist gar nicht so einfach. Zunächst wollte ich dich ganz einfach vergiften. Doch die Idioten haben beim Verteilen der Weihnachtsgeschenke die Namensaufkleber vertauscht. So bekam Springfield dein Paket. Und das mit der Aussichtsplattform wisst ihr ja, wie es ausgegangen ist. Dein rotköpfiger Freund hatte dich im letzten Moment zur Seite gestoßen."

„Du bist krank, Alter. Du hast ja einen noch größeren Schaden als dein Vater", unterbrach Gerry den Redefluss des Banditen. „Wenn du schon deine irren Rachegedanken durchsetzen willst, dann lass wenigstens Klerila aus dem Spiel. Sie hat dir am wenigsten getan."

„Es genügt, dass sie deine Freundin ist", meinte Halim-La-Can höhnisch.

Das war Gerry zu viel. Wutverzerrt sprang er auf und stürzte sich auf den Schurken. Halim-La-Can zog blitzschnell seine Laserpistole und feuerte auf Gerry. Klerila entfuhr ein kreischender Schrei des Entsetzens. Sie hatte vergessen, dass Gerry von einem Schutzschild umgeben war und ihm der Laser nichts anhaben konnte. Halim-La Can hatte mit dem Schutzschild auch nicht gerechnet und blickte verblüfft auf seinen Widersacher. Gerry nutzte den Augenblick und riss den Überraschten zu Boden. Doch Halim-La-Can rollte sich schnell zur Seite. Im selben Moment fiel ein Netz über Gerrys Körper. Weiß der Kuckuck, woher das plötzlich kam. Zwei Männer sprangen seitlich aus zwei Felsspalten hervor. Sie waren es wohl auch, die das Netz über ihn geworfen hatten. Sie zogen den im Netz zappelnden Gerry hoch. Das Energiefeld des Schutzschildes schützte Gerry zwar wenige Zentimeter über seiner Körperoberfläche gegen Strahlung und Beschuss, sowie sonstige direkte Kontakte, doch durch das Abdecken mit einem Netz, konnte man das geschützte Objekt transportieren.

„Nur nicht so stürmisch, Bürschchen", schimpfte Halim-La-Can, während er sich aufrappelte. „Mit einem solchen wie dir werden wir allemal noch fertig."

Gerry trat mit den Beinen und riss am Netz wie ein Verrückter. Aber es half nichts. Einer der beiden Männer schleppte den Strampelnden zu einem in der Nähe stehenden großen schwarzen Kasten. Auch Klerila bekam ein Netz verpasst und wurde zu dem geheimnisvollen Kasten befördert.

„Da schaust du, was?", spöttelte Halim-La-Can. „Ich habe an alles gedacht. Wir können euch wegen des Schutzschildes zwar nicht direkt von hier wegbeamen, aber abgeschirmt von diesem Strahlenabsorber ist es kein Problem." Halim-La-Can grinste breit und deutete zu dem Kasten. „Wir werden euch samt dem Absorber in den interstellaren Raum beamen. Dort könnt Ihr dann in trauter Zweisamkeit verrecken. Diese Exekutiermethode habe ich von meinem Vater übernommen. Er nennt das Tod durch Vakuumisieren. Normalerweise werden dabei nur die Körper ausgesetzt, ich gönne euch sogar einen hübschen Sarg."

Halim-La-Can lachte über den seiner Meinung nach gelungenen Witz laut auf.

Unsanft wurden Gerry und Klerila in das Dunkel des Kastens gestoßen. Hart schlugen sie im Inneren auf. Das Netz hatte sich mittlerweile so eng um ihre Körper gezogen, dass sie sich kaum bewegen konnten. Die beiden Männer schlugen die schweren, stählernen Türflügel zu. Jetzt saßen sie wieder im Dunkeln. Doch plötzlich waren Schreie von draußen zu hören.

*

McArthur kletterte mit seinen Männern von der Küstenstraße die Uferböschung hinunter. Es wäre durchaus möglich, dass es irgendwo einen Eingang zu einem unterirdischen Höhlensystem gibt, dachte er.

„Sergeant Wepper, Sie begutachten dort drüben die kleine Bucht", befahl er seinem Kollegen. „Ich werde mich hier umsehen."

„Jawohl, Herr Major."

McArthur sah dem jungen Mann noch kurz nach, wie er flink wie ein Wiesel durch den felsdurchsetzten Hang davoneilte. Dann machte er sich selber auf die Suche nach einem möglicherweise versteckten Höhleneingang. Auf den ersten Blick sah es nicht so aus, als würde er hier fündig werden. Deshalb setzte er sich mit der Zentrale in Verbindung.

„Hier McArthur", meldete er an den Einsatzleiter, „ich kann hier nichts Besonderes entdecken. Haben die Drohnen schon etwas ausfindig gemacht?"

„Ja, sie konnten feststellen, dass es im Bereich der Bucht ein Höhlensystem gibt. Ein Eingang konnte allerdings dort keiner ausgemacht werden. Aber das können Sie vor Ort sicher besser checken", antwortete die Stimme in der Zentrale. McArthur nahm seinen Rucksack vom Rücken und stellte ihn vor sich auf den felsigen Boden. Er öffnete das oberste Fach und wollte sein Fernglas heraus nehmen, als ihm in seinem rechten Blickwinkel eine Unregelmäßigkeit im Gestein auffiel. Zwischen den Steinen klaffte ein etwa fußballgroßes Loch. Jetzt erst bemerkte er, dass er sich auf einer Halde loser Steine befand. Er hielt die bloße Hand über die kleine Öffnung. Sogleich verspürte er einen leichten Luftzug. Hier war der verschüttete Eingang zu einer Höhle. Sofort meldete der Kommandant der Sondereinheit seine Entdeckung an die Einsatzleitung.

„Bitte verlassen Sie den Bereich", ordnete der Diensthabende in der Zentrale an. „Wir schicken eine Drohne, die mittels Hochenergie-Laser den Schotterhaufen vor dem Eingang wegschmilzt."

McArthur entfernte sich von der Stelle und informierte auch seinen Kollegen, dass hier bald mit Laserbeschuss zu rechnen ist und er sich in einen Sicherheitsabstand begeben sollte. Kurz darauf tauchte bereits eine silberfarbene Drohne über ihren Köpfen auf. In etwa fünfzig Metern Höhe brachte sie sich in Position. Dann begann ein roter Laserstrahl das Geröll unter Beschuss zu nehmen. Schnell fingen die Steine an orangerot zu glühen, bis sie wie zähflüssige Lava langsam abzufließen begannen.

Nachdem das Loch groß genug war um durchzuklettern, ließ eine zweite Drohne noch einen Schwall Wasser zur Abkühlung über das glühende Gestein fallen. Mit lautem Zischen vernebelte weißer Wasserdampf für kurze Zeit den Uferbereich.

Inzwischen waren auch die anderen vier Männer der Truppe informiert worden. Um keine Zeit zu verlieren, hatte man sie direkt zu dem neu geschaffenen Höhleneingang gebeamt.

„So Leute", sagte McArthur zu seinen Untergebenen, „wir werden jetzt in die Höhle einsteigen. Bitte benutzen Sie Ihre Nachtsichtbrillen und auf keinen Fall Lampen mit normalem Licht. Folgen Sie mir direkt nach und halten Sie Ihre Waffen feuerbereit. Bewegen Sie sich so leise wie möglich."

Nach wenigen Metern machte die Höhle eine Neunzig-Grad-Kurve und es wurde stockdunkel. Dank der Nachtsichtbrillen war das kein Problem. Es waren nur die leisen Schritte der Männer zu hören, als plötzlich Stimmen aus der Ferne zu hören waren. Der Kommandant hielt inne und bedeutete mit der rechten Hand auch den anderen stehen zu bleiben.

„Ich glaube wir haben sie", flüsterte er zu seinen Leuten. „Wir pirschen uns heran und nutzen den Überraschungseffekt. Es soll niemand getötet werden. Stellt eure Laserwaffen auf Betäubung. Es geht nur um die Befreiung der Geiseln und um eventuelle Festnahmen."

Die Männer folgten den Anweisungen Ihres Kommandanten. Dann bewegte sich die Truppe vorsichtig weiter. Nach einer weiteren Biegung mündete der Gang in eine größere Halle. McArthur konnte in der Mitte des Raumes mehrere Personen erkennen, deren Umfeld von einer Halogenlampe erhellt wurde. Zwei Personen schienen in einem Netz gefangen zu sein. Sie wurden von bewaffneten Männern zu einem großen, schwarzen Kasten gestoßen. Ein anderer Mann lehnte an einem Felsen. Er schien die Befehle zu geben. McArthur hob seine rechte Hand und bewegte sie ruckartig nach vorne. Es war das Zeichen des Zugriffs. Blitzschnell stürmte die Einsatztruppe aus ihrer Deckung hervor.

„Waffen weg und flach auf den Boden legen!!", brüllte McArthur in einem Ton, der keinen Widerstand zuließ. „Füße zur Seite und Handflächen nach unten!"

Der Überraschungsangriff war voll aufgegangen. Verdutzt warfen die Männer sofort ihre Waffen weg und ließen sich auf den Boden fallen. Nur der am Felsen Lehnende griff in seine Jacke, um etwas heraus zu holen.

„Lass das mal schön bleiben!", rief ihm McArthur zu. „Auch für dich gilt der Flachmann auf dem Boden."

Vorsichtig zog er seine Hand wieder zurück und ging süßsauer lächelnd langsam in die Knie.

„Flach auf den Boden habe ich gesagt ... und ein bisschen schneller, wenn ich bitten darf."

Der Anführer legte sich nur zögernd auf den schmutzig-feuchten Untergrund.

„Nicht so zaghaft", zischte McArthur und drückte dem Banditen seine Waffe in den Rücken. Auch die anderen Banditen waren inzwischen am Boden fixiert. Allen dreien wurden Handschellen angelegt. Einer von McArthurs Leuten öffnete den Strahlenabsorber. Ihre Strahlenschutzschilder wurden deaktiviert.

„Hallo Leute, alles okay?", erkundigte sich der Mann bei Gerry und Klerila. Er zog sein Kampfmesser aus dem Stiefelschaft und begann die Netze aufzuschneiden.

„Uns geht es gut. Ihr seid gerade noch rechtzeitig gekommen, bevor uns dieser Verbrecher ins Jenseits gebeamt hätte", sagte Gerry, während der Soldat sein Netz aufschnitt.

„Ja, das war knapp!", rief ihnen McArthur, der den gefesselten Halim-La-Can vor sich her schubste, entgegen. „Gott sei Dank habe ich den Zugang zu diesem Höhlensystem rechtzeitig entdeckt."

Als der Gruppenkommandant mit seinem Gefangenen auf gleicher Höhe mit Gerry war, spuckte ihm Halim-La-Can verächtlich vor die Füße.

„Wenn du glaubst das war's jetzt, hast du dich geirrt. Ich habe schon schwerere Jungs zur Strecke gebracht als dich Milchgesicht. Wir sehen uns wieder."

„Das, glaube ich, wird nicht so schnell sein. Du wirst nämlich die nächsten Jahrzehnte hinter schwedischen Gardinen verbringen und ich kann mir nicht vorstellen, dass ich dich dort einmal besuchen werde“, sagte Gerry grinsend zu seinem Gegenüber.

McArthur informierte die Zentrale über ihren Erfolg. Der Diensthabende ließ die Gruppe samt Gerry und Klerila direkt ins Polizeipräsidium beamen. Dort erwartete sie schon Kommissar Kolping. Halim-La-Can und seine Männer wurden abgeführt.

„Grüß Sie, Herr Mayer!“, kam der Kommissar auf Gerry zu und streckte ihm die Hand entgegen. „Schön, Sie und Ihre Freundin wohlauf zu sehen.“

„Ich bin auch ziemlich froh Sie zu sehen, das können Sie mir glauben. Die Sache wäre beinahe danebengegangen“, entgegnete Gerry.

„Wissen Sie eigentlich, dass ein Kopfgeld auf die Ergreifung von Halim-La-Can ausgelobt wurde?“, fragte Kolping Gerry.

„Nein, davon ist mir nichts bekannt.“

„Ja, es wurde eine Belohnung von 10.000 Galaxos ausgelobt. Ich meine, dass Sie und Frau Betuma Anspruch darauf haben“, sagte Kolping.

„Aber der Mann wurde doch von der Spezialeinheit gefasst.“

„Ja schon, aber das gehört zu deren Arbeit. Den entscheidenden Hinweis, der zur Festnahme führte, haben Sie gegeben“, stellte Kolping klar. „Außerdem wäre ohne Ihre Hilfe die Verhaftung erst gar nicht möglich gewesen.“

„Was hast du denn Gerry? Ist doch super. Dann hat sich der ganze Stress wenigstens ausgezahlt“, meinte Klerila erfreut.

„Stimmt, du hast Recht, jetzt können wir uns endlich die Reise zu einem der neuentdeckten Planeten im *Pega-*

sus-System leisten. Dort möchte ich schon lange hin“, war Gerry entzückt.

„Ins *Pegasus*-System?“, fragte der Kommissar interessiert nach. „Kommt es dort nicht immer wieder zu Zwischenfällen mit Piraten?“

„Ach was, das ist nur Panikmache der dortigen Bewohner, die ein Überhandnehmen des Tourismus befürchten“, winkte Klerila ab. „Auf so etwas fallen wir nicht herein.“

„Sie haben wahrscheinlich Recht. Ich denke auch, dass es so ist“, gab ihr der Kommissar Recht. Dann wünsche ich Ihnen jetzt schon eine angenehme Reise und viel Spaß. Direktor Gudmundsson hat mich gebeten, Sie gleich zur HokoTiR zu beamen.

Als Gerry und Klerila im Transporterraum der HokoTiR materialisierten, erwartete sie bereits Direktor Gudmundsson.

„Einen schönen guten Tag“, begrüßte er die beiden, als sie das Treppchen vom Transporter herunterstiegen. „Bitte folgen Sie mir in mein Büro.“

Kurz darauf betraten sie den Arbeitsplatz des Direktors.

„Das haben Sie perfekt gemacht. Mit der Verhaftung von Halim-La-Can konnte eine große Gefahr von unserer Schule genommen werden. Dank Ihrer Hilfe können wir den Schulbetrieb wieder beruhigt fortsetzen und müssen uns keine Sorgen mehr um das Wohl der Schüler machen“, sagte Gudmundsson, während er die Bürotür hinter sich schloss.

„Das war doch selbstverständlich“, meinte Gerry. „Wir haben gerne geholfen, auch wenn es zwischenzeitlich mal ganz schön eng geworden ist.“

„Eben, und deshalb habe ich mir gedacht, zudem ihr auch ganz gute Schüler seid, dass ich Ihnen als kleine Anerkennung eine Woche Sonderferien genehmige.“

„Prima! Danke Herr Direktor!“, rief Klerila begeistert. „Wann können wir uns denn diese Auszeit nehmen?“

„Ich denke mal Ende April wäre ein guter Termin. Da sind wir mit dem Lernstoff zum größten Teil durch und die Prüfungen und Tests beginnen erst Mitte Mai“, schlug der Direktor vor.

„Oh fein, dann müssen wir uns gleich mal bei den Reiseveranstaltern umsehen“, entgegnete Gerry fröhlich.

„Sie wollen verreisen?“, fragte Gudmundsson.

„Ja, wir würden gerne ...“, ins *Pegasus*-System, wollte Gerry noch sagen, als ihm Klerila sanft in die Seite stieß. Sie befürchtete, dass der Direktor wegen der Gerüchte über das System einer Reise dorthin nicht zustimmen könnte.

„ ... einmal eine kleine Studienreise mit einem Raumkreuzer unternehmen“, sagte er stattdessen geistesgegenwärtig.

„Das wäre eine gute Idee“, meinte Gudmundsson lächelnd. „ ... und noch etwas. Ich habe dem Kommissar Ihre Kontonummer gegeben, damit die Behörde die Belohnung überweisen kann. Das geht doch hoffentlich in Ordnung?“

„Und ob das in Ordnung geht“, strahlte Gerry.

Die beiden verabschiedeten sich und verließen das Büro des Direktors. Gut gelaunt begaben sie sich in den Gemeinschaftsraum der Schule. Es war niemand anwesend. Kurz überlegten sie, Iwo, Fiep, Elli und Max anzurufen, die sie auf ihren Zimmern vermuteten. Doch dann entschieden sie, sich an einen der Tischcomputer zu set-

zen und im UNINET nach einem passenden Reiseange-
bot zum *Pegasus*-System zu suchen.

„Das ist ja aufregend", war Klerila begeistert, während
sie die ersten Bilder durchklickten.

„Aber irgendwie auch unheimlich. Ich kann mir schon
vorstellen, dass sich die wildesten Gerüchte über dieses
System ranken, wenn ich mir das so ansehe", sagte Gerry
nachdenklich.

„Ja, das denke ich auch. Aber das ist es ja gerade, was
mich so reizen würde", antwortete Klerila mit verzück-
tem Blick auf den Monitor.

ENDE

VERZEICHNIS

*_Ide-Tel-Chip_ = **Ide**ntifikations- und **Tel**epathie-Chip. Ein unter dem linken Ohr implantierter Chip, der durch Drücken aktiviert wird. Damit ist es möglich, gedanklich mit anderen Personen zu kommunizieren oder z.B. auch Bank-Überweisungen zu tätigen.

*_Magnitude_ = Die scheinbare Helligkeit oder Magnitude (kurz „mag") gibt an, wie hell ein Himmelskörper einem Beobachter erscheint. Ein Objekt ist umso besser sichtbar, je kleiner der mag-Wert ist.

*_ExBi_ = **Ex**traterrestrische **Bi**ologie (Lehre über außerirdische Lebensformen)

*_Extraterraloge_ = Biologe für außerirdisches Leben

*_Genom (die Genome)_ = auch Erbgut. Damit bezeichnet man die Gesamtheit der vererbbaren Informationen einer Zelle. Es enthält die Informationen, die zur Ausprägung der spezifischen Eigenschaften eines Lebewesens oder Virus notwendig sind.

*_kHz_ = Abkürzung für Kilohertz = 1000 Hertz. Hertz ist die internationale Einheit für die Frequenz (Anzahl der Schwingungen pro Sekunde). Benannt zu Ehren des deutschen Physiker Heinrich Rudolf Hertz (1857-1894).

*_Kilojoule (kJ)_ = 1000 Joule = Einheit für Energie. Benannt nach dem britischen Physiker James Prescott Joule (1818-1889). Ein Joule ist gleich der Energie, die benötigt wird, um über die Strecke_von einem Meter die Kraft von einem Newton aufzuwenden (= 1 Newtonmeter).

*_Theropoden_ = waren eine Gruppe von Dinosauriern, die nach heutigen Kenntnissen mit bis zu 15 Meter Länge zu den größten fleischfressenden Landbewohnern der Erde gehörten.

*_Pteranodon_ = (griech. Flügel + zahnlos = zahnloser Flügel) = war ein riesiger Kurzschwanzflugsaurier.

*_Prokyon_ (Alpha Canis minoris, kurz: Alpha CMi) = der hellste Stern im Sternbild Kleiner Hund. Mit 11,2 Lichtjahren Entfernung einer der erdnächsten Sterne. Prokyon ist ein Doppelsternsystem. Der Hauptstern Prokyon A hat einen leuchtschwachen Begleiter (Prokyon B).

*_Lepidodendron (Schuppenbäume)_ = Auf der Erde ausgestorbene Baumart. Es handelte sich um Bäume, die Wuchshöhen von 30 bis 40 m erreichen konnten, und deren Stämme bis 2 m dick waren. In der Krone waren die Pflanzen mehr oder weniger regelmäßig gabelig verzweigt.

*_Archimedischer Körper_ = sind konvexe Polyeder (Vielflächner), deren Seitenflächen regelmäßige Vielecke sind.

*_Butterfly-Sonde_ = Kleiner Flugkörper von nur wenigen Zentimetern Größe, zur Bekämpfung und Vernichtung_von bodengebundenen Zielen. Bestückt mit kleinen Kameras und Laserwaffen, kann er, mit einer Konsole ferngesteuert, sehr effektiv eingesetzt werden. Der große Vorteil dieses Miniaturflugkörpers ist, dass er sich dem Ziel bis auf wenige Meter nähern kann, ohne sogleich entdeckt zu werden. Sein lautloser Flug (Antischwerkraftprinzip) und die schmetterling-ähnliche Form gaben ihm seinen Namen.

*_Molekularzerstäuber-Reiniger_ = Waschvollautomat zur Reinigung von High-Tech-Kleidung. Wasser und Waschmittel werden dabei so fein zerstäubt, dass keine Beschädigung elektronischer Komponenten möglich ist.

*_Achtern_ = Alles was auf einem Wasserfahrzeug hinter der Mitte liegt.

Willi Süß

Willi Süß wurde am 22.11.1961 in Hallein geboren. Er ist verheiratet und Vater eines Sohnes und einer Tochter.

Er absolvierte eine Lehre zum Einzelhandelskaufmann, ist allerdings seit vielen Jahren als Obusfahrer in der Stadt Salzburg tätig.

Neben dem Schreiben zählen Lesen von wissenschaftlicher Fachliteratur und Science-Fiction-Geschichten zu seinen Hobbys.